파도

서연비람은 조선시대 서연에서 여러 경전의 요지를 모아 엮은 조선의 왕세자를 위한 필독서입니다.
서연비람 출판사는 민주주의 국가의 주인이신 시민들 역시 지속가능한 현재와 미래의 이치를 깨우치고
체현해야 한다는 믿음으로 엄선한 도서들을 발간합니다.

파도

3판 2쇄 2018년 11월 30일

지은이 토드 스트라써

펴낸이 윤진성
옮긴이 김재희

펴낸곳 서연비람
등록 2016년 6월 29일 제2016-000147호
주소 서울시 강남구 도곡로 422 5층
전화 02) 569-2168
팩스 02) 563-2148
전자주소 sybiram@daum.net

©서연비람 2017, Printed in Korea.

ISBN 979-11-958474-0-2 03840
값 12,000원

「이 도서의 국립중앙도서관 출판예정도서목록(CIP)은 서지정보유통지원시스템 홈페이지(http://seoji.nl.go.kr)와
국가자료공동목록시스템(http://www.nl.go.kr/kolisnet)에서 이용하실 수 있습니다.(CIP제어번호: CIP2016029924)」

파도

너무 멀리 나간 교실 실험

토드 스트라써 지음

김재희 옮김

서문

'파도'는 1967년 미국 캘리포니아 주 팔로알토*의 어느 고등학교 역사 수업에서 실제 벌어진 사건을 가리킨다. 학교 전체를 발칵 뒤집어 놓을 만큼 파장이 컸던 그 사건에 대해, 당시 역사 교사였던 론 존스는 교사 생활을 하며 겪은 가장 감당하기 힘든 일이라고 말했다. 또한 그 일이 발생하고부터 3년간은 누구도 그에 대해 입을 열지 않을 만큼 모두에게 충격이 컸다고 밝혔다.

바로 그 사건을 생생하게 다룬 것이 이 책 『파도』다. 실제 사건에 근거하여 몇 가지 교훈을 더 효과적으로 배울 수 있도록 각색한 이 '소설'은, 평화롭고 한적한 동네의 작은 학교에서 벌어지는 일을 통해 역사적으로 되풀이되는 비슷한 패턴의 비극을 묘사하는 데 중점을 두고 있다.

어떤 집단의 힘이 커지면 거기에 속한 개인들은 스스로 생각하는 능력을 잃어버린 채 자신의 권리를 포기하기 쉽다. 심지어 집단 바깥의 사람들을 향해 권력을 남용하며 점점 아무렇지도 않게 몹쓸 짓을 일삼기도 한다. 소설 『파도』는 비단 민족이나 국가라는 거대한 장에서뿐만 아니라 작은 학교에서도 그와 꼭 같은 방식으로 진실이 왜곡될 수 있음을, 그 결과 걷잡을 수 없는 끔찍한 상황이 전개될 수도 있음을 우리 모두에게 실감나게 일깨워준다.

---

* 미국에서 손꼽히는 교육도시로, 실리콘밸리 북부에 위치해 있으며 스탠포드 대학교와 가깝다. 한국 교민들 사이에서는 미국의 강남 8학군으로 불리기도 한다.

"청년들에게 거짓을 말하는 건 나쁜 짓이다.

그 거짓이 진실이라 우기는 건 나쁜 짓이다.

하느님이 계시니 괜찮다고, 그들에게 말하는 건 나쁜 짓이다.

그들 또한 이 땅의 백성이니 힘든 일이 많다는 것,

헤아릴 수 없이 많다는 사실을 그들에게 이야기하라.

나중에 일어날 일만 아니라 지금 여기서 벌어지는 일들을

있는 그대로 보도록 하라!"

이브게니 예브첸코

•일러두기 각 주는 독자들의 이해를 돕기 위해 모두 옮긴이가 달았습니다.

차례

1장
'고든'의 사람들

고든의 단짝, 로리와 에이미

로리 손더스는 학보 편집실에 앉아서 질근질근 볼펜 끝을 씹고 있었다. 짧게 자른 연갈색 머리의 그녀는, 흥분하거나 지금처럼 볼펜을 씹을 때를 빼면 언제나 밝게 웃는 얼굴이다. 또 표정이 좀 어수룩한 데가 있긴 해도 눈빛만은 늘 총명하게 빛난다. 문제는 요즘 그녀가 밤낮 펜을 물고 씹어댄다는 것이다. 얼마나 심한가 하면, 끄트머리가 멀쩡한 펜을 찾아보기 힘들 정도다. 그나마 볼펜을 씹는 게 어른 기자들의 줄담배보다는 건강에 나쁘지 않다는 점이 다행이라 할까?

로리는 책상 몇 개와 컴퓨터, 그 밖에 학교 신문을 만드는 데 필요한 도구들로 꽉 들어찬 방 안을 둘러보았다. 고든 고등학교 학보 편집실에 없는 건 단지 사람뿐이다. 다음 주말까지는 학보 〈포도나무〉의 교정본을 넘겨야 하는데, 기자는 물론 편집과 디자인 담당까지 코빼기도 보이지 않는다. 그녀 말고 다른 신문반 친구들이 죄다 꽁무니를 빼버린 탓이다. 하긴 바깥 날씨가 좋아도 너무 좋았다.

창밖의 화창한 하늘을 바라보던 로리는 열심히 볼펜 끝을 씹어대다가 그만 우지직 박살을 내고 말았다. 그렇게 맛있게 씹어대다가는 기어이 플라스틱 조각이 목구멍에 꽂혀 돌아가시고 말 거라며 잔소리하던 어머니의 얼굴이 문득 떠올랐다. 암튼 우리 엄마의 엽기적인 상상력은 아무도 못 말린다니까. 로리는 이렇게 중얼거리며 한숨을 내쉬었다.

벽시계를 보니 4교시 수업 시작이 얼마 남지 않았다. 수업이 없을 때는 학보 편집실에 나와 일해야 한다고 따로 못박아둔 규정은 물론 없었다. 하지만 로리 입에서는 자꾸 짜증 섞인 원망이 흘러나왔다. 이 웬수 같은 인간들. 이번 달 〈포도나무〉의 마감이 다음 주라는 걸 뻔히 알고 있으면서 말야. 마감일이 코앞으로 다가왔는데, 다만 며칠이라도 매점에 우르르 몰려가서 아이스크림이며 초콜릿, 과자 같은 주전부리 사 먹는 일 좀 끊고, 말뚝박기나 햇볕 쐬기도 잠시 미뤘다 하면 어디가 덧나냐고!

로리가 편집부 짬밥을 먹은 지 벌써 3년. 그동안 〈포도나무〉가 제 날짜에 나온 적은 단 한 번도 없었다. 어쩌다 보니 올해는 편집장까지 맡게 되었지만, 그렇다고 혼자 힘으로 뭘 어떻게 할 수 있는 건 아니었다. 모름지기 신문이란 모든 사람이 자기가 맡은 몫을 충실하게 해낼 때 비로소 꼴을 갖춰 제날짜에 나올 수 있는 것이니까.

4교시부터 내리 수업을 들어야 하는 로리는, 필기구 몇 개를 필통에 쑤셔넣고 공책들도 모두 챙긴 다음 편집실 문을 잠그고 복도로 걸어나왔다. 아직 수업 마치는 종이 울리지 않아서 그런지 복도는 한산

했다. 저기 끝에서 얼쩡거리는 몇몇 학생들만 눈에 띌 뿐이었다. 수업 중인 교실 몇 개를 지나 어느 교실 앞에 이르렀을 때, 로리는 걸음을 멈추고 창문 안을 들여다보았다. 단짝 친구 에이미 스미스가 지금 어떻게 하고 있는지 살짝 엿보고 싶어서였다. 가봉디 선생님의 프랑스어 수업이 진행 중인 교실 안에서, 금발의 곱슬머리에 깜찍한 용모를 자랑하는 에이미는 로리의 예상대로 종소리가 나기만을 애타게 기다리는 듯 온몸을 비비꼬며 앉아 있었다.

작년에 가봉디 선생님의 프랑스어 수업을 들으며 참을 수 없는 졸음과 지루함의 끝판을 경험한 로리로서는, 에이미의 심정을 충분히 이해하고도 남았다. 검은 머리의 땅딸보 가봉디 선생님은 아무리 추운 겨울날에도 땀을 뻘뻘 흘렸다. 목소리는 또 어쩌면 그처럼 한결같게 나직한지. 세상에 다시없는 범생이라도 그 나른한 자장가 앞에선 막무가내로 쏟아지는 졸음을 도저히 참을 수 없을 것만 같았다. 게다가 수업 시간에는 하나도 어려울 게 없는데 막상 시험 문제를 받아보면 상황이 돌변하는 바람에 A학점을 받기가 얼마나 힘들었던가.

창문을 통해 교실 안을 들여다보던 로리는 작년 이맘때를 떠올리곤 진저리를 쳤다. 단짝인 에이미가 바로 지금 그 참을 수 없는 노곤함의 무게를 견디며 괴로움에 몸을 떠는 모습을 보자니 문득 넘쳐흐르는 자비심을 주체하기 힘들었다. 그래서 로리는 가봉디 선생님 몰래 에이미와 눈을 맞출 수 있는 절묘한 자리를 찾아내고는 턱이 쑥 빠진 몽달귀신 얼굴을 만들어 보였다. 창문 너머로 로리를 발견하곤 반가움에 눈을 반짝이던 에이미가 마침 그 모습을 보고는, 손으로 입을 가린 채 웃음을 참는 시늉을 했다. 에이미와 눈이 마주친 로리는 내친김에 눈을 하얗게 까뒤집어 처녀귀신 흉내를 냈다. 에이미는 더 이상 웃음을 참을 수 없어 다른 곳으로 시선을 돌리려고 했지만, 로리가 또 무슨 짓을 하려는지 궁금해서 도저히 그럴 수도 없었다. 그런 에이미의 속내를 아는 로리는 이번에는 자기 주특기인 물고기 얼굴로 변신을 시도했다.

물고기 얼굴로 변신하기란 무지 쉽고, 또 효력 만점이다. 먼저 사팔뜨기처럼 검은자위를 한가운데에 모은 다음 그 눈을 동그랗게 치뜨면서 동시에 입술은 뾰족하게 오므리고, 두 손을 양쪽 귓바퀴에 대고 앞으로 밀어내면 영락없이 놀란 물고기 얼굴이 된다. 그것을 본 에이미는 터져 나오는 웃음을 참느라 안간힘을 쓰다가 그만 질금질금 뺨 위로 흘러내리는 눈물을 닦고 있었다.

이쯤에서 그쳐야 한다는 걸, 아무리 신이 나도 이 정도 선에서는 멈춰야 한다는 걸 로리는 너무도 잘 알고 있었다. 하지만 웃음을 참느라 절절매는 에이미의 모습을 보자 로리는 에이미로 하여금 발작을 일으키게 하고 싶다는 욕망의 늪에서 도저히 헤어날 수가 없었다. 이제 눈만 한 번 살짝 깜빡대면 에이미는 더 이상 몸을 가누지 못한 채 의자 밖으로 튕겨 나와 교실 바닥을 데굴데굴 구를 기세였으니 말이다. 그래, 딱 한 번만 더! 로리는 마치 아기와 까꿍 놀이를 하듯 창문 옆으로 몸을 숨겼다 확 하고 나타나면서 처녀귀신과 몽달귀신, 그리고 물고기가 합해진 시늉을 했다.

우웩! 근데 이게 무슨 일인가. 삼단 변신을 마친 로리 앞에 갑자기도깨비로 변신한 가봉디 선생님의 험한 얼굴이 나타난 게 아닌가. 그리고 그 뒤로는 에이미를 비롯한 모든 아이들이 마치 발작을 일으키는 독가스라도 마신 것처럼 책상을 두드리고 배꼽을 잡아 뜯으며 캑캑거리고 있었다.

갑자기 땅 밑이 푹 꺼지는 느낌에 로리는 당황했다. 가봉디 선생님이 그런 로리를 향해 뭐라 말을 꺼내려 했으나, 다행히 그 순간 수업을 마치는 종이 울려 아이들이 교실 밖으로 밀려나오기 시작한 덕에 간신히 위기를 모면할 수 있었다. 에이미는 너무 웃어서 허리가 결린지 연방 옆구리를 팔로 문지르며 비틀비틀 뒤에서 걸어나왔다. 로리와 에이미는 마치 약속이나 한 듯 유유히 팔짱을 끼고, 가봉디 선생님의 휘둥그레진 시선을 뒤로 한 채 발바닥에 불이라도 붙은 것처럼 다음 수업이 있는 교실로 죽어라 달려갔다. 어찌나 걸음을 재촉했던지 숨이 턱까지 차서 더 이상 웃을 수도 울 수도 없을 지경이었다.

역사 교사 벤 로스와 그의 학생들

고든 고등학교에서 역사를 가르치는 벤 로스는 다음 수업에 쓸 필름을 영사기에 거느라 기계를 만지고 있었다. 오래된 수동식 기계라 톱니바퀴를 잘 맞추고 렌즈 초점도 손으로 조절해야 하는데, 그게 말처럼 쉽지가 않았다. 그에게는 기계 다루는 일이 영 적성에 맞지 않기 때문이다. 몇 번이나 실패를 거듭하고 처음으로 돌아가 다시 필름을 걸어 작동을 시도했지만, 오늘따라 기계는 유난히 말을 듣지 않는다.

안달이 나기 시작한 그는 구불구불 흘러내리는 갈색 머리칼만 연방 손가락으로 쓸어내렸다.

사실 벤 로스는, 영사기는 말할 것도 없고 기계만 보면 속이 울렁거리고 기운이 빠지는 유형의 인간이다. 자동차에서 무슨 소음만 나도 가슴이 덜커덩 내려앉고, 심지어 주유소에서 셀프로 기름을 넣는 일조차도 도무지 익숙해지지 않는다. 기계 앞에만 서면 그토록 풀이 죽는다는 것이야말로 벤 로스에게는 가장 거추장스런 인생 최대의 비애였다. 그도 그럴 것이 자기 손으로 해결할 수 없는 일이 많아질수록 누군가에게 도움을 청해야 할 때도 많아지고, 그만큼 인생은 더 구차해질 확률이 높기 때문이다. 더욱이 여자들은 그런 일을 좀 못해도 대충 넘어가는 분위기지만, 남자의 경우는 그게 마치 인격의 문제라도 되는 듯 이상한 취급을 당하기 일쑤 아닌가.

다행히 그에게는 이런 결점을 덮어주고 안아줄 훌륭한 아내가 있었다. 그녀는 같은 학교 음악 교사인 크리스티 로스다. 그녀의 말에 따르면, 기계 만지는 일을 남편에게 부탁하느니 대충 손수 해치우는 편이 낫다고 한다. 예를 들어 전구 하나 갈아 끼우는 것만 해도, 남편이 그 일에 손을 댔다 하면 그걸 곁에서 지켜보는 게 더 괴롭고 애가 탄다는 것이다. 반면 벤은 자기가 평생 수없이 많은 전구를 갈아 끼웠지만 정작 박살낸 것은 딱 두 개밖에 없다며 크리스티의 말을 부인했다.

벤 로스는 고든 고등학교에 두 해째 근무하지만 기술 담당 교사가 아니므로 그가 기계치라는 사실을 들킬 일은 많지 않았다. 아니, 탁월한 능력과 열정을 겸비한 그는 이 학교에 재직 중인 그 어떤 교사보다도 오히려 인기 짱인 선생님이었다. 아이들은 벤이 이야기의 주제 선정뿐 아니라 그걸 풀어가는 방식도 자기들 눈높이에 맞춰 적절하게 조절할 줄 안다고 여겼다. 무엇보다 박학다식하여 어떤 이야기를 해도 막히는 데가 없는 벤의 화술에 쉽게 빨려들었다. 실제로 벤의 수업을 듣는 아이들은 곧잘 입을 헤 벌리곤 그가 안내하는 타임머신을 타고 역사 속으로 흠뻑 빠져들기 일쑤였다. 그와 같은 '벤 바이러스'에 감염된 아이들은 수업 마치는 종이 울리고도 한참이 지난 후에야 간신히 정신을 차리고 현실로 돌아오곤 했다.

하지만 벤과 같은 교사 일을 하는 동료들의 의견은 둘로 나뉘었다. 벤의 넘치는 활력과 열정, 창조적이고 헌신적인 학습 지도에 깊은 감동을 받는다는 쪽이 물론 많았다. 그들은 벤이 새로운 시각에서 사건과 사물을 바라보게 유도함으로써 학생들이 역사를 통해 지금의 현실을 올바르게 해석하는 눈을 키우고 소양을 갖출 수 있도록 실질적인 교육을 하고 있다고 여겼다. 일례로 벤은 정치와 제도의 변천사를 가르칠 때 학생들을 곧잘 보수당과 진보당으로 나누어 그들 스스로 당원 입장에서 각각 핵심적인 원칙과 장단점을 주장하는 선거 전략을 세우게 한다. 또한 역사적인 재판 사건을 다룰 때는 피고인과 검사, 그리고 변호인 역할을 할 학생을 정한 다음 나머지 학생들에게는 배심원* 역할을 맡기는 식이다. 다른 교사들은 벤의 이런 방식의 수업이

---

* 상식적 판단에 크게 어긋나는 부당한 판결이 나지 않도록 일반 시민을 재판에 참여시키는 제도. 신중하고 공정한 재판을 위해 도입된 이 '배심원 제도'가 한국에서는 '국민참여재판'이라는 이름으로 2008년 1월부터 시행되기 시작했다. 만 20세 이상의 국민 가운데 무작위로 선정된 배심원들이 형사재판에 참여하여 유무죄의 평결을 내리지만 법적인 구속력은 없다.

역사를 이미 박제된 결과로서가 아닌 살아 있는 유기체로 이해하는 데 큰 도움을 준다고 보았다.

그러나 벤 로스를 탐탁하게 여기지 않는 교사도 상당수 있었다. 그들은 보통 벤에 대해 '아직 너무 젊어서 열정과 혈기만 넘칠 뿐 미숙한 점이 많다'고 평가하며 이렇게 덧붙였다. 앞으로 몇 년 더 지나면 열정도 혈기도 가라앉고, 결국 그도 '올바른' 방식으로 자리를 잡아가게 될 거라고. 여기서 올바른 방식이란 학생들에게 죽어라 교재를 읽혀 달달 외우게 한 뒤 매주 시험을 보는, 즉 전통적인 주입식 반복 수업을 말한다. 하지만 이렇게까지 보수적인 학습을 고집하는 교사들만 있는 건 아니고, '다른 건 다 괜찮지만 정장을 안 하고 다니는 바람에 아무래도 사람이 가벼워 보인다'는 식으로 구체적인 결점을 지적하는 점잖은 선생님도 몇 분 있었다. 이에 대해 '그게 결국 질투심이 아니고 무엇이겠냐'며 슬며시 벤 로스를 옹호해주는 선생님도 한둘 찾아볼 수 있었고 말이다.

아무튼 벤 로스 하면 사통팔방 막히는 데가 없기로 유명한 교사인데, 그런 그의 행보를 종종 막아서는 발칙한 물건이 있었으니 그게 바로 학교 영사기였다. 매사에 명석하고 주관이 또렷한 사람이 이 기계 앞에만 서면 어쩔 줄 모르고 쩔쩔매다가 느닷없이 머리를 벅벅 긁어대며 엉뚱한 짓을 골라서 하니, 제아무리 평소 벤에게 일종의 열등감과 자괴감을 느껴온 교사라 해도 그 모습에는 우월감과 만족감을 되찾고 질투와 원한을 풀어버리지 않을 수 없을 정도였다.

이날도 사정은 다르지 않았다. 한참을 영사기 앞에 서서 쩔쩔매던 벤 로스는 기계 앞에만 서면 몸 둘 바를 몰라 하는 자신의 약점을 확인한 끝에, 결국 마음을 접고 필름을 원래 상태로 다시 감아 놓았다. 그는 학생들 중에 시청각 기재를 잘 다루는 귀재가 몇 명 있다는 것을, 그러니 이대로 내버려두면 곧 솜씨 좋은 녀석이 나와서 처리해주리라는 것을 알고 있었다. 벤 로스는 씁쓸한 마음으로 교탁에 돌아와 한 다발의 종이를 집어 들었다. 학생들이 지난 시간에 제출한 수행평가 과제물로, 벤은 영화를 보기 전에 그것을 아이들에게 돌려줄 생각이었다.

아이들의 평소 학습 태도와 실력은 수행평가에도 그대로 드러난다. 과제물로 A학점을 받은 학생은 로리 손더스와 에이미 스미스, 단 두 명의 여학생으로, 이 둘은 수업 중 가장 눈을 반짝거리며 진지한 질문을 많이 하는 친구들이다. 그 외 A마이너스를 받은 한 명을 제외하면 대부분은 B와 C이고, D학점도 두 명이나 됐다.

D학점 가운데 하나는 축구부 간판스타인 브라이언 아몬으로, 성대모사와 느물대기가 특기인 이 녀석은 축구 하나만 믿고 세상을 살 작정인지 나머지는 어떻게 되든 아무 상관이 없다는 식이었다. 벤이 보기에 브라이언은 머리가 퍽 좋아서 조금만 맘 잡고 노력하면 좋은 점수를 받을 수 있지 싶은데, 정작 그는 아직 철이 안 들어서인지 엉뚱하게 장난칠 거리만 찾아다니느라 바빴다. D를 받은 나머지 하나는 로버트 빌링즈였다. 이 학생은 어디서 뭐를 하든 꼴찌를 도맡아 했다. 어떤 일에도 희망을 버리지 않는 벤 로스도 이 친구에 대해서만은 대책이 서지 않는 듯, 한참을 생각하다 고개를 흔들었다.

마침내 수업을 마치는 종소리와 함께 복도 여기저기서 쿵쾅쿵쾅 교실 문이 열리며 아이들이 우르르 몰려나오는 소란이 시작되었다. 정말 이상한 아이들이다. 수업 끝나는 종이 울리면 무슨 폭발물이라도 피하듯 다들 교실 밖으로 튀어나오는 반면, 수업을 받으러 교실에 들어올 때는 마치 달팽이, 아니 나무늘보처럼 엉기적거리면서 온다. 그런 아이들의 모습을 볼 때마다 벤 로스는 자기가 학교에 다니던 시절과 최근의 상황을 비교하게 된다. 요즘 학교는 한결 공부하기 좋은 환경으로 변했지만, 몇 가지 점에서는 훨씬 나빠졌다는 생각이 들곤 하는 것이다.

나빠진 점 가운데 대표적인 것 하나는 학생들의 나태한 태도다. 요즘 애들은 도무지 시간관념이 없는 것 같다. 수업 시작종이 울리든 말든 아무 상관없다는 표정으로 5분이나 10분씩 늦게 들어오는 학생들마저 종종 눈에 띈다. 벤 로스가 학생이던 시절에 이는 상상도 할 수 없는 일이었다. 그랬다가는 그야말로 청천벽력, 마른하늘에 날벼락이 떨어질 각오를 해야 했다. 다른 친구들의 시간까지 좀먹은 죄로 최소한 몇 시간 정도는 거의 주리를 트는 엄벌을 받아야 했으니 말이다.

과거와 크게 달라진 또 하나는, 숙제에 대한 아이들의 태도다. 요즘 애들은 숙제를 꼭 해야 한다는 생각을 별로 안 하는 것 같다. 낙제점을 받든 벌을 받든 아랑곳하지 않겠다는 식이다. 숙제는 하고 싶은 사람만 하는 거라고 오해하고 있는 게 아닌가 싶을 정도로 당당하다. 몇 주 전, 벤과 대화를 나눈 한 2학년 녀석도 그랬다.

"숙제도 물론 중요하지요. 하지만 선생님, 저의 폐인 생활도 중요하거든요. 헤헤."

"폐인 생활이라. 음, 한없이 낮아진 정신 수준을 지켜내느라 상당히 고난도 수행을 하는 모양이구나!"

아이들의 세계를 이해하느라 나름대로 갖은 노력을 기울이는 벤 로스는, 며칠 전의 심하게 썰렁했던 대화를 다시 떠올리자 자기도 모르게 난감한 웃음이 새어 나오는 걸 느꼈다. 그러는 사이 아이들이 하나둘 교실로 모여들었다. 늘씬한 데다 꽃미남이기까지 한 데이비드 콜린즈가 단연 눈에 띄었다. 브라이언과 함께 축구부의 또 다른 간판스타인 데이비드는 로리 손더스의 남자친구다.

벤 로스는 데이비드를 불렀다.

"데이비드, 너 영사기 좀 만질 줄 알지?"

"당근이죠!"

시원스레 대답한 데이비드는 영사기 옆에 무릎을 꿇고 앉아 민첩한 손놀림으로 필름 작동 준비를 완료했다. 일사천리로 임무를 완수한 그에게 벤 로스는 머쓱한 미소를 지어 보이며 고맙다고 했다.

그때 로버트 빌링즈가 어슬렁거리며 교실로 들어왔다. 로버트는 비대한 몸집 탓인지 늘 바지에서 셔츠 자락이 삐져나온 채로 다녔다. 또한 머리는 언제 봐도 까치집인 게, 빗질 한번 안 하고 그냥 학교에 오는 모양이었다.

"오늘 영화 보냐?"

영사기를 보고 로버트가 별생각 없이 내뱉었다.

"그런 걸 왜 보냐, 꼴통아! 오늘은 영사기 설치법을 배우는 거야!"

로버트만 보면 사사건건 말도 안 되는 트집을 잡고 괴롭히는 브래드가, 이번에도 건수 하나 올렸다는 듯 로버트의 말꼬리를 잡고 늘어졌다.

"말꼬리 놓아줘라, 브래드!"

벤 로스는 엄격한 목소리로 브래드의 행동을 제지했다.

어느새 아이들이 제법 들어와 자리를 잡았고, 벤 로스는 이제 과제물을 나눠줄 수 있겠다 싶어 학생들에게 주목하라는 신호를 보냈다.

"얘들아!"

그는 큰 소리로 말을 이었다.

"지난주 너희들이 제출한 수행평가 과제물인데, 잘들 했더구나."

일일이 아이들의 이름을 부르며 책상 사이로 왔다 갔다 하면서 과제물을 나눠주던 벤 로스는 문득 멈춰 서서 이렇게 말했다.

"그런데 다시 한 번 당부할 게 있어. 과제물을 너무 엉망으로 한 친구들이 있는데, 아마 본인들이 잘 알 거야."

그는 반 학생들이 전부 볼 수 있도록 과제물 한 장을 높이 치켜들었다.

"이것 좀 봐라. 가장자리에다 낙서는 왜 하는 거니?"

아이들이 킥킥거렸다.

"그거 누구 건데요?"

한 아이가 물었다.

"본인이 잘 알 거라 그랬잖니!"

벤 로스는 방금 아이들에게 보였던 종이를 과제물 뭉치 가운데 넣어 잘 섞은 후 계속해서 나눠주었다.

"이제부터는 지저분한 과제물은 점수를 깎겠다. 고칠 게 많으면 찍찍 긋지 말고 깨끗한 종이에 다시 해서 내도록! 알겠니?"

수행평가 과제물을 깔끔히 정리해서 내라는 얘기는 이번 학기에만 벌써 세 번째. 하지만 고개를 끄덕이는 아이들은 단지 몇 명에 불과할 뿐, 나머지는 별로 개의치 않는 눈치다. 과제물을 다 나눠준 벤 로스는 교탁으로 가서 아이들에게 영화를 보여주기 위해 스크린을 밑으로 잡아당겼다.

2장
아돌프 히틀러의 등장

한 편의 다큐멘터리가 던진 충격

오늘 수업에서 다룰 주제는 제2차 세계대전이다. 지난 시간 벤 로스는 학생들에게 독일 나치들이 강제수용소에서 어떤 일을 저질렀는지를 묘사한 다큐멘터리 영화를 보여주겠다고 했다. 커튼을 치고 불을 모두 끈 교실에서, 아이들은 스크린에 펼쳐지는 장면에 눈길을 모았다.

흡사 가느다란 뼈를 가죽으로 감싼 듯 바싹 마른 사람들. 곧 부서질 것 같은 그들의 앙상한 다리 가운데 유일하게 불거진 부분은 무릎이었다. 넋이 나간 듯한 그들은 섬뜩한 눈길로 이쪽을 쏘아보고 있었다.

전쟁 관련 필름을 제법 많이 본 벤 로스도, 상상을 초월하는 나치의 행각을 다룬 이 다큐멘터리의 장면들에는 익숙해질 수가 없었다. 보고 또 보아도 그때마다 소름이 끼치고 몸이 떨리는 걸 참기 힘들었다. 필름이 돌아가기 시작하자 벤 로스는 먼저 마음을 가라앉히고 학생들에게 내용을 요약해주었다.

"지금 우리가 보는 이 영화는 1934년부터 1945년까지 독일에서 실제 벌어진 일을 그대로 담고 있어. 이런 짓을 한 인간의 이름이 바로 아돌프 히틀러야! 제1차 세계대전이 터지기 전까지 그는 시골에서 얼마간 머슴살이를 했고, 공사장에서 짐 나르는 일도 하고 또 페인트공으로도 일했어. 밑바닥 인생을 두루 거쳤던 거지. 그러다 전쟁이 터지자 군대에 들어갔는데, 거기서 그는 다른 사람에게 명령하고 또 상부의 명령에 복종하는 각별한 맛을 알게 돼. 제1차 세계대전 기간 동안 명령과 복종의 질서에 매혹당한 거지. 전쟁이 끝나자 히틀러는 정치에 뛰어들어. 당시 전쟁에 패한 독일은 큰 혼란에 빠져 있었거든. 전쟁 통에 온 나라가 폐허로 변하는 바람에 많은 사람들이 집도 일자리도 없이 길거리에 나앉아 추위와 배고픔에 떨어야 했어. 게다가 새로운 정권의 힘은 아직 많이 약했고. 이 모든 상황 속에서 히틀러가 세운 나치당은 급속히 성장할 수 있었지. 연설을 잘했던 히틀러는 독일인이 이렇게 고생하는 이유가 전부 유대인 때문이라고 제멋대로 떠들어댔어. 유대인들을 문명의 파괴자로 매도하는 반면, 독일인은 가장 우수한 종족이라고 치켜세우면서 말이야. 아무 근거도 없이 그런 이론을 만들어낸 거야. 지금은 이 미친 인간이 편집증 환자였다는 사실을 세상 사람 모두가 알고 있지만, 당시엔 그가 누군지 잘 몰랐어. 결국 히틀러의 나치당은 1933년 선거에서 가장 많은 표를 얻어 독일의 집권당이 되고 말았지. 1923년에 히틀러가 괴상망측한 정치 행각으로 붙들려 감옥살이를 한 지 딱 10년 만에."

　학생들이 스크린에 펼쳐지는 광경에 집중하기 시작하자, 벤 로스는 일단 말을 중단하고 필름이 돌아가기를 기다렸다. 다시 뼈와 가죽만

앙상하게 남은 사람들이 보였다. 그들은 가스실에 들어가기 전 나치 군인들의 총부리를 피하느라 쩔쩔매다가, 어쩔 수 없이 가스실 안으로 떠밀려 들어갔다. 그리고 그 안에서 먼저 죽어 쓰러진 사람들의 시신을 거두어 한쪽에 차곡차곡 쌓고 있었다.

이 장면에서 벤 로스는 속이 울렁거리는 것을 느꼈다. 인간의 탈을 쓰고 어떻게 다른 인간에게 저런 일을 시킬 수 있었을까? 영문을 모른 채 화면을 바라보고 있는 학생들에게 벤 로스는 다시 몇 마디 설명을 덧붙였다.

"이건 실제 상황이었어. 히틀러가 죽음의 수용소에서 행한 이 작업에 뭐라고 이름을 붙였는지 아니? 바로 '유대인 문제의 최종 해법'이라 그랬어. 으스스하지? 그런데 실은 여기에 유대인만 보낸 게 아니야. 나치들이 보기에 뭐 하나라도 못마땅한 사람들은, 설사 그게 독일인이어도 죄다 잡아 보냈어. 우수한 독일 종족에게 해를 끼친다는 이유로 말이야. 게다가 저런 만행은 독일뿐 아니라 나치가 점령한 모든 지역에서 일어났어. 특히 동부 유럽 같은 경우 피해가 컸지. 나치들은 맘에 안 드는 사람들을 전부 색출해서 강제수용소로 끌고 가 중노동을 시켰어. 심지어 굶주림과 고문에 쓰러져 더 이상 아무 일도 할 수 없게 된 사람들은 가스실로 보내버렸고. 짜낼 수 있는 건 최후까지 다 짜낸 다음, 그 찌꺼기는 아궁이에 넣고 불태워버린 거야."

벤 로스는 자신의 격앙된 목소리를 의식한 듯, 잠시 숨을 고른 후 다시 침착한 소리로 말을 이었다.

"수용소에서 이렇게 나치가 학살한 사람 수는 여자와 남자, 그리고 아이들을 포함해서 천만 명이 넘는단다. 통계 자료에 의하면 수용소에 끌려온 사람들은 평균 9개월 정도를 살았는데, 실은 일주일도 못 견디고 세상을 떠난 사람도 많았다고 해."

이제 스크린에는 여기저기 높은 굴뚝이 솟아 있는 시설 전체가 드러났다. 그건 한마디로 사람을 태워 죽이는 시설이었다. 벤 로스는 학생들에게 '사람들의 살과 뼈를 태우는 건물 굴뚝 위로 하얀 연기가 피어나는 걸 보라'고 말해주려다가 그만두었다. 그런 건물들을 눈으로 보는 것만도 끔찍한 충격이니 굳이 설명을 달 필요가 없다고 본 것이다. 그는 필름을 통해 사람의 살 타는 냄새가 전달되지 않는 게 천만다행이다 싶었다. 역사를 통틀어 인류가 저지른 가장 극악무도한 현장, 하얀 연기가 자욱한 그 현장의 악취까지 맡아야 한다면… 여기에 생각이 미치자 그의 머릿속은 다시 하얘졌다.

얼마 후 다큐멘터리 필름은 곧 끝이 났다. 문가에 앉아 있던 학생이 불을 켜자 벤 로스는 교실을 둘러보았다. 몇몇은 아직도 굳은 얼굴로 숨을 죽이고 있었다. 일부러 충격을 주기 위해 필름을 돌린 건 아니지만, 조금만 관심을 갖고 지켜봤다면 누구라도 심각한 충격을 받지 않을 수 없었을 거라고 그는 생각했다.

고든 고등학교에 다니는 학생들은 대개가 이 평화롭고 한적한 소도시에서 태어나 안온하고 보수적인 중산층 가정에서 성장한 아이들이다. 어디나 마찬가지로 여기도 매스컴을 통해 쏟아지는 폭력물에 수없이 노출되고는 있지만, 그래도 이곳 아이들은 세상 물정 잘 모르고 순진한 편에 속한다. 몇몇 아이들은 그새 긴장이 풀렸는지 벌써 장난칠 거리를 찾고 있었다. 아마도 방금 본 필름을 그간 숱하게 접해온 폭력물 정도로 생각하는 모양이었다. 창가에 앉아 내내 졸고 있던 로버트 빌링즈는 아예 책상에 엎드려 잠을 청했다. 하지만 그와는 대조적인 반응을 보이는 아이들도 있었다. 맨 앞자리에 앉은 에이미 스미스는 아직도 훌쩍거리며 빨갛게 충혈된 눈에서 눈물을 훔쳐내고 있었고, 제일 뒤의 로리 손더스도 굉장히 분개한 얼굴이었다.

"어땠니?"

벤 로스가 아이들을 돌아보며 조용히 물었다.

"하지만 이게 무슨 괴담이나 엽기 영화가 아니라는 걸 알았으면 해. 한여름의 더위를 씻기 위한 공포 영화는 더더욱 아니고 말이지. 내가 여러분에게 당부하고 싶은 건, 이 영화에서 무슨 공포나 분노를 느끼라는 게 아니라 방금 본 장면들과 내가 덧붙인 설명에 대해서 다 같이 한번 차분하게, 좀 진지하게 생각을 곱씹어보자는 거야."

그때 에이미 스미스가 손을 들었다.

"질문 있니?"

"독일 사람들은 전부 나치였나요?"

에이미의 물음에 벤 로스는 고개를 저었다.

"그렇지 않아. 독일 사람 중 나치였던 사람은 전체 인구의 10퍼센트도 안 돼."

"근데 어떻게 저런 일이 가능했지요? 90퍼센트가 넘는 사람들이 소수가 벌이는 저런 행위를 막을 수 없었다는 건가요?"

"글쎄다… 내가 알기로 당시 사람들은 대부분 겁에 질려 있었는데… 수적으로는 나치가 얼마 안되었지만, 그들은 이른바 '돌격대'와 '보안대'라는 조직 안에서 훈련을 받은 사람들이었어. 반면에 대다수의 일반 시민은 훈련을 받은 적도 없고, 총기 같은 것도 물론 갖고 있지 않았지. 그저 불안과 공포에 질려 있었다고 할까. 게다가 제1차 세계대전에서 패배한 독일은 경제적으로 거의 파산한 지경이어서, 대다수 사람들은 변변한 일자리도 없이 매일 치솟는 물가에 시달리고 있었어. 그러니 누구의 힘으로라도 나라가 빨리 안정을 찾으면 좋겠다는 바람들이 간절했을 거야."

벤 로스는 잠시 말을 끊었다가 다시 이었다.

"그런데 놀라운 건, 전쟁이 끝난 후 독일 사람 대부분이 나치 돌격대원들의 그 끔찍한 만행에 대해 전혀 아는 바가 없었다고 주장했다는 점이지."

"뻥이요!"

중간에 앉은 검은 머리 에릭이 손을 들고 급히 말했다.

"어떻게 천만 명이 죽는데 아무도 몰라요?"

"내 말이!"

쉬는 시간에 로버트 빌링즈를 괴롭히던 브래드가 맞장구를 쳤다.

"완전 개뻥이오!"

영화를 본 상당수의 아이들이 나름대로 맥락을 이해한 것 같아 벤 로스는 내심 흐뭇했다. 하나의 주제를 놓고 각자 생각을 굴리고 함께 토론할 수 있다는 건, 벤 로스로서는 무엇보다 반가운 일이었다.

"그래, 얘들아."

벤 로스는 에릭과 브래드를 보며 말했다.

"나도 그게 사실인지 거짓인지 잘 모르겠어. 다만 전쟁이 끝난 후 독일 사람들 대부분이 이구동성으로 그렇게 말했다는 건 정말이야. 강제수용소가 있었는지도 몰랐고, 거기서 대량학살이 일어났다는 사실에 대해서도 전혀 아는 바가 없었다고 그들이 증언했다니까!"

침묵을 지키고 있던 로리 손더스가 손을 들었다.

"에릭 말이 맞는 거 같아요."

그녀는 말을 이어갔다.

"그게 말이 안 되잖아요. 나치들이 그렇게 사람을 잡아다 죽이는데, 같은 나라에 살면서 어떻게 그걸 몰라요? 그리고 어떻게 아무 일도 없다는 듯 태평스레 살 수가 있죠? 게다가 그런 일이 있었는지 몰랐다는 주장까지 하다니요?"

로리의 질문에 벤 로스는 고개를 끄덕이며 대답했다.

"내가 확실히 말할 수 있는 건 이것뿐이야. 나치는 철저하게 훈련된 조직이라서, 그 앞에 가면 모두 감당하기 힘든 두려움을 느꼈다는 것. 지독한 불안과 공포, 가공할 만한 공포!"

여기까지 말한 벤 로스는, 잠시 말을 멈추고 고개를 갸우뚱하고는 설명을 계속했다.

"당시 독일인들이 보인 행동은 사실 역사의 수수께끼야. 어떻게 그런 일이 벌어지도록 모두 수수방관할 수 있었을까? 뿐만 아니라 그런 끔찍한 일에 대해 자기네는 몰랐다고 주장할 수 있을까? 아무리 생각해도 말이 안 되는데, 우습게도 그 답을 아는 사람은 아무도 없어."

에릭이 다시 한 번 손을 들었다.

"내가 말할 수 있는 건, 그렇게 사이코 조폭들이 나라 전체를 접수하게 놔두면 곤란하다는 거죠."

"내 말이!"

브래드가 말을 받았다.

"나치가 아니라 나치 할배라도 그렇지. 천만 명이나 죽이는데, 그런 엄청난 공포를 나라 전체에 퍼뜨리는데, 누구한테도 들키지 않고 조폭들끼리만 할 수는 없지… 나라면 몇몇 안 되는 것들이 설쳐대고 다니는 거, 그 암울한 꼴은 절대 못 봐요!"

몇몇 아이들이 진지함과 장난을 섞어가며 발언을 계속했다. 벤 로스는 가능한 한 모든 학생에게 말할 기회를 주고 싶었으나 수업을 마치는 종이 울려 그럴 수가 없었다. 반가운 종소리에 아이들은 다시 썰물처럼 교실 밖으로 빠져나갈 준비를 했다.

풀리지 않는 의문

데이비드 콜린즈도 자리에서 일어섰다. 배 속에서 꾸르륵대는 소리가 요란했다. 밥 좀 달라고 거지들이 아우성치는 것만 같았다. 운동선수인 데이비드는 아침에도 진수성찬을 차려 먹고 오는 편이다. 그런데 오늘은 늦잠을 자느라 물 한 모금 못 마시고 곧장 학교로 달려왔다. 그런 사정 탓에 지금 데이비드에게는 어서 식당으로 달려가 주린 배를 채워야겠다는 생각밖에 없었다. 그에게도 오늘 본 영화는 적잖은 충격이었지만, 그건 그거고 우선은 배고픔을 달래야 했다.

그는 서둘러 가방을 챙기면서 여자친구인 로리 손더스를 바라보았다. 로리는 아직도 꾸물대며 자리에 그대로 앉아 있었다. 선생님에게 무슨 질문이 있는 모양이었다.

"로리, 빨리 좀 나와!"

데이비드는 서두르며 툴툴거렸다.

"아, 배고파 죽겠어. 그만 꾸물거리고 빨리 밥 먹으러 가자."

하지만 로리는 손을 들어 먼저 가라는 시늉을 했다.

"먼저 가면 되잖아."

데이비드는 그녀를 기다릴까, 아니면 밥 달라 아우성치는 배 속 거지 떼를 보살필까 잠시 망설이다가, 우선 절박한 배고픔의 문제를 해결하기로 마음을 정하고 먼저 교실을 나섰다.

데이비드가 나간 후 로리는 자리에서 일어났다. 하지만 질문할 게 있는지 여전히 시선은 벤 선생님에게 고정되어 있었다. 교실에는 로리 말고도 아직 몇 명이 더 남아 있었다. 이제 막 잠에서 깬 로버트 빌링즈를 빼면, 그들은 대개 방금 본 영화 때문에 입맛이 싹 달아난, 좀 예민한 친구들이었다.

"어떻게 사람들이 그렇게 갑자기 잔인해지냐? 나치라는 당에 가입하면 사람들이 갑자기 그렇게 변할 수 있는 건가? 그렇잖아요, 선생님. 중학교 때까지 얌전하던 애들이 이상한 고등학교에 들어갔다고 너도 나도 날라리가 된다는 게 말이 되냐고요."

말 같지도 않은 악몽을 떨쳐내겠다는 듯, 로리는 얼토당토않은 예까지 들어가며 벤 선생님에게 같은 질문을 자꾸 해댔다.

"모든 사람이 그토록 잔인할 수는 없을 것 같거든요."

벤 로스는 그녀의 말에 깊이 동감한다는 표시로 고개를 끄덕여주었다.

"맞아. 전쟁이 끝난 다음에 나치 당원들도 그렇게 말했어. 자기네는 그저 명령에 따랐을 뿐이라고, 명령을 따르지 않았다가는 목숨이 달아나니까 어쩔 수 없었다고 똑같은 변명들을 했어."

로리는 고개를 흔들었다.

"그건 말이 안 되죠. 어디로 도망이라도 갔으면 되잖아요. 어떻게든 그런 짓을 피할 길은 분명 있었을 거예요. 자기네는 뭐 눈도 귀도 없고 양심도 없나요? 스스로 생각할 힘이 정말 그렇게도 없었을까요? 아니, 뭐 먹통 기계들인가? 위에서 시킨다고 그대로 하는 멍청이들이었다는 변명을 어쩜 그렇게 똑같이 할 수가 있죠?"

"글쎄 그랬다는 거야. 너도나도 한다는 소리가, 우리는 위에서 시켜서 그랬다는 거거든."

벤 로스의 설명에 로리는 다시 고개를 흔들며 대답했다.

"사이코들 아녜요?"

그녀는 자기마저 사이코가 될 것 같다는 안타까운 표정으로 계속해서 물었다.

"다 같이 미친 거지, 어떻게 맨정신으로 그럴 수가 있어요?"

벤 로스가 로리에게 고개를 끄덕이며 공감을 표시할 때, 로버트 빌링즈가 교탁 앞을 지나 슬금슬금 꽁무니를 빼고 있었다.

"로버트!"

벤 로스는 로버트를 불러 세웠다.

"잠시 얘기 좀 할까?"

로버트는 그 자리에 멈춰 섰지만, 선생님의 눈길을 피하려는 기색이 역력했다.

"어젯밤에 잠을 못 잤니?"

로버트는 머쓱한 얼굴로 고개를 주억거렸다.

벤 로스는 답답한 마음을 풀어내려는 듯 짧게 한숨을 내쉬었다. 수업 시간마다 어떻게든 로버트에게 말을 붙여가며 그와 소통할 수 있는 길을 찾아보려고 나름대로 퍽 애를 쓰고 있기는 하지만, 달라지는 건 별로 없었다. 로버트는 여전히 과제물을 엉망으로 제출했고, 수업 시간에도 툭하면 딴짓을 하여 아이들 사이에서는 심각하게 따돌림을 당하고 있었다.

"로버트!"

벤 로스가 이번에는 좀 더 단호한 목소리로 말을 이었다.

"네가 앞으로도 계속 수업에 태만하면 낙제점을 줄 수밖에 없어. 이런 식으로라면 아마 졸업을 못할 거다."

로버트는 흘끔 선생님을 쳐다보다 얼른 눈길을 돌려버렸다.

"내게 뭐 할 말 없니?"

벤이 물었지만 로버트는 아무 대답도 하지 않았다. 그러다 문득 어깨를 들썩이며 한마디 내뱉었다.

"괜찮아요."

벤이 다시 물었다.

"뭐가? 뭐가 괜찮은데?"

이런 추궁을 당하는 게 마냥 싫은지 로버트는 자꾸만 교실 밖으로 달아나려고 했다.

"로버트, 잠깐만!"

로버트는 발길을 멈추었지만 선생님을 돌아보지는 않았다.

"그냥 괜찮고요… 저는 아무래도 괜찮아요."

알아듣기도 힘들 만큼 작게 중얼거리는 그의 목소리에 벤은 난감했다. 입장을 바꿔 생각해보니, 이렇게 추궁하는 교사 앞에서라면 자기가 로버트여도 별로 할 말이 없을 것 같았다. 게다가 로버트는 많이 힘든 경우가 아닌가. 어려서부터 줄곧 형의 그늘에 묻힌 채 끊임없이 비교를 당해왔으니, 거기서 헤어나기가 쉽지 않을 터였다.

로버트의 친형인 제프 빌링즈는 고든 고등학교의 역사를 통틀어 최고로 우수한 학생이었다. 그는 학교 다니는 내내 전 과목에서 최고의 점수를 올렸을 뿐 아니라, 무슨 대회든 지역 대표로 나가기만 하면 상을 휩쓸어오곤 했다. 게다가 전교회장을 할 만큼 리더십도 뛰어났다. 고등학교 졸업 전에 이미 대학 장학금을 확보했던 그는, 현재 의과대학생이 되어 있다. 자기와는 전혀 경쟁 상대가 되지 않을 만큼 모든 분야에서 탁월한 형을 보면서 어쩌면 로버트는 최소한의 노력조차 하지 않는 쪽으로 마음을 굳혔는지도 모르겠다고, 벤은 생각했다. 출중한 수재를 형으로 둔 까닭에 상당히 힘겨운 고등학교 시절을 보내야 했던 벤 로스는, 그런 로버트의 마음을 어느 정도는 이해할 수 있었다.

"로버트, 잘 들어라!"

벤은 말했다.

"이 세상에 제프 빌링즈는 네 형 하나면 충분하다. 네가 제프하고 똑같은 인간이 되기를 바라는 사람은 아무도 없다는 말이야."

로버트는 움찔 놀라 벤 선생님을 훔쳐보았다. 그러더니 어쩔 줄 몰라 하며 지근지근 엄지손톱을 물어뜯기 시작했다.

"선생님이 너한테 바라는 건, 조금이라도 노력을 해보라는 거야."

벤의 말에 로버트는 고개를 떨어뜨리고 바닥을 내려다보며 말했다.

"그만 갈게요."

"운동 좀 못하는 건 그렇게 중요한 게 아니라고 생각한다."

벤이 무슨 말인가 계속하려 했지만, 이미 소년은 고개를 떨군 채 교실 문을 향해 슬금슬금 꽁무니를 빼고 있었다.

3장
역사에서 일상으로 건너온 아이들

불가촉천민, 로버트

학교 식당에 도착한 데이비드 콜린즈는 베란다에 놓인 작은 탁자 하나를 간신히 차지할 수 있었다. 주린 배를 움켜쥐고 허겁지겁 받아 온 밥을 절반쯤 먹고 나자 비로소 정신이 돌아온 그는, 마침 식당에 나타난 로리에게 이리 오라고 손짓을 했다.

로리가 옆에 와서 식판을 내려놓을 때, 저만치 뒤에서 빈자리를 찾아 서성이는 로버트 빌링즈가 눈에 띄었다.

"로리, 쟤 좀 봐!"

자리를 잡고 앉으려는 로리에게 데이비드가 속삭였다. 로리는 데이비드가 가리키는 쪽으로 고개를 돌렸다. 로버트가 식판을 들고 선 채로 두리번거리고 있었다. 그 와중에도 그는 입에 넣은 핫도그를 아귀아귀 씹느라 분주했다. 엉거주춤한 자세로 몸을 이리저리 돌리던 로버트는, 마침내 빈자리를 찾은 듯 어느 탁자로 다가갔다. 그러자 거기 앉아 밥을 먹던 여학생 둘이 불편한 표정으로 서로를 바라보다가 자리에서 일어나 식판을 들고 다른 데로 가버렸다. 방금 전, 같은 교실에서 함께 수업한 친구들이었다. 하지만 로버트는 아무 일도 없었다는 듯 멀쩡한 얼굴로 그 자리에 그냥 앉아 음식물을 우적우적 씹기 시작했다.

그 광경을 본 데이비드가 절레절레 머리를 흔들었다. 아직 입안에 음식이 남아 있는지 그는 우물대며 말을 했다. 최근 같은 축구부 친구 브라이언이 즐겨 쓰는 '장황하오체' 말투였다.

"로리, 불가촉천민은 인도에만 사는 게 아닌가 하오."

"불가촉천민?"

배 속이 두둑해진 데이비드는 암울했던 인생이 다시 즐거워지기 시작했는지, 이번에는 벤 로스 선생님의 목소리까지 실감나게 흉내냈다.

"인도에는 신분을 넷으로 나누는 카스트 제도라는 게 있거든. 그런데 그 악명 높은 신분제도의 네 계급 중 어디에도 끼지 못하는, 최고로 비천한 사회적 왕따들이 또 있단다!"

로리는 벤 로스 선생님을 따라하는 데이비드가 정말 촌철살인의 비유를 구사하고 있다 생각하며 킥킥거렸다.

"크큭. 딱이다 딱이야! 로버트는 정말 우리 학교의 불가촉천민이라 할 만해!"

데이비드의 이 말에 로리가 갑자기 민망한 얼굴을 하며 물었다.

"데이비드, 네가 보기에도 쟤가 좀 이상한 거 같니?"

"그걸 내가 어찌 알겠소."

장난으로 말을 받던 데이비드는 문득 생각이 난 듯 장황한 설명을 늘어놓았다.

"그래, 내 기억에 쟤는 원래 좀 이상했어. 하지만 사람들이 모두 저렇게 대하는데 어떻게 괜찮을 수 있겠어? 나라도 별수없을 거 같아. 자기 형과는 진짜 딴판이잖아. 두 사람이 한 어머니, 같은 배에서 나왔다는 걸 믿을 수가 없다니까."

로리가 데이비드에게 말했다.

"울 엄마가 로버트네 엄마랑 잘 안다는 얘기 내가 했지?"

"그래서? 쟤네 엄마가 로버트 얘길 많이 하신대?"

데이비드의 반문에 로리는 말을 이었다.

"아니. 내가 들은 얘기는 딱 하나야. 언젠가 로버트를 데리고 병원에 가서 무슨 검사를 받았는데, 의사가 정신적인 문제는 전혀 없다고 그랬대. 지능도 정상이고. 그러니까 머리가 모자라거나 뭐 그런 건 아니라는 거지."

"근데 하는 짓은 왜 저러냐?"

데이비드는 좀 비쭉거리다 다시 남은 음식을 먹는 데 열을 올렸다.

비슷한 듯 다른 네 친구

로리는 도통 입맛이 없어, 식판을 탁자 위에 올려놓고 마치 제사라도 올리는 사람처럼 멍하니 쳐다보고만 있었다.

"왜 그래?"

데이비드가 물었다.

"배가 안 고파."

잠시 뜸을 들인 후 로리가 말했다.

"아까 그 영화, 정말 끔찍하지 않니? 넌 괜찮아?"

데이비드 역시 심란한 얼굴로 입속의 음식을 한참 씹다가 이윽고 자기의 의견을 털어놓았다.

"음, 진짜 가공할 만한 공포였어. 벤 샘이 괜히 그런 구린 영화를 보여줘서는… 아, 진짜 점심 먹은 거 다 올라올 것 같다. 하지만 로리, 그건 벌써 오래 전 일이야. 이미 지나간 역사일 뿐이라고. 과거에 일어난 일을 이제 와서 어떻게 바꿀 수는 없는 거잖아."

"하지만 도저히, 절대로, 잊을 수는 없을 것 같아."

로리는 소름이 끼친다는 듯 부르르 몸을 떨며 햄버거 한입을 베어 물더니 금세 얼굴을 찌푸리며 나머지를 도로 식판에 내려놓았다.

"이제 잊어. 암울한 생각만 하면서 살 수는 없는 거잖아. 이미 한 번 일어난 일인데, 설마 똑같은 일이 또 일어나겠어? 그렇진 않다고!"

데이비드는 로리를 달래는 동시에 그녀가 내려놓은 햄버거를 바라보았다.

"그만 먹을 거야?"

로리는 다시 한 번 진저리를 치며 머리를 내둘렀다. 아까 본 다큐의 장면 장면들이 떠올라 도저히 식사를 계속할 수가 없었다.

"내 것도 먹어."

데이비드는 햄버거는 물론이고 감자튀김과 샐러드에 아이스크림까지, 로리가 남긴 모든 음식을 깨끗하게 먹어치웠다. 그런 데이비드를 보는 둥 마는 둥, 로리의 시선은 어딘가 먼 곳을 향하고 있었다.

"아우, 잘 먹었다."

데이비드는 이제야 좀 살 만하다는 듯 허리를 펴고 휴지로 입가를 닦았다.

"더 먹어야 하는 거 아냐?"

로리의 질문에 데이비드는 멋쩍은 얼굴로 답했다.

"사실 아직 좀… 헤헤."

그때였다. 두 사람 뒤에서 귀에 익은 목소리가 들렸다.

"여기 좀 앉아도 되지?"

잠시 후, 역시 귀에 익은 또 하나의 목소리가 다른 쪽에서 튀어나왔다.

"내 자리야!"

데이비드와 로리 두 사람은 동시에 뒤를 돌아보았다. 목소리의 주인공은 에이미 스미스와 브라이언 아몬으로, 그들은 서로 다른 방향에서 데이비드와 로리의 테이블을 향해 걸어오며 설전을 벌이고 있었다. 그들은 마주치기만 하면 늘 이렇게 아옹다옹하며 서로를 반겼다.

"이게 왜 그대 자리요?"

장황하오체를 즐겨 쓰는 브라이언의 공격이 시작되었다.

"줄 서서 기다릴 때부터 점찍어 놨거든!"

에이미의 답변에 브라이언이 갑자기 거드름을 피우며 잘라 말했다.

"거야 그대만의 생각이고! 사실 이건 좀 긴급 사안이오. 나는 데이비드 도령과 축구 전략을 짜야 한단 말이오."

"나도 로리랑 할 일이 있단다."

에이미 또한 지지 않고 항변을 이어갔다.

"무슨 일인데 그러시오?"

브라이언의 질문에 에이미는 자못 진지하게 대답했다.

"너희들이 그 밥맛없는 축구 얘기 하는 동안, 우리도 여자들끼리 할 얘기가 있단 말야!"

"아유, 그만들 해!"

로리가 끼어들었다.

"여기 의자도 두 개 있는데 왜들 그래?"

"하지만 얘들은 세 사람 자리를 차지하잖아!"

에이미가 브라이언과 데이비드를 턱으로 가리키며 말했다. 그에 데이비드와 로리는 자리를 좁혀 앉았고, 덕분에 에이미와 브라이언 두 사람은 테이블에 붙어 있는 의자 두 개에 간신히 끼어 앉는 데 성공했다. 자리에 앉은 브라이언 앞에는 식판 두 개가 놓여 있었다. 혼자 먹을 요량으로 양손에 하나씩 식판을 챙겨온 거였다.

"이거 너 혼자 다 먹을 거냐?"

데이비드가 브라이언의 어깨를 툭툭 치며 물었다. 브라이언은 축구부 수비수치고는 그다지 우람한 체격이 아니었다. 게다가 키도 별로 크지 않아서, 두 사람이 일어서면 데이비드가 브라이언보다 머리 하나는 더 커 보였다.

"이 몸이 몸집 좀 불려야 하지 않겠소?"

게걸스레 음식을 삼키며 브라이언이 계속 장황하오체로 웅변을 토했다.

"토요일 경기에서 클락스타운 놈들을 받아내려면 어쩔 수 없소. 한 놈에 500그램씩이 필요하다 이 말씀이오. 그놈들은 우리보다 덩치가 훨씬 큰 떡대들 아니오? 게다가 2미터 장신에 100킬로가 넘는 놈도 하나 있지 않소!"

"그게 뭐 어떻다는 거야? 그렇게 큰 거인이면 몸놀림이 얼마나 둔하겠어."

똑똑한 에이미의 설명에 브라이언은 기가 막힌다는 표정을 지으며 대꾸했다.

"그놈은 달릴 필요가 없단 말이오. 곰처럼 어슬렁대다가 우리 수비수만 꼼짝 못하게 붙들어두면 되는 그런 거인이라고!"

"대체 이번 경기에 승산은 어느 정도나 되는 거니?"

로리가 물었다. 마침 그녀는 〈포도나무〉에 쓸 기삿거리를 생각하고 있었다.

"거야 해봐야 알지…"

데이비드가 좀 애매한 얼굴로 말했다.

"우리 팀 조직력이 좀 엉망이거든. 툭하면 훈련도 빼먹고. 심지어 전체 연습 날에도 절반은 아예 꼴도 안 보인다니까."

"바로 그게 문제요."

브라이언이 고개를 끄덕거렸다.

"훈련에 빠지면 축구부에서 제명시킨다고 쉴러 선생님이 맨날 강조하지만, 그거 순 뻥이야. 막상 제적시켜 봐. 나머지 인원으로는 경기에 나갈 수조차 없는걸."

해답이 보이지 않는 탓인지, 아무도 더 이상 축구에 대해 이야기하지 않았다. 묘한 침묵 속에서 햄버거 하나를 뚝딱 해치운 브라이언은, 두 번째 햄버거를 집어 들더니 덥석 베어 물었다.

그때 데이비드가 갑자기 무슨 생각이 난 듯 이야기를 꺼냈다.

"여기 미적에 자신 있는 사람!"

"미적분? 그런데 미적에 자신 있는 사람은 왜 찾아? 뭐하게?"

에이미가 물었다.

"공대에 가려면 그게 필수라서."

"우씨, 암울하다. 야, 대충 좀 살자! 모르면 모르는 대로 우리 그냥 좀 넘어가자구!"

데이비드의 설명에 브라이언이 드디어 평소의 장황하오체를 완전히 포기하고 빈정거렸다.

"미적은 매일 문제를 풀어봐야 하는데, 한꺼번에 하려니까 어려워서 그래. 미리 기초를 다져놔야 대학 가서 고생을 안 한다는데…. 아, 어디서 미적 마스터를 하나 찾지?"

자못 심각한 얼굴의 데이비드에게 에이미가 무슨 말을 하려다 그만두고는, 좀 멋쩍은 얼굴로 로리에게 말했다.

"로리, 네 남자친구 좀 맛이 갔다."

"우리가 워낙 맛 간 마스터들 아니오?"

브라이언이 킥킥거리며 저쪽에 앉은 로버트 빌링즈를 눈짓으로 가리켰다. 모두 그쪽으로 시선을 돌렸다. 테이블에 혼자 앉아 만화책에 빠져 있는 로버트가 보였다. 뭐라고 입으로 중얼대며 열심히 책장을 넘기는 로버트의 턱이 시뻘겠다. 햄버거 먹다 케첩을 흘린 모양이었다.

"필름 보는 내내 쿨쿨 잠에 빠졌던 찐따 아니오? 애니메이션으로 만들어 틀어주었으면 좋아했을 텐데 말이오."

브라이언의 말을 데이비드가 받았다.

"야, 필름 얘기 꺼내지도 마라. 로리는 밥도 못 먹었다."

"필름 땜에? 그게 뭔 소리요. 약한 척하기는!"

브라이언의 비꼬는 말에 로리는 데이비드에게 언짢은 표정을 지으며 따졌다.

"넌 그렇게 동네방네 소문을 내야 직성이 풀리니?"

"내가 뭐 없는 소리 했냐?"

데이비드의 변명에 로리가 쏘아붙였다.

"됐어!"

이번엔 에이미가 로리를 거들고 나섰다.

"난 로리 심정 충분히 알겠어. 지금 생각해도 속이 울렁거리고 구역질이 날 것 같아."

로리가 데이비드를 보고 말했다.

"것 봐, 나만 그러는 게 아니잖아."

"내가 뭘…"

데이비드의 변명은 계속되었다.

"나는 아무렇지 않다고 얘기한 적 없어. 다만 지나간 과거의 일이라는 거지. 어차피 엎어진 물인데 주워 담을 수는 없잖아. 그건 어디까지나 역사일 뿐이니 우리는 거기서 필요한 교훈만 찾아서 배우면 되는 거 아니겠어? 다시 똑같은 일이 벌어지진 않을 거라고."

로리가 자기 식판을 들고 일어서며 말했다.

"나도 제발 그러길 바래."

"어디 가?"

데이비드가 물었다.

"편집실에 가야지. 〈포도나무〉 일이 한참 남았어."

로리가 대답했다.

"같이 가!"

에이미도 식판을 들고 일어섰다.

"나도 함께 갈게."

데이비드와 브라이언은 두 소녀가 멀어져가는 모습을 한참 바라보았다.

"필름 땜에 밥도 못 먹다니 웬 내숭? 쟤네는 보통 때는 우리보다 더 사납고 극성이면서 왜 갑자기 허약 체질인 척하고 그러냐?"

브라이언이 물었다.

"그러게 말야. 로리는 가끔 별것도 아닌 일을 너무 심각하게 받아들이는 경향이 있어."

데이비드가 고개를 끄덕이며 대답했다.

〈포도나무〉 편집실에서

에이미 스미스와 로리 손더스는 〈포도나무〉 편집실에서 수다를 떨고 있었다. 에이미는 신문반은 아니지만 단짝인 로리와 어울리느라 편집실에 자주 온다. 편집실 문을 안에서 잠그고 창가에서 담배를 피우면 아무한테도 들킬 염려가 없다는 점도, 에이미가 이곳에 오는 이유 중 하나다. 혹 선생님이 나타나더라도 창밖으로 내민 손가락을 벌려 사뿐히 꽁초를 떨어뜨리면 그만이다. 담배를 피울 때 창문을 열어놓고 바깥을 향해 연기를 내뿜으면 냄새도 거의 나지 않았다.

"아, 암울해. 그 필름은 정말 악몽이었어."

에이미의 말에 로리 또한 침울한 얼굴로 고개를 끄덕였다.

"근데 너 데이비드랑 싸웠어?"

에이미가 물었다.

"음? 왜?"

"네 앞에서 엄청 눈치 보며 성실한 척하더라."

"아니, 그런 건 아냐."

로리는 멋쩍은 웃음을 지으며 말했다.

"내가 뭐라 그랬어. 축구 말고 다른 생각도 좀 하면서 살라고. 그냥 운동만 하니까 어떤 때 보면 답답한 느낌이 들어서."

"데이비드는 공부도 잘하잖아."

에이미가 계속해서 말했다.

"운동하는 애치고 데이비드 정도면 잘하는 거지. 브라이언에 비하면 진짜 양반이다, 뭐!"

에이미의 입에서 브라이언의 이름이 나오자 두 친구는 갑자기 킬킬대기 시작했다. 문득 에이미가 물었다.

"참, 데이비드는 공과대학에 갈 거니? 수학이 싫다면서 왜 하필 지겨운 공과대학 공부를 하려고 그런대?"

"컴퓨터를 할 거니까. 컴퓨터학과는 공과대학에 있잖아."

로리가 설명했다.

"데이비드가 수학은 별로지만 컴퓨터는 진짜 짱이야. 지금 데이비드가 쓰는 컴퓨터도 자기가 혼자서 조립한 거야."

"정말? 난 몰랐어."

뜻밖이라는 표정을 짓던 에이미가 물었다.

"넌 뭣 좀 알아봤니?"

로리는 시무룩한 표정으로 고개를 끄덕였다.

"우린 함께 가는 거야! 우리 둘 다 장학금을 받아야 할 텐데…."

"그럼 우리는 진짜 학교를 빛내게 되는 거지!"

에이미가 로리의 말에 맞장구를 쳤다.

"그래. 장학금만 따면 우리가 좀 멀리 떠나도 뭐라고들 안 하실 거야."

굳게 다짐하듯 다소 결연한 표정으로 말하는 로리에게 에이미가 물었다.

"근데 너네 결혼은 안 할 거야? 아님, 약혼이라도…."

로리가 펄쩍뛰며 말했다.

"아우, 야!"

"오랫동안 떨어져 있을 거잖아!"

에이미의 얼굴이 장난기로 가득했다.

"웩! 그럼 뭐 나더러 데이비드 따라가서 현모양처 놀이라도 하란 말이니?"

발끈한 로리는 아랑곳없이 에이미는 더 신나서 떠들어댔다.

"그런 킹카를 어떻게 혼자 놔둬? 나 같으면 불안하겠다."

이번엔 로리가 웃음을 참으며 물었다.

"오예! 그럼 어떡하지? 내 인생은 여기서 접어야 할까?"

"어쭈, 자신만만한 모양인데? 하긴 뭐, 데이비드는 너한테만 빠져 있어서 다른 여자 애들은 눈에도 안 들어올 테니깐."

"거야 모르지…. 하긴, 나한테 쥐어터지지 않으려면."

로리와 에이미는 한참을 킥킥거렸다. 하지만 그 와중에도 로리는 에이미의 말에 질투가 어려 있음을 알아차렸다. 사실 전부터도 그랬다. 데이비드와 로리가 사귀기 시작한 이후 에이미는 두 사람 사이를 부러워했고, 자기도 축구부 남자들 중 하나를 찍겠다며 여러 번 궁리를 했다. 로리와 에이미는 단짝이면서도 모종의 경쟁심을 떨치기가 힘들었다. 그게 께름칙하지만 로리도 어쩔 수 없었다. 공부 잘하고 친구 사이에 인기도 좋고, 또 뭐든 열심히 하는 두 사람이 결국 최후의 경쟁자로 만나는 건 어쩌면 자연스런 결과이므로. 다만 한 가지 아쉬운 것은, 늘 서로 챙겨주고 함께 다니는 친구면서도 그처럼 팽팽한 경쟁심 탓에 더 이상은 서로에게 가까이 다가갈 수 없는 그런 조심스런 부분이 있다는 점이었다.

장난꾸러기 2인조, 카알과 알렉스

그때 갑자기 편집실 문을 두드리는 소리가 났다. 누군가 밖에서 힘껏 문을 열려고 했다. 두 사람은 기겁을 하고 놀랐다.

"누구세요?"

로리가 물었다.

"오웬스 교장입니다."

문 바깥에서 낮은 목소리가 울렸다.

"왜 문을 잠그고 있죠?"

갑작스런 교장의 방문에 당황한 에이미의 얼굴이 창백해졌다. 그녀는 얼른 담배꽁초를 창밖으로 떨어뜨리고 주머니 속의 페퍼민트 껌을 찾아 허겁지겁 입에 넣고 씹기 시작했다.

"어머머! 이 문이 왜 잠겼지?"

로리는 일부러 호들갑을 떨며 문 쪽으로 다가갔다. 그런 다음 파랗게 질린 에이미와 재빠르게 눈짓을 주고받고 몇 번인가 호흡을 조절한 후 힘껏 문을 열었다. 거기엔 두 남자가 서 있었다. 카알 블록과 알렉스 쿠퍼. 둘 다 〈포도나무〉에서 취재와 최신 음반의 리뷰를 담당하는 기자들이었다. 황당해하는 로리를 보며 두 사람은 '너희가 방금 한 짓을 우린 다 알고 있다'는 얼굴로 킬킬거렸다.

"이런 잡것들!"

로리는 장난꾸러기 친구들의 등짝을 몇 번이고 후려쳤다. 그러자 둘은 마치 로리의 손길이 황홀하다는 듯 야릇한 표정을 지었고, 이를 본 에이미는 아예 한술 더 떠 바닥에 까무러치는 시늉까지 했다.

"여기서 무슨 불법 행위, 혹은 금지된 장난이라도 벌인 거냐?"

큰 키에 몸매가 후리후리한 금발 소년 카알이 또 다시 오웬스 교장의 목소리를 흉내 내기 시작했다. 그러고는 마치 자기가 천하의 명탐정이라도 된다는 듯이, 미간에 잔뜩 주름을 잡고는 코를 킁킁대며 여기저기 냄새를 맡고 다녔다. 검은 머리의 허우대 좋은 알렉스는 양쪽 귀에 이어폰을 낀 채로 계속 몸을 흔들어대며 카알의 장난을 지켜보았다.

"몰라! 너 땜에 피 같은 담배만 한 개비 날렸잖아!"

에이미가 계속 가슴을 쓸어내리다 카알의 엉덩짝을 걷어차는 시늉을 했다.

"퍽, 으아악…"

에이미와 장단을 맞추어 나가떨어지는 시늉을 하던 카알은 다시 오웬스 교장으로 돌아가 로리에게 물었다.

"신문은 잘돼 가십니까?"

그 말에 로리는 신경이 곤두서는 모양이었다.

"너희가 그런 소리 할 자격이 있냐? 기사를 한 줄이라도 넘겨야 신문을 내든가 말든가 하지. 대체 원고는 언제 줄 거니?"

"오, 제발!"

갑자기 알렉스가 과장된 억양과 몸짓을 구사하며 시계를 보더니, 재빨리 문 쪽으로 달려가며 말했다.

"나 그만 가봐야 돼. 탱고 음악 취재하러 지금 당장 아르헨티나 가는 비행기를 타야 하거든!"

카알도 서둘러 알렉스를 뒤따라갔다.

"난 알렉스를 공항에 데려다 줘야지~잉!"

온갖 설레발을 치며 두 친구가 퇴장하자, 로리가 맥빠진 얼굴로 에이미를 바라보며 혼잣말을 날렸다.

"어휴, 저것들을 그냥!"

그것으로도 분이 안 풀리는지 급기야 로리는 주먹을 불끈 쥐고 카알과 알렉스가 사라진 곳을 향해 몇 번이고 종주먹을 들이댔다.

4장
세상에 하나뿐인 아이디어

벤, 나치의 비밀에 골몰하다

학생들에게 필름을 틀어준 수업 이후, 벤 로스는 뭔가 모르게 꺼름칙함을 느꼈다. 그게 정확히 무엇인지, 왜 그런지는 그도 알 수 없었다. 다만 필름을 보고 나서 학생들이 보인 반응과 관련이 있다는 것 정도는 확실히 알 것 같았다. 곰곰 생각해본 끝에 벤 로스는, 자기 안에 남아 있는 불편하고 석연치 않은 기분이 아이들의 질문에 적절한 대답을 해주지 못했기 때문이라는 결론을 내렸다. 나치의 탄압에 왜 그토록 많은 독일인들이 침묵했는가? 이 같은 사실에 아이들이 강한 의혹과 의문을 제기했음에도, 벤은 자기 또한 그 이유를 알지 못하기에 아이들에게 명확한 답변을 들려줄 수 없었던 것이다.

다음 날, 벤 로스는 스스로 답을 찾아내려 작정하고 퇴근길에 도서관으로 발길을 돌렸다. 이것저것 도움이 될 만한 책들을 빌리니 한아름이나 되었다. 그 책들을 품에 안고 집으로 들어오는 길에 아내 크리스티 로스에게서 연락을 받았다. 그녀는 친구들과 테니스 약속이 있어 저녁까지 먹고 좀 늦게 들어온다고 했다. 벤은 때마침 잘됐다 싶었다. 빌린 책들을 뒤적이며 생각을 굴리기에는 아무래도 혼자 있는 편이 낫다고 여겼기 때문이다.

벤은 책상 위에 열댓 권의 책들을 펼쳐놓고 한 권씩 훑어보기 시작했다. 그런데 몇 시간째 그 일을 계속해도 소득이 없었다. 그 어떤 책에도 벤과 학생들이 궁금해 하는 질문에 대한 정확한 답은 나와 있지 않았던 것이다. 이에 답답함을 느낀 벤의 머릿속은 여러 생각들로 복잡해졌다. 학생들이 던진 질문이 엄청나게 까다롭고 어려운 것일까? 그래서 내로라하는 역사가들도 적절한 답을 줄 수 없는 것일까? 엄청나게 많은 사람이 죽은 비극적인 사건과 관련해 우리가 확인할 수 있는 것은 단지 사건이 일어난 장소와 시간뿐일까? 혹시 그 일을 직접 경험한 사람이 아니면 이해할 수 없는 특별한 비밀이 그 사건에 내재해 있는 건 아닐까? 만약 그런 사건이 오직 그 시대에 나치 정권 하에서만 발생할 수 있는 일이며 직접 체험한 사람만 그 상황을 온전히 이해할 수 있다면, 그 일을 몸소 겪은 이들 중 지금까지 살아 있는 생존자들을 찾아다니며 꼬치꼬치 물어보는 게 가장 좋은 방법이 아닐까?

상황을 직접 체험할 수 있다면 여러 권의 책을 읽고 고민하는 것보다 훨씬 더 정확하고 명쾌한 답을 얻을 수 있으리라, 벤은 생각했다. 체험한다는 것은 단지 머리로 따지는 데 그치는 게 아니라 온몸으로, 가슴으로 직접 느끼는 거니까. 그때 문득 벤의 마음속에서 이런 목소리가 울리기 시작했다. '그렇다면 당시와 유사한 상황을 설정하고 사람들이 그 속에서 어떻게 반응하는지를 실험해보면 어떨까?

그래. 언제 하루 날을 잡아 나치 치하의 독일에 실제 살고 있는 것처럼 공포 분위기를 조성한 다음, 아이들로 하여금 각자 어떤 두려움을 느꼈는지, 그래서 다음 행동이 어떤 식으로 이어졌는지, 이런 것들을 발견하고 토론하게 하는 거야!'

벤 로스는 순간 온몸에 전율이 흐르는 것을 느꼈다. 그는 자신의 획기적인 발상에 경탄했는지, 야호! 함성을 지르면서 몸을 날려 공중으로 뛰어오르기까지 했다. 아직까지 그 누구도 이런 식으로 접근하지 못했다는 것은 분명했다. 그래서 벤은 더 뿌듯했다. 그가 어떤 사람인가. 역사적인 기록들을 단지 머리로 정리해서 암기하는 구태의연한 학습에서 벗어나기 위해 나름대로 다양한 방법을 시도하며 애써온 교사가 아닌가. 하지만 그에게도, 역사적 사건이 일어난 당시의 분위기를 그대로 재현해 학생들이 그 사건을 정서적, 아니 신체적으로 겪어보게 한다는 것은 획기적인 아이디어였다.

벤 로스는 만약 그 아이디어가 실행된다면 어떤 체험 학습보다도 강렬하고 정확하리라 여겼다. 하지만 문제는 어떻게 그것을 실행하는가, 즉 '방법'이었다. 다시 말해 나치 시대 독일인들이 느꼈던 집단적인 공포를 현시대의 아이들이 똑같이 체험하게 하기 위해서 어떤 구체적인 상황을 고안해낼까 하는 점이 그의 고민이자 풀어야 할 과제였다.

크리스티와의 한밤중 대화

그날 밤, 벤의 아내 크리스티 로스는 친구들과 토너먼트로 테니스를

친 다음 함께 저녁 먹고 수다를 떨다가 자정 무렵에야 집에 돌아왔다. 그녀는 남편이 이미 잠자리에 들었으리라 예상하며 현관문을 열었다. 그러나 벤은 그 시간까지 식탁에 책을 잔뜩 늘어놓은 채 그 앞에 앉아 있었다.

"무슨 숙제가 그렇게 많아요?"

아내의 질문에 벤 로스는 돌아보지도 않고 말했다.

"조금만 더 하면 끝나요."

책 위에 빈 접시와 유리컵이 놓여 있었다. 빵 부스러기가 묻어 있는 것으로 보아 저녁 식사로 샌드위치를 먹은 모양이었다.

"아무리 할 일이 많아도 건강은 챙겨야지, 저녁을 이렇게 건성으로 때우면 어떡해요!"

크리스티는 책 위에 있던 그릇들을 싱크대로 옮기며 남편을 타박했다. 그러나 벤은 묵묵부답이었다. 건강이니 뭐니 다른 걸 생각할 경황이 없다는 듯, 그는 책에 코를 박고 있었다.

"당신 아마 내 얘기 들으면 뒤로 자빠질걸! 오늘 있잖아요, 내가 베티 루이스한테 몇 대 몇으로 이겼는지 맞혀보세요."

그제야 벤 로스는 흘끗 아내를 돌아보며 물었다.

"방금 뭐라 그랬어요?"

기쁨을 감출 수 없다는 듯 환하게 빛나던 크리스티의 얼굴에 금세 실망한 기색이 엿보였다.

"내가 오늘 베티 루이스한테 이겼다고요."

그러나 남편은 여전히 무슨 소린지 당최 못 알아듣겠다는 얼굴이었다. 이에 크리스티는 살짝 삐친 표정으로, 마치 아이에게 일러주듯 하나하나 천천히 자세하게 설명하기 시작했다.

"베티 루이스 몰라요? 내 친구들 중에 테니스의 여왕이라 불리는 베티 루이스! 개랑 붙어서 완승한 사람이 지금껏 아무도 없었는데 오늘 내가 두 세트 전부 이겼어요. 한 번은 6대 4, 또 한 번은 7대 5로!"

"잘했네."

한마디로 짧게 대꾸한 벤 로스는 어느새 독서 삼매경에 다시 빠져들었다. 보통 아내들은 이 같은 남편의 무신경한 반응에 상처를 입기 십상이다. 하지만 다행히도 크리스티는 그동안 충분히 단련이 된 덕분에 마음에 동요가 별로 없었다. 뭔가에 한번 빠지면 바로 곁에서 난리가 나도 아무 눈치를 채지 못하는 남자가 바로 벤 로스라는 것을 아니까. 그래서 이제는 벤이 어떤 태도로 나와도 마치 철없는 아이를 보듯 그러려니 하고 마음을 접을 줄 알게 된 것이다.

지금도 크리스티는 벤이 대학원 논문을 쓰느라 미국 원주민 문화에 심취했던 시절을 잊지 못한다. 당시 벤은 밤이고 낮이고 그 주제에만 빠져 살았다. 주말마다 원주민이 사는 보호구역에 가서 그들의 생활을 스케치하는 건 보통이고, 주중에는 주말 동안 생긴 궁금증을 모두 해결하겠다며 도서관에 가서 한아름씩 책을 들고 왔다. 어느 날인가는 사슴 가죽으로 만든 원주민의 모카신을 신고, 친구가 된 원주민과 어깨동무를 한 채 행복한 얼굴로 집에 오기도 했다. 크리스티는 그 시절 자신이 느낀 감정에 대해 이렇게 말하곤 했다. 아침에 눈을 뜰 때마다 남편이 '오늘부터 원주민 마을에 들어가, 원주민들과 함께, 그들의 방식대로 살아가겠다'고 선언하지 않을까 싶어 불안했다고.

사례는 또 있다. 어느 여름방학엔가, 벤은 아내에게 배운 브리지 게임에 빠져 밤낮 연습에 몰두한 적이 있었다. 그러더니 마침내 아내의 패를 모두 읽어내는 기술과 능력을 획득하게 되었다. 신선놀음에 도낏자루 썩는 줄 모른다더니, 아니, 늦게 배운 도둑질에 날 새는 줄 모른다더니 벤은 거기서 한 걸음 더 나아가 지역대회에 나가기 시작했고, 마침내 결승에 오를 때까지 브리지 게임을 놓지 않았다.

이와 같은 일을 몇 번 경험한 후 크리스티는 이제 확실히 알게 되었다. 벤은 어떤 것에 일단 빠지기만 하면 그대로 맛이 가버리는 구제불능의 남편이라는 것을. 발동이 걸리기만 하면 어떤 방법으로도 그를 말릴 수 없다는 것을. 그럼에도 식탁 위에 잔뜩 벌여놓은 책들을 보자니 크리스티의 입에서는 자기도 모르게 짧은 한숨이 새어 나왔다.

"이번엔 또 뭐예요? 새로운 원주민 종족? 아니면 생명의 흔적이 남아 있는 새로운 혹성이라도 발견한 건가요? 설마 귀신고래의 행태에 대한 연구를 다시 시작하는 건 아닐 테고…."

남편이 아무 대답을 하지 않자, 크리스티는 식탁 한쪽에 쌓여 있는 책 몇 권을 집어 들고 제목들을 훑어보았다. 『파시즘의 역사』, 『히틀러 정권의 성립과 멸망』, 『히틀러 소년단』… 제목부터 심상치 않은 이런 책들에 사로잡혀 넋이 나가 있는 남편을, 그녀는 걱정스런 얼굴로 바라보며 말했다.

"이게 다 뭐야? 이번에는 유령이 된 독재자에게 헌정할 논문이라도 준비하는 거예요?"

벤 로스는 여전히 책에 머리를 파묻은 채 대답했다.

"놀리지 말아요. 아주 심각한 사태가 벌어졌단 말예요!"

"그러게요. 정말 심각한 사태네요…."

크리스티는 고개를 끄덕이며 도로 책을 내려놓았다.

벤 로스는 흘낏 아내를 보고 나서 자못 진지한 얼굴로 설명을 시작했다.

"우리 학생 하나가 오늘 수업 중에 질문을 했는데, 내가 제대로 대답하지 못했다고요."

크리스티는 마치 학생을 대하듯 남편에게 물었다.

"그건 뭐 새삼스런 일도 아니잖아요?"

"그렇죠."

벤은 더욱 진지한 얼굴로 답했다.

"문제는 그 질문에 대한 답이 어느 책에도 없다는 거지. 내가 그냥 깜박하고 실수한 게 아니라, 그와 관련한 내용을 어디서도 본 적이 없다는 거요, 아직까지는."

이 사태가 얼마나 심각한지를 알리기 위해 벤 로스는 너욱 진중한 얼굴로 설명하기 시작했다.

"그래서 말인데, 그에 대한 답을 우리 아이들과 함께 찾아내야 할 것 같아요."

크리스티 로스는 이제야 사태를 파악한 듯 고개를 끄덕거렸다.

"알았어요. 오늘밤에 어떤 일이 벌어질지 난 벌써 감잡았으니까…"

그녀는 자리에서 일어나며 말을 이었다.

"이것만 잊지 마세요. 당신은 내일 하루 종일 수업이 있어요. 아침 일찍 출근해야 한다고요. 그 사실만은 명심하세요."

벤은 미소를 지으며 대답했다.

"알아요. 알구말구."

크리스티는 허리를 구부려 남편 이마에 입을 맞추었다. 그리고 침실로 들어가다 문득 발길을 멈추고 남편에게 부탁했다.

"여보, 오늘밤 아무리 놀라운 발견을 하더라도 나를 깨우는 일은 삼가주세요."

5장
기괴한 놀이가 시작되다

교실에서 시작된 훈련

다음 날도 학생들은 여느 때처럼 달팽이 걸음으로 최대한 시간을 질
질 끌며 마지못해 수업에 들어왔다. 자리에 앉아서 수업을 준비하는
아이들도 물론 있었지만, 친구와 떠드느라 언제 수업이 시작되는지 아
랑곳하지 않는 아이들도 무척 많았다. 로버트 빌링즈는 창가에 서서
커튼을 조절하는 끈에 매달려, 어떻게든 그걸 망가뜨릴 방법을 찾는
사람처럼 낑낑대고 있었다. 그걸 본 브래드는 참새가 방앗간을 그대로
지나칠 수 없음을 증명이라도 하듯 창가로 다가가 로버트의 등을 철
썩 때리고 지나갔다. 로버트 등짝에는 "나 좀비!"라고 쓴 종이가 딱 달
라붙었고, 이를 본 아이들 몇이 킥킥거렸다. 그러나 정작 로버트 자신
은 아무 일도 없는 척 무심하게 굴었다.

벤 로스의 역사 수업은 다른 과목에 비해서는 지루하지 않은 수업
이다. 아니, 흥미진진한 얘기를 많이 들을 수 있어, 아이들은 오히려 벤
선생님의 일거수일투족에 집중하는 편이다. 이날도 큰 글씨로 칠판을

채우는 선생님을 보며, 오늘은 또 어떤 이야기를 통해 그의 박학다식하고 사통팔달한 세계를 엿볼 수 있을까 아이들은 궁금해 했다. 그런데 벤이 글씨를 다 쓰고 뒤돌아섰을 때, 아이들은 뭔가 평소와 다르다는 것을 느꼈다. 칠판에 이상한 문구가 쓰여 있었던 것이다.

훈련을 통한 힘의 집결

"웬 훈련? 오늘은 군인 놀이라도 한다는 거야? 우웩!"

"이게 무슨 귀신 씻나락 까먹는 소리야. 아님 달밤에 체조하는 소리?"

여기저기서 아이들이 태클 거는 소리가 들렸다.

"모두 자리에 앉으렴. 안 그러면 달밤에 체조하는 소리든 귀신 씻나락 까먹는 소리든 얘기를 할 수 없잖니?"

알 수 없는 표정을 짓는 벤 로스의 말에 아이들은 구미가 당긴다는 듯 천천히 제자리를 찾아 앉았다. 벤은 헛기침을 몇 번 하더니 단순 무식한 교관의 말투로 이야기를 시작했다.

"오늘은 훈련에 대해 이야기한다."

처음엔 숨을 죽이고 귀를 기울이던 아이들도 이쯤 되면 짜증과 한숨을 섞어가며 투덜거릴 수밖에 없었다. 교실에서 밤낮 똑같은 '훈련'을 시키는 선생님치고 솔직히 들을 만한 수업을 하는 경우는 거의 없기 때문이다. 물론 아이들은 벤 로스 선생님이 그런 고리타분한 말을 들먹이며 허접한 이야기를 지껄이는 사람은 아니라고 생각해왔다. 역사 시간에만은 최소한 그런 잔소리로 들볶인 적이 없었으니까. 그런데 벤 선생님 입에서 저런 말이 느닷없이 튀어나올 줄이야! 아이들은 실망과 분노를 감추지 못했다.

"왜들 그러니?"

아이들의 반응에 당황하여 잠시 눈빛이 흔들린 벤은, 그러나 다시 마음을 가다듬고 두 손을 가운데 모으며 진지하게 당부했다.

"일단 좀 끝까지 들어보렴. 이건 무지하게 재밌는 얘기야."

"재밌겠지."

누군가 마냥 엉기는 투로 말했다.

"그럼. 진짜 재밌어."

아이들과의 말싸움에서 뒷북치기의 명수인 벤은 교실의 썰렁한 분위기 따위에 상관하지 않겠다는 결의를 분명히 하며, 무척 설레는 표정으로 말을 이었다.

"나는 무조건 '훈련'을 받으라고 말하는 게 아니야. 훈련을 통해서 '힘을 모은다'고 했지."

'힘'이라는 말을 특히 강조하며 벤은 주먹까지 불끈 쥐어 보였다.

"그리고 거기에 하나 덧붙여 '성공'을 이루는 거야. 훈련을 통한 성공!"

벤 로스는 아이들을 천천히 둘러본 후 질문을 했다.

"여기 성공하고 싶지 않은 사람, 혹시 있니? 권력을 손에 넣고 싶지 않은 사람?"

"로버트 빌링즈요!"

브래드의 말에 몇몇 아이들이 킥킥거렸다.

"잘 들어봐!"

벤 로스는 브래드의 말을 무시했다.

"데이비드, 브라이언, 에릭, 너희는 축구부 삼총사 아니니? 그럼 더 잘 알 거다. 대회에 나가 이기려면 어떻게 해야 하니? 각자 열심히 놀다가 갑자기 모여서 잘할 수 있니? 규칙적인 훈련 없이 우승이 가능해?"

금방이라도 울음이 터질 것 같은 소리로 에릭은 벤 선생님에게 딴죽을 걸었다.

"우린 훈련을 무지하게 싫어해요. 그래서 번번이 쓰디쓴 패배를 맛보고 돌아오죠. 이제 그만해요, 샘. 자꾸만 똑같은 잔소리를 하는 건 우리 축구부를 두 번 죽이는 거랍니다."

에릭의 성대모사에 아이들이 책상을 두드리며 한바탕 웃음을 터뜨렸다. 벤은 그 웃음이 사라질 때까지 잠시 기다렸다가, 다른 친구들보다 키가 한 뼘은 크고 새초롬하게 생긴 붉은 머리의 여학생 곁으로 가서 물었다.

"안드레아는 어렸을 때부터 발레를 했지? 그건 분명 오랜 훈련을 필요로 할 거고, 따라서 발레 하는 사람들은 하루에도 몇 시간씩 매일 훈련을 받아야 할 거야. 그렇지 않니?"

그녀는 고개를 끄덕였다. 벤은 다른 친구들을 돌아보며 다시 말을 이었다.

"예술 분야는 대부분 그래. 전문적인 기량을 갖추어야 하는 일이라면 발레뿐 아니라 미술도 글쓰기도 상당히 집중적인 훈련을 필요로 하지. 마찬가지로 악기 연주도 여러 해 동안 꾸준하게 훈련받지 않으면 아무 것도 이룰 수 없어. 매일 연습하고 누군가의 지도에 따라서 훈련을 받아야만 한다고."

"그래서요?"

의자에 비스듬히 기대어 거의 눕다시피한 녀석이 또 태클을 걸었다.

"그래, 그래서지! 내 말은 우리도 훈련을 통해 힘을 모을 수 있다는 거야. 실제로 우리가 교실에서 그걸 증명해 보일 수 있다고. 그게 정말 가능한 일인지 아닌지 교실에서 한번 환상적인 실험을 해보려 하는데, 너희는 어떻게 생각하니?"

벤 로스는 이번에도 누군가 장난을 치며 태클을 걸어오리라 예상했지만, 의외로 학생들은 진지했다. 모종의 호기심과 최소한의 관심은 생기는 모양이었다. 기회를 놓치지 않고 벤은 교실 앞으로 가서 자신의 나무 의자를 앞으로 끌고 나왔다. 아이들의 시선이 모두 의자로 쏠렸다.

"좋아, 그럼 시작해볼까?"

벤은 잠시 생각하다 말을 이었다.

"훈련을 위해서는 무엇보다 자세가 중요해. 에이미, 앞으로 좀 나오겠니?"

에이미가 자리에서 일어나자 브라이언이 중얼거렸다.

"또 에이미야… 아, 짜증나는 인간 차별…"

에이미에 대해 아이들은 심심찮게 불만을 토로했다. 선생님들이 뭐든 열심히 하고 성실한 학생에게 더 많은 기대를 하는 건 어쩔 수 없는 노릇이다. 그런데 에이미는 공부를 잘하기도 하지만 키가 작아 맨 앞자리에 앉다 보니, 수업 중에 유난히 호명이 잦은 편이었다. 교사 입장에서야 그게 결코 성적을 기준으로 한 '차별'이 아니지만, 성적과 차별의 문제에 유난히 민감한 아이들은 생각이 달랐다. 그래서 평소 같으면 브라이언의 '차별' 발언에 몇 마디 거들며 군실거렸을 아이들이, 웬일인지 이번에는 별다른 반응을 보이지 않는 게 벤은 신기했다. 가만 보니 아이들은 벤 선생님이 대체 무얼 하려고 저러는지가 더 궁금한 표정이었다.

에이미가 앞으로 나와 의자에 앉자, 아이들의 시선이 일제히 그리로 쏠렸다. 벤은 에이미에게 의자에 반듯이 앉는 법을 설명했다.

"양손등을 등 뒤에 댄 후 왼손으로 오른손 팔목을 잡고 척추를 꼿꼿하게 세워라. 그럼 무엇보다 숨쉬기가 한결 편안해진다. 자, 눈을 지그시 감고 한번 그 차이를 느껴보렴."

선생님의 지시에 따라 에이미가 똑바로 앉는 것을 보며, 몇몇 아이들도 그대로 따라했다. 특별한 자세를 취하는 게 아니라 그냥 반듯하게 앉는 법을 일부러 연습하고 따라한다는 게 민망한지, 어떤 친구들은 곧 웃음을 터뜨렸다. 그걸 본 에릭이 한마디 거들었다.

"지그시 감고 느껴보라고? 뭘 느껴… 아, 느끼…"

에릭의 말에 킥킥대는 아이가 있었지만, 똑바로 앉았을 때 정말 숨쉬기가 얼마나 편해지는지 알아보려는 듯 조용히 눈을 감고 자세에 집중하는 친구들도 제법 많았다.

"데이비드, 장난 그만 치고 한번 따라해보렴."

벤 로스는 아이들에게 '훈련'의 체험을 강조했다.

"축구 경기에서 당장 좋은 결과를 얻게 될 거야."

데이비드는 뻘쭘한 얼굴로 반듯하게 앉는 연습을 했다. 벤 로스는 책상 사이를 오가며 뭔가 어색해 보이는 아이들의 자세를 바로잡아 주었다. 아이들이 퍽 진지하고 열심히 따라하는 것을 보며 그는 내심 놀랐다. 자기가 아이들의 감성 어딘가를 건드린 느낌이었다. 그러고 보니 천하에 무기력한 로버트까지도 어느새 자세를 고르며 숨쉬기 연습을 하고 있었다.

"아주 좋아! 모두들 잘하는구나. 특히 로버트의 자세가 돋보이는데, 다 같이 한번 로버트를 바라보겠니? 양다리가 아주 반듯하지? 자, 봐라. 로버트처럼 이렇게 발뒤꿈치를 딱 붙이고 무릎은 자로 잰 듯 90도로 정확히 구부리는 거야. 그런 다음 등뼈를 바로 세우니 어깨가 쫙 펴지잖니? 그래, 좋아. 입은 딱 다물고, 턱은 약간 가슴 쪽으로 잡아당기고, 머리는 곧추세우는 거란다. 로버트, 정말 완벽하다!"

고든 고등학교의 왕따이자 심지어 불가촉천민이라 불려온 로버트는 대체 이게 무슨 일인가 싶어 어리둥절한 눈으로 주위를 둘러보았다. 그러다 벤 선생님과 눈이 마주치자 멋쩍은 미소를 지으며 몸을 약간 비틀었지만, 그는 곧 진지하고 반듯한 자세로 돌아갔다. 벤이 교실을 돌아보니 아이들은 놀랍게도 로버트를 힐끔힐끔 곁눈질해가며 그의 자세를 따라하고 있었다.

다시 교실 앞에 선 벤 로스가 말했다.

"좋아! 이제는 자리에서 일어나서 교실 안을 여기저기 걸어보는 거야. 평소처럼 친구들과 어울려 떠들다가, 내가 신호를 하면 최대한 빨리 자기 자리로 돌아가서 지금 훈련받은 그 자세로 다시 의자에 앉는 거다. 자, 어서들 일어나거라!"

자세를 푼 아이들이 자리에서 일어나 교실 여기저기로 튕겨 나갔다. 아이들의 집중력이 결코 오래 갈 수 없다는 점을 잘 아는 벤은 곧바로 구령을 했다.

"일동 제자리!"

아이들은 마치 의자 빼앗기 놀이를 하듯 순식간에 제자리를 찾아갔다. 다들 너무 서두르느라 서로 부딪치고 허둥대는 소란이 잠깐 있었다. 약간의 비명과 킬킬대는 소리도 들렸지만, 그보다는 자리에 앉으며 의자를 바로 놓는 소리가 훨씬 더 요란했다.

칠판 앞에 서서 아이들의 행동을 지켜보던 벤 로스는 크게 고개를 흔들었다.

"이건 아닌 것 같아. 이렇게 소란스러우면 안 된다고. 지금 우리가 어린아이들처럼 장난을 치는 게 아니잖니? 우리는 엄연히 '헤쳐'와 '모여' 훈련을 통해 아주 특별한 '교실 실험'을 하고 있단 말이다. 다시 해 보자. 이번에는 떠드는 사람이 하나도 없어야 해. 그러려면 집중이 필요하다. 우리가 하는 이 공동의 실험에 몰두하면서 각자 자기가 맡은 일을 열심히 하면 훨씬 빨리 움직일 수 있다고. 그럼 모두 준비됐겠지? 어디에 있든지 신호가 떨어지면 곧바로 자기 자리로 달려가는 거다! 자, 모두 자기 자리에서 일어선다!"

명령에 움직이다

이후 10분가량 학급 전체는 자리에서 일어나 책상 사이를 서성이다 신호가 떨어지면 후다닥 제자리를 찾아가서 똑바로, 아주 반듯한 자세로 다시 앉는 훈련을 했다. 시간이 흐름에 따라 벤 로스의 목소리는 점점 절도 있게 변해갔다. 그건 더 이상 신호가 아닌, 마치 졸병에게 지시하는 상관의 명령과도 같았다. 아이들 또한 몇 번의 훈련을 거치면서 몸놀림이 신속하고 정확해졌다. 이를 확인한 벤 로스는 아이들이 움직이는 반경을 복도로 확장했다. 그뿐만 아니라 시계를 꺼내어 아이들이 복도를 서성이다 제자리로 돌아와 똑바로 앉기까지 걸리는 시간을 측정하기 시작했다. 훈련을 통해 시간을 얼마나 단축할 수 있는지 확인하기 위해서였다.

첫 실험에서 학생 전원이 이를 완료하는 데 걸린 시간은 48초였으나, 두 번째 시도에서는 30초로 단축되었다. 마지막으로 한 번 더 실험을 진행하려던 벤은, 갑자기 머릿속에 새로운 아이디어가 떠오른 듯 아이들을 불러 세웠다.

"얘들아, 잠깐!"

다음 신호를 기다리며 복도에서 서성이는 아이들에게 벤은 새로운 규칙을 제안했다.

"우리 이번에는 이렇게 해보자. 함께 달리면 서로 부딪치는 일이 생기니까 자리가 제일 먼 사람부터 맨 앞에 서서 순서대로 달리는 거야. 그럼 좀 더 질서정연하게 달릴 수 있지 않겠니?"

아이들은 바로 말귀를 알아듣고 줄을 섰다. 교실 맨 구석에 앉는 로버트가 선두에 서게 되었다. 그를 본 누군가 휘익 휘파람 소리를 내며 빈정거렸다.

"어이, 로버트가 짱이네!"

그때 벤 로스의 엄지손가락이 허공을 가르며 솟구쳤고, 이를 신호로 복도에 줄지어 있던 아이들은 교실을 향해 쏜살같이 내달리기 시작했다. 로버트를 선두주자로 해서 맨 마지막 학생이 제자리에 똑바로 앉자 벤 로스는 탁 하고 초시계의 단추를 눌렀다. 시간을 확인한 그는 얼굴 가득 함박웃음을 띠며 말했다.

 "16초!"

 아직도 숨이 찬 듯 헉헉거리던 아이들은 일제히 와 하며 함성을 질렀다.

 "잘들 했다!"

 교탁 앞에 선 벤 로스의 한마디에 모두 숨을 죽였다. 마치 아무도 없는 것처럼 교실엔 오직 적막만이 가득했다. 평소 같으면 도저히 믿기 어려운 놀라운 일이 일어난 것이다.

 "훈련의 힘이 어떤 건지 확인했으니, 이제 세 가지만 배우면 된다. 여러분이 이 세 가지 규칙만 지킬 줄 알면 그것으로 실험 준비는 끝이다."

 그게 과연 어떤 규칙인지 몹시 궁금하다는 듯, 아이들은 벤 선생님의 설명에 귀를 기울였다.

 "첫째, 다음 시간에는 모두들 수첩과 필기구를 준비하도록 한다. 그리고 우리의 실험이 끝날 때까지 늘 몸에 지니고 다녀라. 둘째는 질문하는 자세에 관한 것이다. 누구든 궁금한 점이 있으면 언제든지 질문할 수 있다. 다만 질문하기 전에 먼저 손을 들고 자기 자리에서 일어나 의자 옆에 반듯한 자세로 서서 질문을 해야 한다. 마지막으로 세 번째 규칙은, 음… 그래, 질문에 대한 답을 하고 싶을 때는 먼저 호명을 해야 한다는 거다. 무슨 말을 해도 상관은 없다. 하지만 '로스 샘!'이라고 먼저 나를 호명한 다음에 자기 이야기를 시작하도록 한다. 다들 알겠니?"

낯선 규칙에 푸하핫 하고 웃음을 터뜨린 학생도 있지만, 이 신기한 놀이를 여기서 멈추기는 아쉽다는 생각에 대부분 고개를 끄덕였다.

"좋아!"

벤 로스는 흡족한 얼굴로 아이들을 돌아보다가 한 가지 질문을 했다.

"브래드! 처칠 이전의 영국 수상은?"

갑자기 지명을 당한 브래드는 머리를 긁적거렸다. 뭔지 모를 안타까움이 그의 얼굴에 가득했다.

"저기… 아, 알았는데 갑자기 생각이…"

브래드가 무슨 말을 더 하려는데 벤 로스가 그것을 제지했다.

"그게 아니지. 방금 우리는 세 가지 규칙을 준수하기로 했잖니? 내가 설명한 것을 벌써 잊은 거니, 브래드?"

때마침 로버트와 눈길이 마주친 벤은, 그를 지목하며 말했다.

"로버트, 질문을 받으면 어떻게 해야 하는지 브래드한테 직접 시범을 보여주겠니?"

로버트는 자리에서 일어나 의자 옆에 반듯하게 서서 대답했다.

"로스 샘!"

"그래, 바로 이거야!"

그는 흡족한 얼굴로 로버트를 칭찬했다.

"아주 잘했다, 로버트!"

"오 제발, 쥐발… 세상에나 로버트라니…"

브래드가 투덜거렸다.

"네가 틀리게 했으면서 왜 그러냐?"

누군가 옆에서 약을 올렸다.

"브래드!"

벤 로스는 브래드를 향해 똑같은 질문을 되풀이했다.

"처칠 바로 전에 영국에서 수상을 지낸 사람은 누구지? 그러니까 처칠의 전임자 말이다!"

이번에는 브래드도 곧바로 자리에서 일어났다.

"로스 샘! 저기, 음… 영국의 수상은 아마…"

"너무 늦어, 브래드."

벤 로스는 답하는 방식에 대해 다시 한 번 설명했다.

"대답은 될 수 있는 대로 간결하게 하는 거야. 질문을 받자마자 답만 정확하게 말하면 된다고. 다시 한 번 해보자, 브래드. 처칠의 전임자는 누구인가?"

벤의 말이 끝나자마자 브래드는 번갯불에 콩 볶아 먹는 속도로 발딱 일어나 의자 옆에 서서 말했다.

"로스 샘! 체임벌린입니다."

벤 로스는 흡족한 얼굴로 고개를 끄덕였다.

"그래, 바로 그렇게 하는 거야. 간결하고, 신속하고, 절도 있게 말이야! 안드레아, 1939년 9월 히틀러가 쳐들어간 나라는 어디였지?"

발레를 하는 안드레아는 춤을 추듯이 솟구쳐 올라 책상 옆에 바로

서더니 대답했다.

"로스 샘, 잘 모르겠습니다."

벤은 빙그레 웃으며 잘했다고 칭찬했다.

"아주 잘했다. 간결하고 신속했어. 비록 답은 말하지 못했지만 대답의 형식은 정확하게 잘 지켰어. 그럼 에이미가 한번 정답을 말해볼까?"

용수철처럼 자리에서 튀어 오른 에이미가 책상 옆에 반듯하게 서서 말했다.

"로스 샘, 그건 폴란드입니다."

"좋았어!"

벤 로스의 질문은 계속해서 이어졌다.

"브라이언! 히틀러가 만든 정당 이름이 뭐더라?"

벌떡 일어난 브라이언이 평소의 장황하오체를 포기하고 간결하게 대답했다.

"로스 샘, 그건 나치당입니다."

"좋아, 브라이언! 신속하게 아주 잘하는구나. 그럼 나치가 뭐의 줄임말인 줄 아는 사람? 로리, 한번 말해보겠니?"

역시 로리도 반듯한 자세로 책상 옆에 서서 대답했다.

"그건 National Socialist, 그러니까 국가사회주의…"

"아니, 아니!"

갑자기 벤 로스가 청천벽력 같은 소리를 지르며 손에 든 자로 교탁을 탁탁 내리쳤다.

"다시 한 번 똑바로 잘 말해보렴!"

자리에 주저앉아 황망한 표정을 하고 있던 로리에게 데이비드가 몸을 기울여 귓속말로 뭐라고 알려주었다. 그녀는 다시 일어섰다.

"로스 샘, 그건 국가사회주의 독일 노동자당입니다."

"그렇지!"

벤 로스는 이제 눈짓 하나, 손짓 하나로 얼마든지 아이들을 조종할 수 있었다. 그가 어떤 질문을 던지든 아이들은 후다닥 자리에서 일어나 한 점 흐트러짐이 없는 자세로 재빨리 답을 말하고자 애썼다. 그들은 마치 집단적으로 놀라운 마법에 빠져들기라도 한 것처럼 일치단결된 모습을 보였으며, 그에 임하는 아이들 각자의 눈빛은 전에 없이 반짝거렸다.

하지만 단 한 번도 경험해보지 못한 요상한 훈련에 너무 열중한 탓인지, 아이들은 물론 벤 로스조차도 자신들이 얼마나 괴상망측한 상태로 빠져들고 있는지 눈치 채지 못했다. 교실에서는 더 이상 '교육'이라 보기 어려운 '훈육'이 이뤄지고 있었으나, 아무도 거기에서 헤어나고 싶어 하지 않는 듯했다.

수업 시간 내내 그들은 벤의 질문에 신속하고 간결하게 대답하는 놀이를 쉴 새 없이 이어갔다. 그것은 숨막힐 정도의 긴장감을 유발했으나, 한편으로는 화살을 쏠 때마다 과녁을 관통하는 것과 비슷한 희열도 선사했다. 질문하는 자와 대답하는 자의 호흡이 척척 맞아떨어지는 가운데 모두들 유쾌, 상쾌, 통쾌한 기분을 맛보았다 할까? 그러는 사이 벤 로스의 온몸은 흥건하게 땀으로 젖어들었다.

"피터, 제2차 세계대전까지 국가 규모의 파시즘이 팽배한 나라는 어디였지?"

"로스 샘, 그건 독일과 이탈리아 그리고 일본입니다."

"좋았어! 데이비드, 죽음의 수용소에서 희생당한 사람들은 누구였지?"

"로스 샘, 그건 유대인들입니다."

"유대인 말고 또 누구였지, 브래드?"

"로스 샘, 그건 집시와 동성애자 그리고 장애인들입니다."

"에이미, 나치는 왜 그들까지 잡아 죽였지?"

"로스 샘, 그건 그러니까 에, 그들이 우수한 독일 민족의 피를 더럽힌다고 믿었기 때문입니다."

"좋아. 데이비드! 죽음의 수용소를 관리한 사람들은 누구지?"

"로스 샘, 그건 비밀경찰 SS입니다."

"정말 잘들 하는구나!"

수업 종료를 알리는 종소리가 복도에 울려 퍼졌지만 아무도 사리에서 일어날 생각을 하지 않았다. 그만큼 분위기가 엄숙하고도 비장했다. 모두 하나가 되어 열정과 감격에 사로잡힌 모습이었다. 수업 종료를 선언한 벤 로스는 다시 교탁 앞에 서서 마지막 명령을 내렸다.

"오늘 숙제를 알려주겠다. 제7장을 끝까지 정독하고, 다음 시간을 위한 예습으로 제8장을 절반 정도 읽어오기 바란다. 오늘은 여기까지. 일동 해산!"

이로써 역사 수업은 끝이 났다. 하지만 아이들은 여전히 일심동체의 감동에서 벗어나지 못하는 것 같았다. 그렇게 몇 분가량 지났을까. 그제야 정신이 돌아온 듯 아이들이 우르르 교실 밖으로 몰려나왔다.

모두를 사로잡은 환상 체험

"우와, 죽이지 않냐?"

느물대기의 명수 브라이언이 장황하오체도 잊은 채 평소답지 않게 흥분된 목소리로 감탄을 연발했다. 복도에는 벤 로스의 수업, 아니 '훈련'의 열기와 감동에서 헤어나지 못한 아이들이 여기저기 몰려서서, 방금 전까지 진행된 놀라운 경험에 대한 증언을 닥치는 대로 쏟아 놓고 있었다.

"이런 경험은 생전 처음이야."

에릭의 고백이었다.

"몸으로 느끼는 수업이라 참 좋은 것 같아. 선생님이 써준 것을 베끼는 것과는 차원이 달랐어. 우리 몸으로 직접 겪는 것만큼 좋은 공부 방식은 없는 것 같아."

에이미 스미스는 자기 나름의 똑 부러진 의견을 제시했다.

"아, 그러셔?"

에이미의 정확하고 빈틈없는 분석에 브라이언과 몇몇 친구들은 약간 떫은 표정을 지었다.

"사실이잖아!"

데이비드는 에이미를 거들었다.

"우리 전부 뿅갔잖아. 잠깐의 훈련으로 혼연일체를 느낀 건 사실이라고. 그래, 말 그대로 일심동체! 벤 샘이 처음에 칠판에 뭐라 썼지? 힘을 모은다고 그랬는데, 정말로 그게 되는 것 같지 않냐? 그런 느낌이 팍팍 오지 않았냐고!"

"오늘도 맛이 갔구나, 데이비드 도령. 정신 차리시오."

브라이언이 핀잔을 주며 데이비드를 툭툭 건드렸다.

하지만 데이비드는 물러서지 않았다.

"너흰 아니었냐? 그럼 한 시간 내내 왜 그랬어? 설명해봐!"

브라이언은 움찔하며 꼬리를 내리다 말고 주특기인 장황하오체로 다시 말을 바꿨다.

"설명 같은 소리 그만하시오. 선생은 질문하고 학생은 대답하고, 서로의 본분을 다한 것 아니오? 다른 시간에도 늘 하던 놀이 갖고 뭘 그리 호들갑을 떠시오. 다만 오늘은 일어섰다 앉는 놀이를 좀 심하게 했을 뿐이지. 그런 걸로 수선을 떨다니 흡사 바늘로 할 수 있는 걸 막대기로 설치는 것 같잖소? 그걸 다른 말로 '침소봉대'라 하오."

"아냐. 그건 아닌 것 같아, 브라이언."

데이비드는 더 이상 따지지 않고 다른 쪽으로 간다는 손짓을 했다.

"야, 어디가?"

브라이언이 물었다.

"저기!"

데이비드가 대답했다.

"난 볼일 보고 갈 테니 이따 점심시간에 식당에서 보자!"

돌아서서 가는 데이비드에게 브라이언은 갑자기 벤 로스 선생님 말투를 흉내 내어 경고했다.

"볼일을 보더라도 똑바로, 아주 반듯한 자세로, 신속 정확하게 명중시키도록!"

명령을 하는 듯한 브라이언의 말투에 친구들은 키들거리며 데이비드의 건투를 빌어주었다.

화장실에 가서도 데이비드는 오늘 역사 수업 시간에 벌어진 일에 대한 생각에서 벗어나지 못했다. 특히 그에 감동하는 자신을 보고 '침소봉대'라 평가한 브라이언의 표현이 정말 옳은 건지, 그게 퍽 애매했다. 솔직히 말하면 데이비드는 브라이언의 말에 동의하기 어려웠다. 역사 시간에 맛본 '일체감'이 너무도 강렬하고 생생했기 때문이다. 그건 과거에 한 번도 느껴보지 못한 감정이었을 뿐 아니라, 다른 일을 할 때는 좀처럼 맛보기 힘든 특별한 설렘을 안겨주었다.

생각해보면 그와 비슷한 일이 영 없는 건 아니다. 무슨 일이든 여럿이 함께 움직이는 일에는 '우리는 하나'라는 공동체적 의식과 정서가 필요하지 않은가. 이를테면 스포츠가 그렇다. 동네 축구를 하더라도 공동체적인 의식과 정서가 전제되면 더 큰 결속력이 생기고 신바람이 나서 움직일 수 있게 된다. 하지만 그렇게 생각해도 방금 전에 마친 역사 수업이 좀 특별했다는 사실은 부인하기 어려웠다. 데이비드를 비롯한 학생들이 한 일이라곤 단지 선생님이 던지는 연속적인 질문에 신속 정확하게 답하는 것뿐이었으니까. 데이비드가 가장 놀라워한 것도 바로 그 점이었다.

'그처럼 단순한 훈련 하나로 엄청난 일체감과 결속력을 만들어낼 수 있다면, 그것을 축구부에도 적용할 수 있지 않을까? 그와 똑같은 훈련을 적용하면 우리 선수들도 일심동체, 혼연일체로 뭉치는 게 가능할까?'

데이비드의 머릿속에는 자꾸 이런 질문이 맴돌았다. 그도 그럴 것이 고든 고등학교 축구부에는 실력 있는 선수들이 제법 있는데도 불구하고 막상 경기에 나가면 결과는 백전백패였기 때문이다. 그 원인이 축구부원들의 일체감 부족과 조직력 부재에 있다고 여겨온 데이비드로서는, 그래서 더더욱 벤 로스가 진행한 실험에 관심이 갈 수밖에 없었다. 만약 역사 수업 시간에 학생들이 보여준 수준의 절반 정도만이라도 축구부에 팀워크가 형성된다면, 어떤 시합에 나가든, 어떤 팀과 붙든, 승리할 수 있으리라는 확신이 들었던 것이다.

데이비드가 화장실 안에서 이런 생각을 하며 볼일을 보고 있을 때, 다음 수업 시작을 알리는 종소리가 들렸다. 서둘러 바지를 올려 입고 문을 열던 그는 무언가를 보고 그 자리에 멈췄다. 데이비드의 눈길이 향해 있는 곳에 한 남학생이 서 있었다. 세면대 앞 거울을 보며 자세를 가다듬고 있는 그는 바로 로버트였다. 셔츠를 벗어 옆에 걸어두고 제대로 세수를 한 모양인지, 로버트는 깨끗한 얼굴에 머리도 단정히 빗어 넘긴 상태였다. 더욱이 활짝 편 가슴과 앞을 똑바로 응시하는 두 눈에서는, 예전에 볼 수 없던 꿋꿋함과 기백마저 느껴졌다. 데이비드는 전에 본 적 없던 로버트에게서 시선을 거둘 수가 없었다. 하지만 로버트는 뒤에서 누가 자기를 훔쳐보고 있다는 것조차 전혀 눈치 채지 못한 채, 오직 거울에 비친 자기 자신에만 몰입하고 있었다. 그 모습이며 태도가 어찌나 당당한지, 로버트는 더 이상 고든의 불가촉천민, 혹은 가엾은 왕따로 보이지 않았다.

겉으로는 들리지 않았지만 로버트는 입술을 달싹이며 거울 속 자신에게 뭔가를 말하고 있었다. 가만 보니 역사 수업에서 했던 훈련을 연습하고 있는 듯했다. 역사 수업에서 벤 선생님이 뭔가 질문을 던질 때마다 똑바로 서서 신속 간결하게 대답을 했듯, 로버트는 그 자세 그 태도를 유지하고 있었다. 그걸 보며 데이비드는, 로버트가 아직 수업의 열기와 감동에서 빠져나오지 못한 모양이라고 생각했다.

그날 밤 늦은 시각에 크리스티 로스는 침대 끝에 앉아 어깨까지 내려오는 갈색 머리를 빗질하는 중이었다. 서랍장에서 잠옷을 꺼내 입은 벤 로스는 아까부터 같은 말을 반복하고 있었다.

"정말이라니까요!"

아내가 자기 말을 믿어줄 때까지 계속하겠다는 듯, 벤은 침까지 튀겨가며 똑같은 이야기를 다시 한 번 늘어놓았다.

"나는 솔직히 그렇게 될 줄 몰랐어요. 전혀 예상하지 못했다니까요. 생각해봐요. 명령이 떨어지면 기계인형처럼 발딱 일어서서 우렁차게 대답하고 자리에 앉는 멍청한 게임을 누가 좋아하겠어요? 난 당연히 아이들이 싫다고 할 줄 알았죠. 그런데 마치 평생 이런 일 한번 해보는 게 소원이었던 것처럼 모두 열광을 하더란 말이에요. 정말이지 환상적인 실험이었어요! 당신은 이게 놀랍지 않아요?"

"애들한테는 신나는 놀이였겠네요."

크리스티는 벤이 묘사한 장면을 머릿속에 그려보며 대꾸했다.

"누가 더 빨리 더 정확하게 대답할 수 있을지, 뭐 그런 식의 경쟁심에 불이 붙었던 모양이네요."

"물론 그런 면도 있어요."

벤이 아내에게 답했다.

"하지만 아무리 놀이라지만 그걸 하기 전에 먼저 선택을 하잖아요. 최소한 어떤 놀이를 할지는 본인이 정한다는 거죠. 무작정 남이 하자는 대로 하는 게 아니라. 또 일단 어떤 놀이를 시작했더라도 재미가 없으면 조금 하다 그만두잖아요? 그런데 참 이상하더란 말예요. 일단 시작을 하고 보니 아이들이 점점 더 흥미를 느끼면서 그 놀이에 흠뻑 빠져드는 게 아니겠어요? 내가 볼 때 아이들은 정말 훈련을 받고 싶어 하는 것 같았어요. 한 과정이 끝나면 다음 과정을 알고 싶어 하고, 거기에 필요한 새로운 규칙들을 익히고 싶어 하더라고요. 심지어는 종이 울렸는데도 다들 가만히 앉아 있지 뭐예요. 마치 뭔가 미련이 남고 아쉬운 것처럼요. 아무리 생각해도 이건 단순한 놀이가 아닌 것 같아요."

머리를 빗던 크리스티는 흥분 상태에서 벗어나지 못하는 남편을 이상한 눈으로 바라보며 물었다.

"끝나는 종이 울렸는데도 아이들이 그냥 앉아 있었다고요?"

벤은 크게 고개를 끄덕였다.

"그랬다니까요!"

그의 아내는 믿기지 않는다는 얼굴로 작게 한숨을 쉬며 말했다.

"당신, 괴물이라도 한 마리 만들어낸 사람 같네요. 영혼을 꺼내가는 괴물, 프랑켄슈타인!"

"크큭. 맞아요, 꼭 그런 것 같아!"

벤도 동의하며 함께 웃었다.

크리스티는 화장대에 빗을 내려놓고 거울 앞에서 얼굴에 마사지 크림을 바르기 시작했다. 남편은 이미 자리에 누운 상태였다. 크리스티는 남편이 잘 자라고 말해주길 기다렸으나, 아무래도 그런 말이 나올 것 같진 않았다. 벤은 무척 흥분한 게 분명했다. 그래서 낮에 있었던 그 일을 빼고는 모든 걸 잊어버린 것 같았다.

"여보."

아내의 부름에 흠칫 놀라며 벤이 대답했다.

"왜요?"

"당신 그 환상적인 실험 계속할 거예요?"

"아니요."

벤은 웃으며 대답했다.

"내일부터는 진도를 나가야지요. 일본의 군국주의를 알아볼 차례예요."

크리스티는 화장대를 정리한 뒤 자리에 누웠다. 옆에 누운 남편은 아직 잠들 기미가 없어 보였다. 아니나 다를까 침대에서 다시 일어난 그는 주변을 서성대며 아이들이 얼마나 열정적으로 실험에 참여했는지, 그것이 얼마나 진한 감동을 안겨주었는지에 대해 반복해서 이야기했다. 하지만 정작 본인이 얼마나 그 실험에 집착하고 있고 왜 헤어나지 못하고 있는지에 대해서는 미처 생각하지 못하는 것 같았다.

6장
'일치단결'이라는 마법의 주문

구호와 파도타기의 유혹

벤 로스의 표현대로라면 '그보다 더 환상적일 수 없는' 실험이 이루어진 다음 날. 그의 눈앞에는 더더욱 놀라운 일이 펼쳐졌다. 수업 시작 종이 울리기도 전에 아이들이 교실에 들어와 자기 자리에 똑바로 앉아 있는 게 아닌가. 벤은 잠시 자기의 눈을 의심했다. 사실 그는 진도를 나가기 위해 몇 권 챙겨온 '일본의 군국주의'에 관한 참고도서를 깜박 잊고 차에 두고 내리는 바람에, 그것을 다시 가지고 오느라 평소보다 늦게 들어왔다. 차에서 교실까지 허둥지둥 달려오며 아이들이 어떤 난장판을 벌이고 있을까 걱정했는데, 웬걸, 그의 예상은 완전히 빗나가고 말았다. 아이들에게서는 더 이상 달팽이나 나무늘보 부대 같은 모습도, 또 어디든 아수라장으로 만들어놓고야 마는 장난꾸러기의 면모도 보이지 않았다.

벤이 교실에 들어섰을 때 가장 먼저 눈에 뜨인 건, 일곱 개씩 다섯 줄로 반듯하게 맞춰져 있는 책상들이었다. 한 점의 흐트러짐도 없는 책상 앞에 앉은 아이들 사이에서는 적막이 감돌았다. 더욱이 그 아이들은 지난 시간에 선생님이 내린 '지시'대로 꼿꼿하고 반듯하게 앉아 있었다. 평소와 달라도 너무 다른 교실 풍경에 오히려 벤 로스는 당황했다. 시선을 어디에 두어야 할지 황망할 따름이었다.

이 아이들이 지금 내게 무슨 장난을 치는 걸까? 벤 로스는 의문스러운 속내를 감추고 아이들을 하나씩 살펴보기 시작했다. 개중에는 터져 나오는 웃음을 참느라 끙끙대는 얼굴도 몇몇 보였다. 하지만 눈에 힘을 잔뜩 주고 완전히 굳은 표정으로, 마치 밀랍인형처럼 앉아 있는 친구들이 상당수였다. 그리고 나머지는 오늘도 그 환상적인 실험을 계속하는 건지 아닌지 잘 몰라서 그저 어정쩡하게 앉아 있는 것 같았다.

자, 이를 어떡한다? 그 실험을 계속할 것인가, 아니면…? 벤 로스에게는 이게 계속해볼 만한 일인지 아직 확신이 들지 않았다. 하지만 이만큼 쌈박한 경험은 어디서도 할 수 없을 것이라는 데는 의심의 여지가 없었다. 그렇다면 괴상망측하면서도 너무나 놀랍고 신기한 이 실험을 통해 아이들은 과연 무엇을 배워야 할까? 또 교사인 나 자신은 무엇을 배울 수 있을 것인가? 벤 로스는 순간 머릿속이 복잡해졌다. 그는 방금 자신이 속으로 던진 질문의 답을 찾기 위해서라도 일단 이 실험을 계속하기로 했다.

"그래, 좋아!"

벤 로스는 준비해온 자료를 옆으로 밀어놓으며 아이들을 향해 질문을 던졌다.

"이제 우리가 뭘 할 차례지?"

아이들은 난감한 눈빛으로 그를 바라보았다.

벤은 교실을 빙 둘러보다 구석에 앉아 있는 한 학생에게 시선을 고정했다.

"로버트!"

자신의 이름이 호명되자 로버트는 마치 벼락이라도 맞은 듯 후다닥 자리에서 일어나 책상 옆에 똑바로 섰다. 평소와 다르게 그의 셔츠는 허리띠 안에 깔끔하게 들어가 있었고, 머리도 얌전하게 빗겨져 있었다.

"로스 샘, 그건 훈련입니다."

"그래, 훈련이었지."

벤은 동의했다.

"하지만 그건 일부분이고, 그다음 뭔가 더 있을 텐데?"

벤은 칠판에 뭔가를 써나갔다. 지난 시간에 썼던 바로 그 문구였다.

훈련을 통한 힘의 집결

그리고 바로 밑에 새로운 낱말을 하나 더 추가했다.

공동체

학생들을 향해 몸을 돌린 벤 로스는, 자기가 방금 쓴 문구에 대해 설명하기 시작했다.

"공동체란 공동의 목표를 향해 함께 일하고 함께 투쟁하는 사람들의 연합이야. 만약 한 아파트에 사는 사람들이 외부의 소음을 막기 위해 울타리를 함께 쌓는다면, 그들은 이미 개별적인 아파트 주민에서 벗어나 이웃과 결속된 하나의 공동체가 된 거지."

여기저기서 킥킥거리는 웃음소리가 들렸지만, 데이비드는 누구보다 진지했다. 벤 선생님의 말이 예사롭게 들리지 않았기 때문이다. 데이비드는 지난 역사 시간 이후 자기가 축구부에 대해 끊임없이 고민해온 문제의 핵심이, 어쩌면 지금 선생님이 말하는 '공동체 정신'이 아닐까 싶었다.

"공동체 안의 개인은 더 이상 그냥 개인이 아냐. 전체를 위해서 개인이 존재한다고 할까? 그러니까 공동체를 이루는 사람들 내면에서 '나는 전체의 부분'이라는 그런 느낌이 강렬하게 살아나야 한다고."

벤 로스는 격앙된 목소리로 아이들의 감성을 자극했다.

"공동의 목표와 확신을 갖고 혼연일체가 되어 한몸처럼 움직이는 거지."

"조련받은 개 같은 거네!"

누군가 냉소적으로 한마디 내뱉었지만 아무도 들은 체하지 않았다. 학생들의 침묵과 집중은 계속 이어졌다.

"그러면 어떻게 해야 공동체 정신을 키울 수 있냐고? 그건 우리가 지난 시간에 한 훈련과 마찬가지야. 공동체가 뭔지를 제대로 이해하려면 실제로 공동체에 참여해봐야만 해. 그걸 위해서 우리는 이제부터 두 가지의 목표를 세워 움직이기로 한다. '훈련을 통한 힘의 집결!' '공동체를 통한 힘의 집결!'

자, 이게 우리의 구호다. 그럼 우리들의 목표를 한번 힘차게 외쳐볼까?"

교실 여기저기서 아이들이 일어났다. 절도 있는 태도로 책상 옆에 선 그들은 방금 벤 선생님이 알려준 두 가지 구호를 큰 목소리로 외쳤다.

훈련을 통한 힘의 집결!
공동체를 통한 힘의 집결!

다른 아이들과 달리 로리와 브래드를 비롯한 몇몇은 좀 머뭇거리는 듯했다. 표정 또한 어색했다. 하지만 나머지 학생들이 한몸처럼 움직이자 로리는 마지못해 따라 일어섰고, 혼자 남은 브래드 또한 어쩔 수 없다는 듯 자리에서 일어났다. 그러자 한 사람도 빠짐없이 학급 전체가 똑같은 자세로 똑같은 구호를 외치는 진풍경이 펼쳐졌다.

"그리고 더 우아하고 완벽하려면 이 공동체를 가리키는 상징도 하나 필요하겠지?"

벤 로스는 칠판 앞에 서서 고개를 갸우뚱하다가 큰 동그라미를 하나 그렸다. 그리고 그 안에 물결무늬 하나를 그려 넣었다.

"이걸 우리의 상징으로 삼는 게 어떠니? 마치 크고 거친 파도가 힘차게 일어나 새로운 물결을 만드는 것 같지 않니? 그래, 좋아. 우리의 공동체, 우리의 운동을 이제부터 '파도'라 부르기로 한다! 한 방향으로 함께 움직이며 새로운 운동을 일으킨다는 뜻이지."

벤 로스는 잠시 말을 멈추고 아이들을 둘러보았다. 마치 마술에라도 걸린 듯 아이들은 꼿꼿이 서서 숨소리마저 죽인 채 그의 말을 하나도 빠짐없이 그대로 받아들였다.

"그리고 하나 더. 우리는 인사할 때도 파도처럼 한다."

그는 오른팔을 들어 출렁거리는 물결 모양을 만든 후 손등을 왼쪽 어깨에 올려놓는 파도타기 인사법을 직접 시연했다.

"그럼 우리 다 함께 파도타기 인사를 해볼까?"

그의 명령에 아이들은 일사불란하게 움직였다. 몇몇 학생이 말을 제대로 못 알아들었는지 왼쪽 어깨에 손바닥을 올리거나, 혹은 왼쪽 어깨에 손등을 올려놓지 않은 채 허공에서 그대로 떨어뜨리는 게 벤의 눈에 거슬렸다.

"아니 아니, 그게 아니야. 다시 한 번 제대로 해보자. 손바닥이 아니라 손등을 대는 거라고!"

벤 로스가 오른 손등을 왼쪽 어깨에 갖다 대는 동작을 한 번 더 재현하자, 학생들은 그걸 보고 연습을 거듭했다. 더 이상 틀리는 친구가 나오지 않자 벤은 흡족한 표정으로 말했다.

"좋아. 아주 잘했어!"

선생님의 칭찬에 아이들은 뿌듯해 했다. 전날 맛보았던 일심동체, 혼연일체의 감동이 다시 살아나기라도 한 것 같았다.

"파도타기는 우리가 서로를 알아보는, 그러니까 우리 공동체 안에서만 통용되는 인사법이야."

벤의 설명은 계속되었다.

"파도 단원들을 만나면 어떻게 인사하라고? 로버트, 네가 파도타기 인사를 하면서 우리의 구호를 외쳐보겠니?"

책상 옆에 반듯하게 몸을 세운 로버트는 정확한 동작으로 파도타기 인사를 하며 크게 외쳤다.

로스 샘!

훈련을 통한 힘의 집결!
훈련을 통한 힘의 집결!

공동체를 통한 힘의 집결!
공동체를 통한 힘의 집결!

"음, 아주 잘했다."

벤은 흐뭇한 얼굴로 다음 사람들을 지명했다.

"피터! 에이미! 에릭! 로버트와 함께 파도타기 인사를 하고 우리의 구호를 외친다!"

네 명의 학생은 절도 있게 인사한 후 힘차게 한목소리로 '파도'의 구호를 합창했다.

훈련을 통한 힘의 집결!
훈련을 통한 힘의 집결!

공동체를 통한 힘의 집결!

공동체를 통한 힘의 집결!

"브라이언! 안드레아! 로리!"

다들 박자가 척척 맞았다. 기계치에 더해 평소 '박치'로도 유명한 벤 로스는, 자기가 갑자기 멋진 지휘자로 돌변한 것처럼 느껴졌다. 이에 흥이 난 그는 아이들이 박자를 놓치지 않게 지휘해가며, 마치 돌림노래 하듯 새로운 인원을 계속 추가했다.

"피터! 에이미! 에릭! 로버트! 일곱이 함께 파도타기 하며 구호 제창!"

이렇게 해서 파도타기와 함께 구호를 외치는 학생들은 네 명에서 일곱 명으로, 일곱 명에서 열네 명으로, 또 스무 명으로 늘어났고, 결국엔 모든 학생이 그 대열에 동참하게 되었다. 학급 전체가 한마음이 되어 파도로 물결치기 시작한 것이다. 그러자 거대한 구호 소리가 교실을 가득 메웠다.

훈련을 통한 힘의 집결!

훈련을 통한 힘의 집결!

공동체를 통한 힘의 집결!

공동체를 통한 힘의 집결!

완벽한 통제 아래 질서 있게 행진하는 사관생도 집단 같은 학생들의 모습에, 벤 로스는 감탄하지 않을 수 없었다.

축구부도 집어삼킨 파도의 물결

그날 수업이 끝나고 축구 연습을 위해 일찍부터 체육관을 찾은 데이비드와 에릭은, 다른 부원들이 오기 전에 먼저 축구복으로 갈아입은 후 마룻바닥에 주저앉아 열띤 논쟁을 벌이기 시작했다.

"진짜 맛이 갔었지…. 우리가 완전히 맛이 가서 그랬던 거야!"

운동화 끈을 조이며 에릭이 내뱉듯 말했다.

"역사 시간에 하는 놀이치곤 심했다니까."

"하지만 기가 막히게 돌아가잖아. 그 이상 뭘 더 바래?"

데이비드는 뭔가 에릭을 설득하고 싶어 하는 눈치였다.

"거기엔 분명 엄청난 비밀이 있어. 난 우리 축구부에 필요한 게 바로 그거 같은데, 넌 아냐?"

"그렇긴 하지… 하지만 먼저 쉴러 감독님을 설득해야 할걸."

에릭은 조금 주저하며 말했다.

"난 쪽팔려서 그런 얘기는 못 꺼내겠다."

"뭐가 쪽팔려? 혹시 벤 선생님한테 혼날까봐 그러는 거야? 파도의 기밀을 퍼뜨렸다고?"

데이비드의 반문에 에릭은 아무래도 확신이 서지 않는다는 듯 어깨를 들썩이는 시늉을 했다.

"그게 아니라… 감독님이 황당해 하면 우리만 쪽팔리잖아."

둘이 이야기하는 사이 탈의실로 들어가 축구복으로 갈아입은 브라이언이 모습을 드러냈다.

"야, 브라이언!"

데이비드가 불렀다.

"있잖아, 축구부 애들을 파도에 가입시키면 어떨까? 좋지 않냐?"

브라이언이 운동화 끈을 단단히 조이고 일어나면서 대답했다.

"클락스타운의 2미터짜리를 받아버린다고? 파도의 힘으로?"

말을 하다 돌연 멈추고 브라이언은 환호성을 질렀다.

"바로 그거다! 나도 짱구를 엄청 굴려봤는데 도무지 뾰족한 수가 없더란 말이야. 그런데 맞네. 답이 바로 그거였어. 오호, 생각만 해도 신나지 않소? 내 눈앞엔 벌써부터 우리가 클락스타운 놈들을 쓸어버리는 광경이 보이는구려. 지금까지는 도저히 우리 힘으로 그 덩치들을 감당할 수 없었는데, 이제 파도처럼 한꺼번에 덮쳐서 밀어버릴 거란 말이오!"

브라이언은 열광하며 날뛰다 상대 수비수로부터 날쌔게 빠져나오는 자세로 마룻바닥에 몸을 굴리길 반복했다.

"자, 모두들 덤비시오! 파도처럼 밀어서 모래밭에 몽땅 엎어버릴 테니까. 음하하하하!"

잔뜩 신이 난 브라이언을 보니 에릭과 데이비드도 기운이 났다. 이렇게 힘을 모으면 뭐든 다 잘할 수 있을 것 같은 생각도 들었다. 브라이언은 벌떡 일어나 큰 소리로 외쳤다.

"난 뭐든 할 수 있소! 동지들, 나를 따르시오!"

브라이언의 소동은 계속되었다.

"클락스타운 덩치들만 제칠 수 있다면 난 정말 뭐든 할 것이오. 내

밥도 꽉꽉 나눠주고, 파도에도 가입시키고, 숙제도 열심히 할 것이오. 이제 동지들 소원은 내가 다 접수해서 들어주겠소!"

브라이언이 수선을 떠는 동안 선수들이 제법 모여들었다. 그중에는 브라이언의 대타인 2학년 학생 마이클도 있었다. 무슨 일이든 승부욕에 불타서 덤벼드는 마이클은, 축구부에 무엇보다 세대교체가 필요하다고 줄곧 주장하곤 했다. 고든 축구팀은 특히 수비가 약하니 3학년인 브라이언 대신 자기가 제1수비수가 되어야 한다는 얘기도 떠들고 다니기 일쑤여서, 두 사람 사이는 당연히 껄끄러울 수밖에 없었다.

"형은 클락스타운 덩치들한테 벌써 쫄아 있다며?"

마이클은 대놓고 브라이언을 희롱했다.

"이젠 나한테 넘기라구. 이 한몸 다 바쳐 내가 지켜낼 테니."

"짜식아, 축구가 뭐 혼자서 뛰노는 놀인 줄 아냐? 대회가 며칠 남았다구 이게 깝죽거려!"

브라이언의 훈계에 마이클은 계속 맞장을 떴다.

"선배면 다야? 나이 좀 많은 게 무슨 특권이냐고?"

바닥에 주저앉아 수모를 당하고 있던 브라이언이 더 이상은 못 참겠다는 듯 비수를 날리며 일어섰다.

"이 뚱돼지야, 몸집만 불리면 좋은 수비수냐? 몸은 젤 둔한 놈이 세치 혓바닥 갖고 깝치기는!"

뚱돼지란 말에 마이클이 씩씩거리며 대들었다.

"오예! 형님은 남 말 하는 사돈이시죠!"

그때였다. 브라이언이 순식간에 두 주먹을 불끈 쥐고 일어서는 것을 보고, 데이비드가 두 사람 사이에 뛰어들었다. 브라이언을 그냥 뒀다가는 아무래도 큰 소란이 일어날 기세였기 때문이다.

"똑같이 헤매는 놈들이 웬 잡소리가 이렇게 많아?"

데이비드는 우람한 몸집의 선수 두 명을 떼어놓으며 소리 질렀다.

"우린 한 팀이야! 죽을힘을 다해 서로 받쳐줘도 시원치 않을 판에 왜 맨날 쌈질들이냐? 우리가 깨지는 이유가 바로 이거야. 우리끼리 못 잡아먹어서 싸우는데, 대체 누구를 상대로 이길 수 있겠냐?"

데이비드가 일장 연설을 하고 있는 사이에 몇 명의 선수들이 체육관으로 더 들어왔다.

"무슨 일이야?"

그중 하나가 물었다. 데이비드가 그 친구에게 답했다.

"축구부의 일치단결에 대해 말하고 있었어. 우리는 한 팀이니까 일심동체가 되어 움직여야 해. 훈련을 통해 일체감을 나누어야 한다고! 우리에게는 이미 공동의 목표가 정해져 있잖아. 그러니 우리끼리 경쟁하며 남의 자리를 탐내지 말고, 팀이 승리하도록 서로를 도와주자는 이야길 하던 중이야."

"난 정말 우리 팀한테 승리를 안겨줄 수 있다니깐!"

데이비드의 말이 끝나자마자 마이클이 흥분히며 뒤를 이었다.

"제발 나한테 그 기회를 달라고요. 형들이 말해서 쉴러 감독님 맘을 바꾸면 되잖아!"

"그건 아냐!"

데이비드가 단호하게 말했다.

"실력 있는 개인들이 몇 명 모인다고 훌륭한 팀이 되는 건 결코 아니야. 지금껏 우리가 대회에만 나가면 항상 바닥을 기는 이유가 뭐라고 생각하니? 우리는 고든의 똑같은 유니폼을 입고 있지만, 사실은 하나의 축구팀이라고 할 수 없어. 마이클, 너는 제1수비수가 되어 혼자 뻐기는 게 좋니, 아님 우리가 다 함께 우승팀이 되는 게 좋니?"

마이클은 조금 풀이 죽은 듯했다. 그 모습을 본 다른 친구 하나가 마이클 대변인 같은 발언을 했다.

"난 그냥 우리 편이 맨날 바닥을 기는 데 신물이 났을 뿐이야."

"맞아. 나도 진짜 짱나!"

그 옆에 있던 친구가 곧이어 말을 받았다.

"경기만 나가면 밤낮 깨지니까 학교에서도 우릴 우습게 보잖아."

"난 정말 우리 팀이 우승만 하면 선수 포기하고 물만 날라도 좋겠다."

여기저기서 평소의 심경을 털어놓자 데이비드가 진지하게 설명을 이어갔다.

"그래. 이렇게 간절한 마음들이 모였으니 우린 틀림없이 우승할 수 있어. 그렇다고 당장 이번 토요일에 클락스타운 애들을 누를 수 있단 말은 아냐. 하지만 우리가 진짜 일체감을 느끼고 죽어라 훈련하면 올해 안에 몇몇 경기는 이길 수 있지 않을까? 아니, 틀림없이 그럴 거야."

어느덧 축구부원들이 거의 다 모여 데이비드의 이야기를 듣고 있었다. 그들은 데이비드의 설득에 고무된 표정이었다. 나아가 데이비드로부터 좀 더 자세한 얘기를 듣고 싶은 눈치였다.

누군가 손을 들고 질문했다.

"그럼 이제 어떡하면 되는 거야?"

데이비드는 잠시 망설였다. 파도 이야기를 여기서 꺼내도 될지 아직은 의문스러웠기 때문이다. 어제 처음 경험했을 뿐인 파도에 대해 제대로 설명할 수 있을지에 대해서도, 그는 확신이 들지 않았다. 하지만 그렇다면 누가 축구부원들에게 파도를 이야기할 수 있을 것인가. 여기까지 생각이 미쳤을 때, 옆에서 어서 이야기를 시작하라는 듯 데이비드의 몸을 툭 치는 사람이 있었다. 에릭이었다.

"얘기해봐! 어떻게 파도를 일으키는지 설명해보라구."

아니, 이게 무슨 봉변이람! 겨우 이틀 동안 경험한 걸 가지고 남들한테 설명하고 설득까지 하라고? 데이비드는 또다시 망설이는 듯했지만, 곧 축구부원들 앞에 나서서 말하기 시작했다.

"그래. 할 수 있는 만큼 설명해볼게. 무엇보다 우리가 먼저 배워야 할 건 함께 외쳐야 할 구호와 파도타기 인사법이야. 파도타기 인사를 할 때는 오른팔을 들어서 이렇게…"

7장
프랑켄슈타인 혹은 실험쥐

손더스 가족의 저녁 식사

그날 저녁 로리 손더스는 역사 시간에 벌어진 일을 부모님에게 털어놓았다. 모처럼 가족이 다 함께 모여 엄마가 한껏 솜씨를 발휘한 음식을 맛보는 시간이었다. 식사하는 내내 로리의 아버지는 그날 오후 필드에 나가 78타를 기록하며 골프 왕이 되기까지의 과정에 대해 시시콜콜 하나도 빼지 않고 거듭 설명했다. 로리가 파도 이야기를 꺼낸 건, 영원히 지속될 것처럼 보이는 아버지의 골프 얘기를 중지시키고 화제를 전환하기 위해서였다.

현재 로리 아버지는 잘나가는 반도체 회사의 부장이다. 로리 어머니에 따르면, 남편이 요즘 들어 골프에 빠진 이유는 필드에 나가 골프채를 휘두르면서 직장 일로 인한 스트레스를 날려버릴 수 있기 때문이라고 한다. 실제로 로리 아버지는 회사에서 곧장 퇴근하는 날보다 골프를 치고 집에 오는 날 얼굴이 더 밝고 기분도 좋아 보인다. 로리 역시 이 점을 알기에, 아버지 혼자 신나게 떠드는 골프 얘기가 아무리 지겨워도 어지간해서는 참고 들어준다. 이는 로리가 아버지를 끔찍이 생각해서가 아니다. 다만 그녀는 아버지가 축 쳐져 있으면 온갖 잔소리와 걱정을 늘어놓는 엄마의 잔소리를 곁에서 들어야 한다는 게 끔찍할 뿐이다. 다시 말해 로리에게는 무한히 반복되는 아버지의 골프 얘기가 엄마의 잔소리보다는 그나마 견디기 수월하다는 거다.

로리는 세상에서 자기 엄마만큼 빛나는 두뇌를 가진 사람은 본 적이 없다. 그녀는 평범한 가정주부지만, 한편으로는 유명무실했던 동네 여성유권자연맹을 새롭게 탈바꿈시킨 장본인이기도 하다. 앞서서도 천 리 밖을 내다보고 특히 동네 아줌마들과의 수다에서 언제나 왕언니 노릇을 하는 로리 어머니는, 동네에서 벌어지는 온갖 사건의 정보를 입수하고 정리해서 한 줄에 꿰는 능력을 지니고 있다. 정치에 야망이 있는 아저씨들이 간혹 소문을 듣고 로리 어머니를 찾아오는 이유는 그 때문이다. 그들은 동네 아주머니들의 '표심'이 로리 어머니에게 달려 있다고 보았다.

비단 정치 후보자들뿐만이 아니라 대부분의 사람들은 로리 어머니와 가까이 지내는 것이 결코 손해는 아니라고 생각한다. 로리 어머니는 누가 봐도 여유롭고 재미있는 데다, 또 아는 게 많고 늘 새로운 아이디어로 충만한 사람이기 때문이다. 그녀와 함께라면 어떤 화제가 등장하든 소통이 가능하고, 심지어 시간 가는 줄 모르고 수다 삼매경에 빠질 수 있다. 그러니 누가 그 즐거운 일을 마다하겠는가.

그런데 신기한 것은, 이 넉넉하고 재미있는 수다쟁이 아줌마가 무슨 일만 생겼다 하면 집요한 탐정 혹은 능수능란한 지능범처럼 변해 버린다는 사실이다. 바로 이 점 때문에 로리에게는 어머니가 편하지 않다. 아니, 세상에서 가장 상대하기 어려운 사람이라고 해야 더 정확하다. 일례로 로리에게 무슨 일이 생기면, 그게 아무리 사소한 것일지라도 어머니는 로리의 변화를 즉각 알아차린다. 로리가 그것을 무마하려고 해도 아무 소용이 없다. 결국 로리는 어떤 눈속임도 통하지 않는 어머니 앞에서 모든 걸 털어놓게 되고, 일단 그렇게 되면 어머니는 끊임없는 탐색과 추궁을 통해 로리에게 일어난 사건을 추적해 그 뿌리까지 기어이 뽑아내고야 만다.

그날 저녁도 예외는 아니었다. 로리는 단지 골프 얘기만 늘어놓는 아버지의 관심을 다른 데로 돌리고 싶었을 뿐이다. 어머니 또한 식사 후까지 이어지는 그 이야기에 괴로워하는 기색이 역력하지 않았던가. 로리는 15분이 넘도록 손톱을 세워 식탁에 떨어진 촛농을 긁어대는 어머니를 지켜보는 것이 딱해서 아무 말이나 지껄였는데, 그게 하필이면 파도 얘기였던 것이다. 이처럼 동기는 단순했으나 그 결과는 실로 엄청났다. 로리의 파도 얘기가 어머니의 예민한 촉수를 건드린 탓이다.

"내 눈으로 보면서도 믿기 어려웠어요."

로리는 골프에 대한 아버지의 열정을 제압하기 위해 평소보다 약간 더 수선스럽게 '교실 실험' 이야기를 시작했다.

"우리 반 전체가 합동으로 파도타기 인사를 하고, 마치 합창하듯 다 같이 구호를 외쳤다니까요? 모두가 열광하며 말 그대로 일심동체가 된 거예요. 그렇게 되는 게 가능한지를 확인하느라 실험에 들어간 건데, 결과는 우리의 예측을 뛰어넘었죠. 다들 완전히 거기에 빠져서 헤어나지 못했으니까. 한마디로 파도가 감동의 물결이 되어 우리들의 몸과 마음을 휘감은 거예요. 그때의 느낌은… 정말이지 말로 표현 못해요."

열심히 식탁보의 촛농을 긁고 있던 로리 어머니의 손톱이 어느 순간 멈춰지는가 싶더니, 그녀의 눈이 범상치 않은 빛을 띠며 반짝이기 시작했다.

"그게 무슨 소리니, 로리? 듣고 보니 분위기가 너무 이상하잖아. 대체 무슨 살벌한 짓들을 벌인 거야?"

"아우, 엄마!"

어머니의 과민한 반응에 로리는 움찔했다.

"오버 좀 하지 마세요. 엄마가 생각하듯 그런 이상한 게 아니라, 그냥 감동적인 체험이었다니까? 우리 반 친구들이 모두 일심동체, 혼연일체가 되는 걸 느꼈다고요."

손더스 부인은 일단 알겠다는 듯 고개를 끄덕였다.

"요즘 애들은 사실 그런 걸 느낄 기회가 없지. 뭐라도 그렇게 함께할 수 있는 일을 찾아낸 건 좋은 거 같다."

"그럼요, 진짜 그랬어요!"

엄마의 긍정적인 반응에 힘을 얻은 로리는 좀 더 상세하게 파도의 효과에 대해 설명했다.

"정말 놀라웠던 건요, 말썽꾸러기들이 하나같이 얌전해지고 왕따도 없어졌다는 거예요. 아, 엄마도 아시잖아요. 로버트 빌링즈라고 우리 반 대표 왕따. 걔는 이번 실험을 통해 완전히 개과천선했어요. 그 애가 실험에 적극적으로 참여하면서 많이 달라졌거든요. 또 학급 전체가 일심동체가 되니까 다른 아이들이 더 이상 로버트를 괴롭히지 않더라구요. 정말 놀랍지 않아요?"

"로리, 그런데 수업 시간에 너희들 공부는 안 하고 협동과 단결만 배운 거니?"

손더스 부인은 얼른 주제를 전환하며 다시 로리에게 따져 물었다.

"역사 시간에 진도는 안 나가고 그런 것만 하는 거야?"

"아, 여보!"

손더스 부인의 날카로운 지적에 그녀의 남편이 새로운 설교자로 나섰다.

"그거야말로 진도 나가는 거보다 훨씬 더 중요한 일 같은데? 우리 미국의 역사가 어떻게 만들어졌는지 좀 생각해보라구. 자유와 평등이라는 숭고한 이념으로 나라를 일으켜 세운 위대하신 건국 선조님들은 바로 그런 마음으로 하나가 되었던 거야. 온갖 역경을 이겨낼 수 있는 힘은 단결이었다고! 큰일은 결코 혼자 할 수 있는 게 아니거든. 우리 로리가 역사 시간에 그런 협동 정신과 단결의 힘을 배울 수 있다면, 그보다 중요한 공부가 어디 있겠어. 아, 우리 공장만 봐도 그래요! 모두 저만 잘났다고 하면 되는 게 하나도 없어. 툭하면 이게 맘에 안 든다, 저걸 바꿔보자, 이렇게 떠드는 사람들만으로는 아무것도 할 수가 없다고. 조금씩만 자기를 죽이고 협동 정신을 살릴 수 있다면 우리 공장도 생산성이 확 뛸 텐데 말이야."

"여보, 내가 언제 협동 정신이 나쁜 거라 그랬어요?"

로리 어머니는 남편의 말씀을 가슴에 새겨넣는 돌부처 현모양처가 아니었다. 오히려 정교한 논리를 무기로 자신의 주장을 굽히지 않는 게 그녀의 특징이었다.

"사람마다 독자적인 자기 생각과 방식이라는 게 있어요. 당신은 이 나라의 위대한 선조들이라고 뭉뚱그려 말하는데, 그분들 또한 자기 나름의 개성과 스타일을 가진 '개인'들이었다는 걸 잊지 마세요. 자기를 성찰하는 능력이 없는 사람은 정작 꼭 필요할 때 자기를 희생할 수도 없다고요."

"아우, 엄마는 진짜 엉뚱한 쪽으로 해석을 하는 것 같아!"

로리가 두 팔을 흔들며 어머니를 저지했다.

"벤 로스 선생님은 학생들을 전부 끌어들일 수 있는 실험을 하나 고안하신 것뿐이야. 우리는 거기에 필요한 과제를 하는 것뿐이고. 역사 공부를 제껴버린 게 아니라니까?"

그러나 손더스 부인은 로리의 해명에도 호락호락 물러서지 않았다.

"좋아, 다 좋다니까. 하지만 너한테는 별로 어울리는 방식이 아닌 것 같다. 우리는 네가 자기 성찰 능력을 갖춘, 독립적이고 자주적인 인간으로 성장하기를 바라거든. 여태껏 그렇게 키웠고…."

로리의 아버지는 느긋한 얼굴로 아내를 타일렀다.

"여보, 너무 심각하게 그러지 말아. 가끔 그렇게 강한 일체감을 느끼고 협동 정신을 키우는 것도 아이들한테는 나쁘지 않잖아."

"맞아요!"

아버지가 제 편을 들어주자 신이 난 로리는 어머니의 허점을 찌르며 공격을 시도했다.

"언제는 내가 너무 독립적이라 좀 서운하다며? 엄마가 접때 그랬잖아요."

애써 당황한 표정을 수습하면서도 손더스 부인은 물러서지 않았다.

"그래. 하지만 명심할 게 있어. 최다의 선택이 최선의 선택은 아닌 거다! 그건 알겠지?"

"아우, 엄마!"

로리는 한 치도 양보하지 않으려는 어머니에게 문득 짜증이 났다.

"왜 말 바꾸세요? 아니면 일부러 사오정인 척하는 거예요?"

"맞아, 여보."

로리의 아버지도 은근슬쩍 딸을 거들었다.

"역사 선생님이 오죽 잘알아서 할까! 그분이 공연한 짓을 하는 건 아닐 테니, 너무 그 문제에 목숨 걸지 말아요."

로리의 아버지는 점잖게 아내를 나무라며 더욱 느긋한 얼굴이 되었다. 하지만 이 정도에 물러날 손더스 부인이 아니었다. 결코 만만한 상대가 아닌 그녀는, 정색을 하고 남편을 비판하기 시작했다.

"당신은 아무리 엔지니어라지만, 어쩜 그렇게 민주 시민이 갖춰야 할 소양에 관심이 없어요? 우리 아이들에게 필요한 건 스스로 생각할 줄 아는 성찰 능력이라고요. 그런데 선생님이 그런 식으로 학생들을 조종해도 괜찮다고 생각하세요?"

"우리를 조종하다니요. 엄마! 벤 로스 선생님은 절대 그런 분이 아녜요."

로리가 펄쩍뛰며 어머니의 말을 가로막았다.

"우리가 벤 선생님을 얼마나 좋아하는데! 쓸데없는 일을 하는 분이 아니라니까 그러네. 그 선생님은 우리들이 역사를 좀 더 실감나게 느낄 수 있도록 노력하시는 것뿐이라고요. 다른 선생님들이 벤 선생님의 반의반만큼이라도 따라한다면 우린 진짜 행복할 거예요."

손더스 부인은 남편과 딸의 발언에 반박하려 했지만, 남편의 저지로 무산되었다. 로리 아버지는 토론을 중단시키고 화제를 돌리기 위해 딸의 남자친구인 데이비드 이야기를 꺼냈다.

"오늘은 데이비드가 안 나타나네? 이 녀석, 오늘은 안 온다니?"

데이비드는 하루가 멀다고 저녁마다 로리네 집에 들렀다. 공부를 하다가 모르는 게 있어 로리에게 물어보러 왔다는 구실을 대면서 말이다. 하지만 로리 아버지가 집에 있을 때면, 데이비드는 로리보다는 로리 아버지와 보내는 시간이 더 많았다. 공대에 진학해 엔지니어가 되고 싶어 하는 데이비드와 현역 엔지니어인 로리 아버지는 함께 나눌 이야깃거리가 많았다. 더욱이 로리 아버지도 고등학교 시절 잘나가던 축구선수였다. 그러니 둘은 여러모로 죽이 잘 맞을 수밖에 없었다. 손더스 부인의 말마따나 둘은 천생연분, 찰떡궁합이라 해도 과언이 아니었다.

"역사 시간에 발표할 과제 때문에 오늘은 늦게까지 집에서 공부할 거랬어요."

데이비드가 오지 않을 거라는 로리의 말에, 그녀의 아버지는 깜짝 놀라는 시늉을 했다.

"데이비드가 역사 공부를 해? 야, 이거 진짜 심각한 사태가 벌어진 것 같은데!"

아이들을 다스리는 비법

벤 로스와 크리스티 로스. 이들 부부는 둘 다 고든 고등학교 평교사로 하루 종일 근무를 하는 까닭에 요리와 빨래, 청소며 장보기 같은 집안 살림을 반씩 나누어 하는 편이다. 두 번째 실험이 있던 날 아침, 아내 크리스티가 자동차를 맡기러 정비공장에 가야 해서 오후에 시간이 없다고 하자, 벤은 그럼 저녁 준비는 본인이 하겠다고 약속했다. 하지만 벤은 역사 수업, 그러니까 두 번째 실험이 끝난 후 머릿속이 그에 대한 생각으로 꽉 차는 바람에 저녁 당번이 자기라는 것을 까맣게 잊고 말았다. 뒤늦게 그 사실을 깨달은 벤은 슈퍼마켓에 달려가 달랑 냉동 만두 한 봉지를 사들고 집으로 돌아왔다.

저녁 식사 무렵, 잘 차려진 밥상을 기대하며 집으로 들어온 크리스티는 즉각 사태를 알아차렸다. 식탁 위에는 김이 오르는 음식도, 근사한 포도주도 아닌 책들만 쌓여 있었던 것이다. 심지어 싱크대 옆에는 아직 뜯지도 않은 만두 봉지가 덩그러니 놓여 있었다. 실망의 빛이 가득한 얼굴로 크리스티가 물었다.

"이게 뭐야?"

벤 로스는 깜짝 놀라며 대답했다.

"어이쿠! 미안해, 여보. 수업 준비 땜에 내가 정신이 나갔네요. 준비할 게 많아서 요리할 시간이 없겠더라구."

크리스티는 고개를 끄덕였다. 그래도 오늘은 자기가 식사 당번이라는 사실만은 잊지 않았으니 그게 어딘가 싶어 너그러이 용서해주기로 했다. 크리스티는 만두 봉지를 뜯으며 남편에게 물었다.

"그 환상적인 교실 실험, 아니, 프랑켄슈타인을 만드는 실험은 잘되고 있어요? 그 가공할 인조인간이 복수의 칼을 휘두를 날은 얼마나 남은 것 같아요?"

"복수라니, 무슨 그런 가당찮은 말씀을!"

남편은 어깨를 으쓱하며 대답했다.

"우리 아이들은 점점 더 눈부시게 아름다운 인간으로 거듭나고 있답니다, 마님!"

"그럴 리가요!"

"정말이야. 진도 나간 부분을 복습 삼아 한 번씩 읽어 오라 그랬는데, 아주 정독들을 해왔더라고요."

벤은 정색을 하며 말했다.

"예습까지 해온 친구들도 있더라니까! 수업 준비가 아이들한테 갑자기 행복한 일이 된 것 같아요."

그의 아내가 말꼬리를 낚아챘다.

"수업 준비가 행복해요? 수업 준비를 안 해서 불행한 벌을 받을까 두려운 게 아니고?"

한껏 들떠 있는 벤 로스에게는 가시 돋친 아내의 말도 그저 칭찬으로만 들렸다.

"아니야. 분위기가 정말 좋아졌어요. 훨씬 더 성실해진 건 확실하다니까요?"

크리스티는 고개를 흔들었다.

"음악 시간에는 그런 낌새가 전혀 없던데…"

"당신한테도 내 비법을 알려줄게요."

대단한 원리를 알아냈다는 듯 벤이 은근한 목소리로 말했다.

"이상하게 들리겠지만, 교사 쪽에서 모든 걸 결정하고 아이들한테는 그냥 따라오라고만 하는 게 더 나은 방법인 것 같아. 아이들도 그걸 훨씬 더 좋아하고, 말도 잘 들어요."

"그게 더 편하기야 하겠지. 하라는 대로만 하면 되니까… 스스로 고민하거나 끙끙거리며 문제를 풀지 않아도 되잖아요. 그런데 여보, 이젠 식탁의 책들 좀 치우시죠. 저녁은 먹어야 하지 않겠어요?"

남편이 식탁의 책을 한쪽으로 치우는 동안, 크리스티는 접시와 그릇들을 가져다 놓았다. 책을 치운 남편이 일어서기에 자기를 도와주리라 기대했으나 벤은 그저 생각에 잠긴 채 식탁 주위를 어슬렁거렸다. 저녁식사 따위는 까맣게 잊어버린 게 분명해 보였다. 크리스티는 그런 남편을 보며, 자기 또한 '파도'에 떠밀려 알 수 없는 어딘가로 향하는 느낌이었다. 남편은 흥분된 목소리로 아이들이 달라졌다고, 믿기 힘들 만큼 성실하게 변했다고 얘기하고 있지만, 거기엔 뭔가 석연치 않은 께름칙함이 남았다.

"여보, 그 실험 언제쯤 끝낼 예정이에요?"

식탁에 앉으며 크리스티가 묻자 벤이 고개를 갸우뚱하며 대답했다.

"글쎄, 곧 끝나겠지…. 그런데 너무 재미있어요!"

그는 아직도 부엌 여기저기를 서성거리는 중이었다. 그런 남편을 크리스티는 걱정스런 눈으로 바라보았다.

"이제 그만 자리에 앉아요!"

아이를 나무라듯 그녀는 남편을 다그쳤다.

"밥 좀 먹고 해요. 음식 다 식겠네."

벤은 미안한 얼굴로 식탁에 와서 앉으며 말했다.

"저기 있잖아…."

그는 몇 번이나 고개를 갸우뚱했다.

"사실은 나도 자꾸 흥분이 돼요. 그래서 발을 빼기가 못내 아쉬운 생각이 든다는 거지. 우리가 하는 실험은 진짜… 그 전염성이 장난이 아닌 것 같아요."

크리스티가 보기에도 그건 틀림없는 사실이었다. 그래서 더 우려스러운 마음을 떨어낼 수 없는지도 몰랐다.

"당신, 지금 어떻게 보이는 줄 알아요? 아이들과 벌이는 그 환상적인 실험의 희생 제물 같아. 실험쥐가 된 거 같다고요."

장난삼아 건넨 말이었지만 그녀는 문득, 남편이 이 말을 좀 더 진지하게 새겨봤으면 좋겠다는 생각을 했다.

8장
거대한 운동이 된 '파도'

등굣길의 다툼

데이비드와 로리는 둘 다 학교까지 걸어 다닐 수 있는 동네에 산다. 그러나 방향이 달라서 서로 등하굣길에 마주칠 일은 별로 없다. 더욱이 데이비드 편에서 보면 학교에 더 빨리 갈 수 있는 길이 있기에, 굳이 로리네 집 앞을 지나야 할 이유가 없다. 하지만 데이비드는 고등학교에 올라온 이후 아침마다 로리네 집으로 이어진 길을 택해 학교로 간다. 그녀가 데이비드의 눈에 처음 띈 그 순간, 데이비드는 그렇게 하기로 마음먹었다. 재수가 좋으면 집에서 나오는 로리와 우연을 가장해 마주칠 수 있으리라는 기대 때문이었다.

처음 몇 달 동안 재수 좋은 날은 일주일에 하루 정도에 불과했다. 그런데 학교에서 둘이 친해질수록 재수 좋은 날이 자꾸 늘어가기 시작했고, 한 학기쯤 지난 후에는 거의 매일 데이비드가 로리네 집 앞을 지날 즈음 그녀가 대문을 열고 나오는 마법 같은 일이 펼쳐졌다.

데이비드는 이를 그저 행운이라고 여기며 좋아했다. 로리가 창문 뒤에 숨어서 자기가 오는 것을 엿보고 있는 줄은 꿈에도 몰랐던 것이다. 그만큼 로리의 연기는 훌륭했다. 그녀는 늘 '우연히' 집 앞에서 데이비드와 만난 것처럼 굴었고, 그날 아침도 예외는 아니었다. 데이비드는 자기가 지나가는 그 순간에 대문을 열고 나오는 로리를 보고 기뻐하며 들뜬 목소리로 말했다.

"로리, 드디어 해법을 찾았어!"

데이비드는 밤새도록 쌓았다 부순 수많은 상념과 계획들을 로리에게 털어놓았다.

"축구부에도 희망이 생겼다고!"

"축구부의 희망이라면…"

중계방송을 하듯 로리가 말을 받았다.

"날렵하고 튼실한 수비수 하나, 어떤 방어에도 절대로 굴하지 않고 탱크처럼 밀어붙이는 날쌘돌이 공격수 두 명…"

"에이, 참."

데이비드는 김새는 소리 좀 그만하라는 표정으로 로리의 말을 잘랐다.

"장난 아냐. 내가 어저께 축구부 애들한테 선언을 했거든. 브라이언이랑 에릭은 말할 것도 없고 다른 친구들도 다 좋다 그랬어. 물론 그런다고 해서 당장 실력이 늘고 대회에 나가서 우승컵을 따올 수 있는 건 아니겠지. 하지만 예감이 아주 좋아. 선수들을 일치단결시킬 수 있는 코드를 잡은 것 같아. 쉴러 선생님도 완전 감동 먹었어. 우리가 진짜 딴 애들 같대!"

"그래? 울 엄마는 무슨 세뇌 교육 같다고 그러시던걸."

로리의 말에 데이비드는 언짢은 기분이 들어 반문했다.

"세뇌 교육?"

"그래. 엄마는 벤 로스 선생님이 우리를 조종하는 거래."

"증세가 심각하시군!"

데이비드가 기어코 짜증을 냈다.

"어머니가 뭘 아신다고 그런 소릴 해? 너 대체 어머니께 뭐라고 말씀을 드린 거냐? 엄마 잔소리에 넌더리가 난다고 맨날 치를 떨면서, 넌 왜 쓸데없는 걱정을 끼쳐 드리는 거냐고."

"나도 걱정하지 마시라고 말씀드렸어."

로리의 변명에도 데이비드는 상한 기분을 풀기 어려운 모양이었다.

"결국 너도 엄마 얘기에 마음이 흔들린 거 아냐?"

데이비드의 다그침에 로리가 정색을 하고 대답했다.

"내가 언제 그랬댔어? 울 엄마가 그런 걱정을 하더라는 것뿐이야!"

로리의 해명에도 데이비드는 물러서지 않았다.

"어머니는 왜 그런 말씀을 하시는 거야? 우리 교실에 와 본 것도 아니잖아. 파도가 어떻게 생겨났고 어떤 힘을 발휘하는지 알지도 못하면서 대체 왜! 아무튼 어른들은 잘 알지도 못하면서 아는 척하는 데는 뭐가 있다니까…."

로리는 그게 아니라고 설명하고 싶었지만 꾹 참기로 했다. 별것도 아닌 일로 아침부터 언쟁을 벌이고 싶지 않아서였다. 게다가 지금 축구부에 파도의 정신이 절실하다는 것은 로리도 인정하는 바였다. 특단의 조치가 시급하다는 데이비드의 간절한 심정 또한 누구보다 잘 알고 이해하고 있기에, 로리는 얼른 마음을 정리하고 화제를 바꾸었다.

"미적 도와줄 친구는 찾았니?"

데이비드는 아직도 기분이 풀리지 않은 듯 시큰둥하게 답했다.

"결국 우리 반 애들밖에 없잖아…"

"우리 반 애들 중에도 미적 마스터가 몇 명은 있어."

로리는 데이비드를 도와주고 싶은 마음에서 한 소리였지만, 데이비드의 대답은 차가웠다.

"관둬! 쪽팔리잖아. 그만둘래."

로리는 짧게 한숨을 내쉬었다. 같은 반 친구들끼리의 경쟁심은 때로 견디기 힘들 정도다. 하지만 데이비드는 친구들이 경계할 만큼 성적이 탁월한 편이 아니므로, 본인이 원하기만 하면 도와줄 친구를 찾아내는 건 그리 힘든 일이 아니었다.

"저기… 그날 점심시간에…"

로리가 말을 이었다.

"에이미가 대답은 안 했지만 네가 요청하면 잘 도와줄 거야."

"에이미?"

"걔, 수학은 진짜 잘해. 아무리 어려운 문제라도 십분 안에 다 풀어낼 걸?"

하지만 데이비드는 고개를 저었다.

"그날 너도 봤잖아. 시치미떼고 있던 애한테 어떻게 구차하게 부탁을 하냐."

"그건 쑥스러워서 그런 거지. 그리고 네가 에이미한테 정식으로 부탁한 것도 아니었잖아."

로리는 킥킥거리며 설명을 덧붙였다.

"바보야, 에이미는 브라이언을 좋아한단 말야. 그래서 너무 똑똑해 보이고 싶지 않았던 것뿐이라고. 옆에 있던 브라이언이 괜히 쫄아버릴까 봐…."

데이비드는 그제야 기분이 좀 풀리는지 로리의 말에 맞장구를 쳤다.

"브라이언 걔가 어디 공부 좀 하는 애들 앞에서 쫄 녀석이야? 걔를 쫄게 하려면 키 2미터에 체중이 한 100킬로는 나가야 한다고. 아니면 클락스타운 축구복을 입고 나타나거나!"

노란 카드에 갇힌 아이들

그날 아침, 교실에 들어오던 학생들은 뭔가를 보고 깜짝 놀랐다. 그건 다름 아닌 교실 뒤 벽에 붙어 있는 커다란 포스터였다. 그 포스터엔 파도 무늬로 채워진 푸른색의 동그라미가 그려져 있었다. 잠시 후 모습을 드러낸 벤 로스의 의상 또한 대단히 파격적이었다. 늘 헐렁한 캐주얼 차림으로 다니던 선생님이 갑자기 파란색 정장에 하얀 와이셔츠, 그리고 파란 넥타이까지 매고 나타나자, 아이들은 거의 비명을 지르며 소란을 피웠다. 완전히 딴사람처럼 보이는 선생님이 아이들의 책상 사이를 오가며 노란 카드를 나눠주기 시작했다. 아이들은 얼른 제자리에 가서 앉았다.

카드를 먼저 받아든 로리를 팔꿈치로 쿡 찌르며 브래드가 물었다.

"그게 뭐냐?"

방금 받은 노란 카드를 살펴보며 로리가 나직하게 속삭였다.

"파도 회원증이래."

"무슨 회원증?"

브래드가 로리 쪽으로 몸을 돌리면서 다시 물었다.

"이제 그만!"

벤 로스는 손뼉을 치며 수선스런 분위기를 가라앉혔다.

"다들 조용히!"

브래드는 자세를 바르게 고쳐 앉았으나 의구심이 들었다. 웬 회원증? 진짜 장난하나? 로리도 브래드와 같은 의견이었지만 그렇다고 그걸 소리 내어 표현할 수는 없었다.

회원증을 다 나눠준 벤 로스가 다시 교탁 앞으로 돌아왔다.

"회원증 안 받은 사람 없지?"

교실을 한 바퀴 둘러본 후 그는 말을 이었다.

"뒷면에 빨간 십자표가 그려진 회원증을 받은 친구들이 있을 거야. 그들은 파도의 질서를 유지시키는 '갈매기 군단'이야. 갈매기 군단은 앞으로 파도의 규칙을 어기는 회원의 이름을 적어서 내게 건네주기 바란다."

벤 로스의 설명에 아이들은 회원증을 살펴보며 빨간 십자표를 찾았다. 회원증에서 빨간 십자표를 확인한 로버트와 브라이언의 얼굴이 환해졌다. 그러나 로리처럼 아무 표시도 없는 회원증을 받아든 친구들은 괜히 머쓱하고 떨떠름한 기분이었다.

로리는 손을 번쩍 들었다.

"질문 있니, 로리?"

"이걸 만드신 목적이 뭔가요?"

갑자기 교실이 조용해졌다. 벤은 답을 하지 않았다. 대신 잠시 뜸을 들이다가 로리에게 반문했다.

"혹시 뭐 잊어버린 것 없니?"

"아 참, 그렇지! 다시 할게요."

로리는 자리에서 일어나 파도의 규칙에 맞추어 다시 질문을 던졌다.

"로스 샘, 회원증의 용도는 무엇인가요?"

벤 로스는 로리 말고 다른 학생들에게서도 비슷한 질문이 연달아 나오기를 기대했다. 너무나 뜬금없고 황당한 상황이 벌어지고 있으니 당연히 그럴 거라고 여겼다. 하지만 더 이상의 질문은 없었고, 이를 확인한 벤은 나눠준 회원증에 대해 설명하기 시작했다.

"회원증은 하나의 도구야. 새롭게 탄생한 조직이 자기 정체성과 균일성을 유지하기 위한 수단이지."

로리가 잠자코 침묵을 지키자, 벤 로스는 칠판에다 큰 글씨로 파도의 구호를 다시 적었다.

훈련을 통한 힘의 집결

공동체를 통한 힘의 집결

그리고 거기에 새로운 구호를 하나 더 첨가했다.

실천을 통한 힘의 집결

"지난 시간까지 우리는 훈련과 공동체의 의미를 배웠다. 오늘은 '실천'에 대해 배우도록 한다."

벤 로스는 아이들을 둘러보며 설명을 이어 나갔다.

"실천이 따르지 않으면 훈련도 소용없고 공동체 역시 의미가 없어. 공동체는 같은 목표를 이루기 위한 집단인데, 오직 실천을 통해서만 그 목표를 이룰 수 있거든. 또 공동체가 훈련을 왜 하겠어? 그건 바로 실천하는 힘을 키우기 위한 것이야. 다시 말해 우리의 목표가 아무리 훌륭해도 공동체가 훈련을 통해 그에 필요한 일을 함께 실천해가지 않는다면 아무 의미가 없다는 거다. 자, 여러분은 모두 우리 파도의 힘을 믿는가?"

갑작스런 질문에 머뭇거린 것도 잠시, 아이들은 금세 하나로 입을 모아 크게 외쳤다. 일심동체가 된 그들의 목소리가 거대한 합창처럼 교실을 울렸다.

"로스 샘! 예, 그렇습니다!"

벤은 고개를 끄덕였다.

"그럼 이제 우리의 믿음을 두려움 없이 실천해보자. 파도의 일원인 여러분은 무엇보다 한마음 한뜻으로, 마치 각자가 커다란 기계의 일부인 것처럼 호흡을 맞춰 협동심을 발휘해야 한다. 자기가 맡은 역할을 더욱더 열심히 수행하고 서로 굳건하게 단결할수록, 우리는 더 빨리 배우고 더 많은 걸 성취할 수 있어. 하지만 그 모든 건 우리가 서로 돕고 함께 일하며 규칙에 복종할 때만 가능해. 그래야만 파도의 성공이 보장됨을 잊지 말도록."

선생님이 말씀하시는 동안 학생들은 모두 자리에서 일어나 책상 옆에 반듯하게 서 있었다. 로리 손더스도 친구들을 따라 일어서긴 했지만 지난 시간처럼 혼연일체, 일심동체의 불가사의한 힘이 솟구치는 것을 느낄 수는 없었다. 전날의 감동은 다 어디로 사라진 것일까. 로리는 그 점이 좀 실망스러웠다. 아니, 실망 정도가 아니라 우스꽝스럽다는 생각마저 들었다. 아무리 존경하는 벤 로스 선생님이지만, 그의 일거수일투족에 무조건 복종하고 열광하는 반 아이들이 자꾸 유치하게 보이기 시작했기 때문이다.

"자리에들 앉아라!"

선생님의 명령에 아이들은 일사분란하게 자리에 앉았고, 강의는 계속되었다.

"우리가 파도를 처음 시작했을 때를 돌이켜보자. 솔직히 그때만 해도 누가 더 빨리, 누가 더 멋지게 정답을 말하는지에 관심이 있었지? 말하자면 우리 사이에 어떤 경쟁심이 작용했던 거야. 그러나 이제부터는 그런 식의 욕심도 벗어던져야 해. 우리끼리 경쟁 상대가 되면 안 되거든. 우리는 공동의 목표를 향해 협동하는 하나의 조직이야. 그만큼 일심동체로 뭉치는 것이 중요하다고. 그러니 파도 안에서는 모두가 평등하다는 사실을 잊지 말거라. 파도의 회원은 모두 같아. 누가 더 중요하거나 덜 중요하지도 않고, 특히 누구를 제외시키는 일은 있을 수 없어. 공동체는 평등한 구성원들이 연합한 조직이기 때문이야. 자, 우리가 당장 할 일은 더욱 거세게 파도를 일으키기 위해 새 회원을 확보하는 일이다. 그렇다고 아무나 막 가입시킬 수는 없겠지? 그래. 누구든 파도 회원이 되려면 먼저 우리의 규칙을 정확히 이해하고 그것에 복종한다는 선서를 해야만 해."

데이비드는 눈짓으로 신호를 보내는 에릭에게 승리의 브이(V) 자를 그려 보이며 밝은 미소로 응했다. 어젯밤 내내 골몰했던 문제에 대해 벤 로스 선생님이 이토록 시원한 해답을 내려주시다니! 데이비드는 선생님의 말에 백퍼센트 공감하며 더 많은 인원을 파도에 끌어들이리라 다짐했다. 그리고 이건 누구에게나 반가운 소식임에 틀림없다고, 특히 축구부에게는 이보다 더 기쁜 소식이 있을 수 없다고 그는 확신했다.

터져 나오는 뜨거운 고백들

아이들의 표정과 태도에서 흡족함을 느낀 벤 로스는, 이제 그만 파도에 대한 이야기를 마무리하고 지난 시간에 내준 과제물을 살펴봐야겠다는 생각을 했다. 그런데 갑자기 조지 스나이더라는 학생이 번쩍 손을 드는 게 아닌가.

"질문 있니, 조지?"

조지는 좀처럼 누구 앞에서 자기 얘기를 꺼내본 적이 없는 아이여서, 다들 의아한 얼굴로 그를 바라보았다. 그러자 자기 자리에서 일어난 조지는 마치 종교 집회에서 간증이라도 하는 사람처럼 떨리는 목소리로 고백하기 시작했다.

"로스 샘, 이런 기분은 처음입니다. 생전 처음 어디에 소속되어 있다는 느낌이에요."

조지는 뭔가 더 말을 하고 싶은데 표현이 잘 안 되는 듯 쭈뼛거리다 한마디 덧붙였다.

"저는 그게 너무 좋습니다."

같은 반 학우의 예기치 못한 변화에 아이들은 무척 놀란 듯했다. 조지 역시 갑자기 다른 아이들의 주목을 받는 것이 쑥스러운지 몸 둘 바를 몰라 쩔쩔매다 슬그머니 자리에 주저앉았다. 그때였다. 뒷줄에 앉아 있던 로버트가 무슨 영감이라도 받은 표정으로 자리를 박차고 일어났다.

"로스 샘!"

그의 태도와 목소리는 전에 없이 당당해져 있었다.

"저는 조지의 마음을 무지하게 잘 알 것 같습니다. 마치 새로 태어난 느낌이라고 할 수 있습니다."

로버트가 자리에 앉자마자 이번에는 제일 앞줄의 에이미가 벌떡 일어났다.

"저도 동감이에요. 아 참, 로스 샘! 저도 조지와 똑같은 느낌이 들었습니다."

연이어 친구들이 일어나 말하는 것을 들으며 데이비드는 희열을 느꼈다. 만약 조지 다음에 아무도 지지 발언을 하지 않았다면 어땠을까?

조지의 고백은 한낱 생뚱맞은 해프닝으로 끝나고, 교실 분위기 또한 엄청 썰렁해지지 않았을까? 아마 그랬다면 조지는 더 이상 그런 용기를 낼 수 없었을 게 분명하다. 그런데 로버트와 에이미가 조지에 공감하고 지지해줌으로써 분위기가 완전히 반전된 것이다. 데이비드는 이처럼 서로서로 격려하고 힘을 보태주는 친구들을 보면서 파도의 효력을 더욱 실감했다. 그리고 그에 감동한 나머지, 데이비드는 자기 또한 뭔가 적절한 발언으로 이 분위기를 더욱 띄워야 한다고 여기며 자리에서 일어섰다.

"로스 샘, 저는 파도가 정말 자랑스럽습니다."

적당히 마무리하고 진도를 나가려던 벤 로스는, 아이들 사이에서 터져 나오는 예상 밖의 고백들에 당황했다. 자기의 의도와 달리 교실 분위기가 점점 흥분되는 쪽으로 가고 있기 때문이었다. 그렇다고 아이들이 자발적으로 속내를 털어놓는데 거기에 찬물을 끼얹을 수는 없는 노릇이었다. 벤은 조지로부터 시작된 감동의 물결이 교실 전체로 확산되고 있음을 알았다. 아이들의 눈빛이 예사롭지 않았다. 앞에 서 있는 선생님에게 뭔가 요구하는 듯, 그것은 강렬하고 간절했다. 그 순간 벤은 거부할 수 없는 무엇인가가 내부에서 끓어오르는 것을 느꼈다.

"자, 우리들의 파도타기!"

그는 자기도 모르게 명령을 내렸다. 바로 이 순간만을 기다려 왔다는 듯, 아이들은 일제히 자리를 박차고 일어나 책상 옆에 서서 오른쪽 손등을 왼쪽 어깨로 올리는 파도타기 인사를 했다. 그리고 파도의 구호를 외치기 시작했다.

훈련을 통한 **힘의 집결!**

공동체를 통한 **힘의 집결!**

실천을 통한 **힘의 집결!**

훈련을 통한 **힘의 집결!**
훈련을 통한 힘의 집결!

공동체를 통한 **힘의 집결!**
공동체를 통한 힘의 집결!

실천을 통한 **힘의 집결!**
실천을 통한 힘의 집결!

학생들이 파도타기 인사를 하고 구호를 외치는 동안, 벤은 준비해 온 학습 교안을 만지작거리며 생각에 잠겼다. 구호가 끝나고 교실은 곧 조용해졌지만, 벤의 내면은 복잡하고 소란스러웠다. 그는 이제 파도가 저 혼자서도 물결을 일으키고 회오리를 일으킬 수 있음을, 아이들 각자가 파도로 물결치기 시작했으니 이제부터는 교사의 개입 없이도 학생들 스스로 조직을 꾸려가며 활동하는 게 가능함을 알았다. 불과 며칠 사이에 파도는 더 이상 이론이나 실험이 아닌, 학생들 속에서 스스로 춤추고 활동하는 '운동'으로 변해버린 것이다.

벤은 이 놀라운 현상에 아연실색하여 말문이 막혔지만, 한편으로는 교실 실험이 점점 더 흥미로워지고 있다는 생각을 했다. 또한 실험을 시작한 장본인으로서, 자기가 얼마든지 사태를 다른 방향으로 끌고 갈 수 있으리라는 자신감도 들었다.

로리, 문제를 제기하다

그날 점심, 학교 식당으로 몰려간 파도 회원들은 기다란 탁자 하나에 모두 둘러앉았다. 브라이언과 브래드, 에이미와 로리, 데이비드도 물론 함께였다. 심지어 그 자리에는 늘 따돌림을 당하던 로버트 빌링즈도 끼어 있었다. 망설이며 쭈뼛거리던 그에게 데이비드가 어서 와 앉으라는 손짓을 보낸 것이다. 막상 자리에 다가와서도 로버트는 계속 멋쩍어했으나, 데이비드가 '우리 모두 파도의 일부'라고 말해주자 비로소 얼굴에 웃음을 띠며 빈자리에 앉았다.

한데 모여 앉은 아이들은 대부분 벤 로스 선생님의 역사 시간에 벌어진 감동적인 순간들을 되새기며 떠들어대느라 바빴다. 그에 대해 로리는 딱 꼬집어서 뭐라고 트집을 잡을 수는 없었지만, 그래도 어딘가, 이를테면 단체로 똑같은 인사를 하고 함께 소리 높여 구호를 외치는 건 좀 이상하다는 느낌을 떨쳐버릴 수 없었다. 식사가 끝나고 마침내 아이들의 떠드는 소리가 잠잠해지자, 그녀는 조심스레 마음속에 있던 생각을 꺼내보았다.

"얘들아, 너희는 뭔가 좀 이상한 느낌이 전혀 없니?"

좌중에서 튀어나온 목소리가 로리의 것임을 알아챈 데이비드는 그녀를 보며 물었다.

"그게 무슨 말이야?"

"나도 잘은 모르겠는데…"

머뭇거리며 로리가 말을 이었다.

"자꾸만 묘한 기분이 들어서 그래."

"낯선 경험이라 그럴 거야."

에이미가 로리의 느낌을 대신 설명해주었다.

"우리는 지금껏 한 번도 그런 일체감을 느껴본 적이 없었잖아. 그래서 아무래도 좀 어색하고 낯설게 여겨지는 거 아닐까?"

"바로 그거야!"

브래드가 거들었다.

"왕따도 공주도 다 사라졌거든. 잘난 척하는 것들은 더 이상 설 자리가 없어진 거란 말이지. 그리고 이젠 편가르기도 없는 거잖아. 만민이 평등하게 다시 태어났다고! 사실 그런 것 땜에 스트레스 안 받은 애들이 어디 있냐? 평민들은 말할 것도 없고, 늘 인기 관리가 필요한 인간들도 솔직히 말하면 그게 엄청난 스트레스거든! 그런데 거기서 해방되었단 말이야. 이제 우리는 파도의 일부로서 모두 평등하니까. 너도 그 점이 좋지, 로리? 우리들의 로스 샘이 파도를 만든 건, 그래, 일종의 혁명이라구!"

"정말로 너희는 모두 이걸 좋아하는 거야? 뭔가 좀 미심쩍은 사람은 한 명도 없어?"

로리의 질문에 데이비드가 정리를 하고 나섰다.

"네 주변에 누군가, 이게 싫다는 사람이 있다는 거야?"

로리는 갑자기 얼굴이 달아오르는 느낌이었다.

"아니… 나는 그냥, 혹시라도 그럴 수 있지 않을까 싶어서."

그때 저쪽 끝자리에 앉은 브라이언이 주머니를 뒤져 뭔가를 꺼내더니 로리에게 흔들어 보이며 말했다.

"헤이, 로리! 이걸 잊지 마. 크큭."

브라이언이 꺼내든 것은 뒷면에 빨간 십자표가 그려진 파도 회원증이었다.

"그게 뭔데?"

로리의 질문에 브라이언은 계속 크큭거리며 대답했다.

"로스 샘이 그러셨잖소! 갈매기 군단은 파도의 규칙을 어기는 반동분자들의 이름을 적어서 제출하라고!"

어라, 이게 뭐람? 이렇게 되면 더 이상 장난이 아닌 거잖아? 머릿속을 오가는 이런 생각들로 로리는 순간 눈앞이 아찔해지면서 가슴이 덜컥 내려앉았다. 다행히 브라이언은 농담이라는 듯 계속 킬킬거렸고, 이에 로리 또한 의구심을 떨쳐낼 수 있었다. 마침 데이비드가 그런 로리의 마음을 읽기라도 한 듯 한마디로 사태를 정리했다.

"브라이언, 로리는 어떤 규칙도 어긴 일 없다!"

그런데 데이비드의 말이 떨어지기가 무섭게 이번에는 로버트가 엉뚱한 소리를 하는 거였다.

"하지만 규칙을 어기면 그때는 고발이야. 로리도 예외는 아니라고!"

로버트의 다소 과격한 말은 그 자리를 얼어붙게 만들기에 충분했다. 하지만 정작 아이들은 로버트가 말한 내용보다, 그가 남들의 이야기에 끼어들었다는 사실 자체에 더 놀라워했다. 남들 앞에서 한 번도 자기의 주장이나 표현을 해본 적이 없는 로버트. 그가 완전히 딴사람이 된 듯 돌변해서일까. 아이들 사이에는 갑자기 묘한 기류가 형성되었다. 모두가 어색한 얼굴로 침묵을 지켰다. 아무도 로버트의 말에 대꾸할 마음이 없는 듯했다.

"그러니까 내 말은…"

로버트도 당황한 듯 쩔쩔매며 말을 이었다.

"무엇보다 우리 회원들이 자발적으로 파도의 정신을 지켜야 한다는 거야. 우리는 진짜 공동체니까 한마음이 되어야 한다고."

로리는 무슨 말인가를 하려다가 얼른 입을 다물었다. 그동안 따돌림을 받던 로버트가 파도를 통해 이제 친구들과 어울리고 같은 식탁에도 앉을 수 있게 되었는데, 지금 자기가 행여 무슨 말로 초를 치면 안 될 것 같아서였다. 무심코 내뱉은 말이 혹시라도 로버트를 다시 '공동체' 바깥으로 내쫓는 결과를 가져올 수도 있지 않은가. 하지만 로리는 로버트가 예전처럼 다시 왕따가 되어 혼자서 밥을 먹어야 하는 것을 결코 원하지 않았다.

그때 브래드가 로버트의 등을 툭툭 치며 치켜세웠다.

"어이구 로버트, 너 이제 왕따 아니구나. 축하한다! 만세!"

로버트는 붉어진 얼굴로 데이비드를 보며 말했다.

"얘가 내 어깨에다 또 뭐라고 써 붙였는지 네가 좀 읽어주라!"

모두의 예상을 뒤엎고 로버트의 재치가 빛을 발하자 친구들은 즐거운 듯 식탁을 두드리며 왁자하게 웃었다. 그러고는 신나게 파도타기 인사를 하며 환호했다.

9장
열병 앓는 학교

변화의 빛과 그림자

파도를 어떤 식으로 마무리하면 좋을지 벤 로스는 여러모로 궁리해 보았지만 마땅한 답이 떠오르지 않았다. 실험을 시작한 지 불과 사흘 밖에 지나지 않았는데도, 상황은 처음과 비교할 수 없을 정도로 달라져 있었다. 파도는 무슨 열병처럼 학교 전체로 퍼져 나갔고, 그에 따라 전혀 예상하지 못했던 일들이 숱하게 벌어졌다. 벤 로스의 수업을 듣지 않는 학생들이 비는 시간을 틈타 참여하는가 하면, 심지어 2학년 학생들까지 몰려와서 줄을 서는 바람에 늦게 온 친구들은 다른 교실에서 의자를 들고 와야 했다. 또한 수업이 끝나면 아이들은 식당에 몰려가 함께 밥을 먹으며 다시 한 번 일체감을 맛보는 시간을 가질 만큼 적극성을 띠었다.

파도에 가입하겠다는 아이들도 예상보다 훨씬 많았다. 인원이 너무 늘어나서 나중에는 파도 회원이라고 무조건 벤 로스 선생님의 역사 수업에 들어올 수 있는 건 아니라고 못을 박기도 했다. 그럼에도 수업에 몰려드는 학생들이 워낙 많다 보니, 정식으로 수업 등록을 하고도 교실에 들어올 수 없는 친구들이 종종 생겼다.

그토록 많은 인원이 한 교실에 북적대며, 더군다나 수업 중에 수시로 파도타기 인사를 하고 구호를 외치는데도 진도는 오히려 더 잘 나갔다. 파도 훈련 덕분에 아이들의 열정과 집중력이 무섭게 치솟아서인지, 수업 내용에 대한 이해도도 나날이 높아졌다. 하지만 가장 놀라운 변화는 역시 수업에 임하는 아이들의 태도였다. 이제 아이들은 벤 선생님이 숙제를 아무리 많이 내줘도 모두 제날짜에 제출했고, 수업 중 속사포처럼 쏘아대는 선생님의 질문에도 기계처럼 척척 대답을 했다. 이는 아이들이 파도의 '명예'를 지키기 위해서는 학교 공부도 성실하게 이행해야 한다고 믿게 된 덕분이다. 심지어 그들은 파도의 활동을 더 활발하게 벌이기 위해 짧은 시간에 숙제를 마치는 요령, 아니 더 솔직히 말하면 시간을 적게 들이면서 좋은 점수를 받는 요령을 습득하고 말았다.

이와 같은 학생들의 변화에 가장 편해신 것은 물론 교사인 벤 로스다. 하지만 이게 과연 교사로서 반가워할 수 있는 일인지, 그건 답하기 곤란했다. 아이들은 전보다 훨씬 성실하고 깔끔하게 과제물을 제출하지만, 고민하고 끙끙거린 흔적은 도리어 줄어들었다. 또한 사지선다형 시험의 점수들은 눈에 띄게 올랐지만, 자기 나름의 분석이나 의견을 덧붙이는 논술 답안은 오히려 전보다 못한 결과를 보였다. 질문을 던지면 대부분 통째로 암기한 답을 줄줄이 나열할 뿐, 거기에 의문을 품거나 자기 방식으로 해석하는 학생도 거의 없었다.

벤은 아이들이 최선을 다해 노력하는데도 어쩐지 생각하는 힘은 전보다 더 떨어진 것 같다는 느낌을 지울 수 없었다. 그렇다고 벤이 누굴 탓할 처지도 못됐다. 파도를 만들어 규칙을 정하고 단답식으로 말하도록 훈련시킨 이가 바로 자기인데 어떻게 다른 누구에게 책임을 돌린단 말인가. 따라서 그는 이것이 교실 실험에서 빚어진 부작용 가운데 하나라는 것을 순순히 인정해야 했다.

반면 데이비드 콜린즈를 중심으로 축구부의 삼총사라 불리는 에릭과 브라이언 세 사람이 축구부 내에서 파도와 같은 방식의 실험을 시작했는데, 거기서는 탁월한 효력이 입증되고 있었다. 고든 고등학교 축구부 감독은 생물 교사인 노먼 쉴러가 맡고 있다. 그는 시즌이 가까워오면 동료 교사들과 말 한마디 나누지 않을 만큼 몇 달씩 긴장해서 지내곤 한다. 그 이유는 벌써 수년째 축구부가 지역예선에서조차 탈락할 만큼 부진한 모습을 보이고 있기 때문이다. 그런데 최근 들어 표정이 눈에 띄게 바뀌는가 싶더니, 어느 날인가는 아침에 교무실에서 벤 로스를 발견하고 반가운 얼굴로 달려와 축구부 아이들에게 파도를 소개해줘 고맙다고 들뜬 목소리로 인사를 하는 것이었다.

벤 로스는 이런 기적이 언제까지 계속될 수 있을지 궁금했다. 그리고 학생들이 파도에 그처럼 열광하는 이유가 무엇인지, 그걸 찾아내는 일이야말로 파도라는 실험을 구상할 당시의 목적이기에 특히 중요하다고 생각했다. 한 번은 아이들에게 직접 물어봤는데, 대답은 대개 비슷했다. 그들은 파도를 무지하게 쌈박하고 새로운, 과거에 경험해보지 못한 끝내주는 기분을 느끼게 하는 유행으로 받아들이는 것 같았다.

모두가 평등해지는 것 같아서, 즉 진정한 민주주의가 뭔지 그 짜릿한 맛을 볼 수 있어 좋다는 대답들도 많았는데, 그런 말을 들을 때면 벤은 가슴이 뛰었다. 쓸데없는 경쟁이나 편가르기가 점차 사라짐으로써, 그런 일들로 마음 다치는 아이들이 더 이상 생기지 않는다는 것은 교사인 벤에게도 참으로 설레는 일이었던 것이다.

한편 몇몇 아이들은 훈련을 통해 자연스레 생활 리듬이 잡히고 자세가 반듯해져 좋다는 의견을 제시했는데, 이는 그에게 당혹감을 안겨주었다. 사실 규율과 질서를 강조하는 파도의 훈련은 최근 교육 현장에서 찾아보기 어려운 '구시대'의 유물이다. 자유와 책임을 중시하는 교육 풍토가 자리잡은 지 꽤 되는 요즘은, 학교에서 결코 그런 식의 지도를 하지 않는다. 교사들이 정해 놓은 어떤 방향으로 학생들을 몰고 가기보다는 학생들 스스로 판단하고 선택하게 맡겨두는 편이다. 그리고 학생들이 원하는 게 바로 그것이라고 다들 생각해왔다. 하지만 파도 실험을 통해 확인된 것은 좀 달랐다. 아이들은 의외로 규칙과 질서에 열광했고, 이에 벤 로스는 어쩌면 교육 현장에서 당연하게 받아들인 것들이 옳지 않은 선택은 아니었을까 하는 의문을 품게 되었다. 심지어 그는, 자신이 실험 중인 파도를 통해 학교에 규율과 훈련을 부활시켜야 한다는 결론을 도출해낼 수도 있으리라는 생각을 하기에 이르렀다.

그래, 이 환상적인 실험이 새로운 교육 이론을 만들어낼 수도 있어! 벤 로스는 어느새 엉뚱한 상상 속으로 빠져들고 있었다. 그는 세계적인 시사주간지 〈타임〉이 파도를 특집으로 다루는 장면을 떠올렸다.

표지에는 눈에 잘 띄는 굵은 활자체로 이렇게 쓰여 있었다. '교사들도 경악한 새로운 발견 - 규율과 훈련을 교실에 다시 도입하자!' 벤은 상상만으로도 흥분이 되는지 얼굴이 벌겋게 달아올랐다.

〈포도나무〉의 중요한 결정

식당에서 친구들과 한바탕 불꽃을 튀긴 그날도 로리 손더스는 학보 편집실에 앉아 볼펜 끝을 씹고 있었다. 웬일인지 〈포도나무〉 편집부 식구들이 한자리에 모여 있었다. 하지만 단지 모여 있는 것만으로는 해결되지 않는 문제가 있는지, 다들 껌이라든가 하다못해 손톱이라도 씹어대는 형국이었다. 알렉스 쿠퍼는 평소와 다름없이 이어폰을 꽂고 음악을 들으며 온몸으로 박자를 맞추고 있었다. 밖에서 실컷 놀다 인라인스케이트를 신은 채 편집회의에 참석한 여학생 기자도 하나 있었다. 일주일에 딱 한 번 모이건만, 편집회의는 늘 이렇게 느슨한 분위기였다. 완성도 높은 결과를 만들어내기 위한 긴장감이랄까 조직력 같은 건 전혀 찾아볼 수 없었다.

"좋아!"

편집장인 로리가 말문을 열었다.

"늘 같은 이야기를 반복하는데, 원래 이번 주말이 신문 출간 예정일이었어. 하지만 아직 안 들어온 원고가 태반이야."

인라인스케이트의 뒤꿈치로 바닥을 톡톡 치는 여학생에게 로리가 물었다.

"지니, 너는 캠퍼스 패션에 대해 쓰겠다더니, 어떻게 된 거야?"

"솔직히 말해서, 요즘은 넘 지루해."

그녀는 대답 대신 노곤한 목소리로 변명을 했다.

"좀 튀게 입는 애들이 너무 없잖아. 청바지에 티셔츠, 거기서 거기인 운동화, 눈에 띄는 애들이 없으니까 도무지 스케치할 게 없어. 아, 정말 뭘 써야 좋을지 나도 답답해 죽겠다."

"그걸 쓰면 되겠네! 요즘은 왜 이렇게 옷차림들이 지루한지, 바로 그 점을 잡아서 쓰란 말이야. 알았어?"

마지못해 고개를 끄덕이는 인라인스케이트 지니와 눈을 맞춘 로리는, 이번엔 다른 기자를 호명했다.

"알렉스!"

알렉스는 이어폰으로 귀를 막고 손발로 장단을 맞추느라 로리가 자기를 부르는 줄도 몰랐다.

"아알렉스!"

알렉스가 그래도 반응이 없자, 그 옆에 앉은 친구가 팔꿈치로 몇 번 꾹꾹 찔러주었다. 고개를 들고 주변을 두리번거리던 알렉스는 그제야 사태를 파악했는지 이어폰을 뽑고 정중하게 대답했다.

"이 몸을 부르셨나요?"

로리는 그에게 눈을 부라리며 큰 소리로 말했다.

"알렉스, 이건 머슴 놀이가 아니거든? 우린 지금 편집회의를 하고 있단다."

"오, 그렇습죠!"

너스레를 떠는 알렉스에게 로리가 물었다.

"음반 리뷰는 어떻게 됐어?"

"음반 리뷰! 그렇죠, 그걸 마무리해야죠. 암요, 그렇고말고요. 흐음…"

알렉스는 장황한 변명을 늘어놓기 시작했다.

"사연을 말씀드리면 좀 길어지는데, 어… 그러니깐, 전에 이 몸이 아르헨티나로 가는 비행기를 타야 한다고 말씀드렸던가? 새로 나온 탱고음악을 들어보려고…"

기막혀 죽겠다는 듯 로리는 다시 눈알을 굴려댔지만, 알렉스는 말도 안 되는 소리를 계속 늘어놓았다.

"그 여행이 갑작스레 취소되는 바람에, 이 몸은 또 홍콩행 비행기를 타야 하는 급박한 사정이 생겨서 그만…"

로리는 알렉스의 이야기를 끊어내고 그 옆에 앉은 카알에게 물었다.

"그럼 카알 군도 함께 홍콩행 비행기를 탔겠군!"

가시 돋친 로리의 말에 카알은 고개를 절레절레 흔들며 응수했다.

"무슨 그런 심한 말씀을…"

크게 상처를 입었다는 듯 슬픈 얼굴을 지어 보이며 카알은 더욱 능청을 떨었다.

"이 몸은 예정대로 아르헨티나 여행을 다녀왔는데."

"아, 됐어. 그만 좀 해!"

로리는 이 악동 친구들에게 더 이상 휘둘리지 않겠다는 단호한 얼굴로 〈포도나무〉 편집부 식구들을 둘러보며 이야기했다.

"나머지 친구들도 열심히, 온 지구촌을 휘젓고 다니느라 기사 쓸 시간이 없었다고 생각해."

"참, 나 있잖아 영화 하나 봤는데…"

인라인스케이트 지니가 불쑥 끼어들었다.

"그 영화 리뷰를 쓰겠다구?"

반가운 목소리로 로리가 물었다.

"너어무 좋아서 도저히…"

안타까운 얼굴로 지니가 답했다.

"너무 좋아서 도저히?!"

로리가 되물었다.

"너무 좋은 영화는 리뷰를 쓸 수가 없는 거잖아."

"그거 맞아!"

말도 안 되는 지니의 변명에, 온 지구촌을 휘젓고 다닌다는 음악 담당 알렉스 기자의 촌평이 이어졌다.

"내가 그 맘 알지. 자고로 너무 좋은 영화는 리뷰를 쓸 수가 없단 말이야. 나쁜 소리를 할 게 없는데 뭘 쓰겠어. 뭔가 맘에 안 드는 점이 있어야 태클을 걸구, 태클을 걸어야 재미가 나는 거거든. 리뷰란 원래 실컷 욕하면서 까발리고 갈기갈기 씹어야 제맛 아니겠어? 다시 말해 좋은 리뷰는 나쁜 영화일 때만 가능한 거라. 푸하하…"

알렉스는 올림픽 금메달이라도 목에 건 양 으스대며 양손으로 승리의 브이(V) 자를 만들었다. 그의 과장된 말과 몸짓을 지켜보자니, 이건 마치 편집회의가 아니라 개그 콘테스트 리허설 같았다. 하지만 로리는 알렉스의 그런 장난을 계속 봐줄 만큼 한가한 마음이 아니었다.

"얘들아, 지금 급한 건 기사 작성이야. 이제 뺑치는 건 그만 좀 하고, 신문에 어떤 기사를 쓸지 그 얘기들 좀 해봐!"

"우리 학교 스쿨버스 색깔 바꾼 얘긴 어때?"

누군가 제안했다.

"지루해!"

"내년에 가봉디 선생님이 휴직계 낸다던데…"

"아, 됐어. 보고 싶지 않은 얼굴, 제발 계속해서 쉬라 그래!"

"참! 어저께 1학년 어느 반에서 주먹으로 유리창 깼단 얘기 못 들었냐?"

"어머, 왜 그랬대?"

"어떤 애가 시범을 보여준다고 했다지, 아마? 유리에 동그랗게 구멍만 내고 자기 손은 하나도 안 다칠 자신이 있다면서. 잽싸게 펀치를 날리면 피 한 방울 안 난다나 뭐라나."

"그래서? 정말 하나도 안 다쳤대?"

"안 다치긴! 손에 유리가 열라 박혀서 병원에 실려가 열두 바늘이나 꿰맸대."

"잠깐, 좋은 게 있어!"

뭔가 대단한 게 떠오른 듯, 갑자기 카알이 소리를 쳤다.

"파도 어때? 모두들 관심 많잖아. 애들이 젤 궁금해 할걸?"

"로리 언니, 언니도 벤 로스 선생님 역사 수업 듣지 않아? 진짜 죽인다며?"

후배 하나가 카알의 말을 거들며 로리에게 반문했다.

"맞아. 요새 학교에서 젤 관심 끄는 얘기는 역시 그걸 거야, 누나!"

또 다른 후배 하나도 나서며 맞장구를 쳤다.

로리 역시 카알과 후배들의 말을 십분 인정할 수밖에 없었다. 현시점에서 파도는 교내 최대의 관심거리이자, 그야말로 특종이 될 수 있는 좋은 기삿거리임이 분명했다. 사실 며칠 전 로리는 〈포도나무〉 편집부에도 파도 같은 시스템이 필요한 게 아닌가, 그처럼 강렬한 회오리가 한바탕 휩쓸고 지나가야 이 나른하고 지리멸렬한 〈포도나무〉 식구들이 비로소 정신을 차리지 않을까, 생각했었다. 하지만 로리는 곧 그 생각을 마음에서 지워버렸다. 파도에서 풍겨 나오는 뭔가 음습하고 매캐한 느낌 때문이었다.

그렇다고 로리가 벤 선생님의 최근 수업에서 딱히 언짢은 점을 발견한 것은 아니다. 오히려 파도에 긍정적인 면이 있다는 것을 그녀도 어느 정도는 인정하고 있다. 하지만 축구부가 파도를 통해 굉장한 힘을 얻었다며 열광하는 데이비드나, 그 밖에 파도를 추종하는 다른 아이들의 반응을 볼 때마다 로리는 왠지 모르게 더 심한 거부감에 사로잡히는 것을 어쩔 수 없었다. 이유를 정확히 설명하기는 어렵지만, 모종의 불신 혹은 불안 같은 것이 자신을 옭죄는 것 같았다고 할까?

"로리, 그거 좋지 않아?"

누군가 로리에게 대답을 재촉했다.

"파도를 다루자고?"

로리는 마치 딴 데 정신을 팔고 있던 것처럼 굴었다.

"그래. 넌 무슨 편집장이 그렇게 감각이 없냐? 진작 우리한테 파도에 달라붙어 취재하라는 명령을 내렸어야지!"

음악에만 취해 있던 알렉스도 파도라는 주제에는 마음이 동하는 모양이었다.

"혹시 너, 혼자서 그 특종을 독점할 생각이었어? 그러지 마라, 이 친구야!"

"난 아직 잘 모르겠어. 우리 중에 파도를 완전히 소화해서 쓸 수 있는 사람이 과연 있는지 확신이 서지 않거든."

로리의 변명에 알렉스가 말도 안 된다는 듯 반문했다.

"그게 뭔 소리? 야, 너 파도 회원 아냐?"

"음, 그렇긴 해."

로리는 자신이 없는지 계속 말을 더듬었다.

"그런데 솔직히… 난 아직 잘 모르겠거든."

"실험 결과까지 기사에 다 쓸 필요는 없잖아."

카알이 말을 받았다.

"그냥 우리가 아는 만큼만, 그러니까 우리 학교에 이런 운동이 일고 있다는 소개 정도만 해도 좋지 않아? 그게 뭔지 다들 궁금해 하니까. 우리 신문에 파도의 '파' 자만 나와도 모두 관심을 가질 거란 말이지. 기삿거리가 없어 죽을 맛인데, 그게 어디냐?"

그제야 로리는 고개를 끄덕였다.

"그래, 알았어. 간략한 소개 기사는 내가 쓸게. 하지만 너희도 모두 한 꼭지씩은 맡아 써야 해. 그럼 이번 주말까지 마감을 늦출 테니까, 우리 학교 학생들이 파도에 대해 갖고 있는 다양한 생각과 의견들을 하나도 빼놓지 말고 모조리 수집해 오기 바래."

의혹의 달인, 손더스 부인

며칠 전 저녁 식사 시간에 파도 얘기를 꺼냈다가 어머니와 한바탕 설전을 벌인 이후, 로리는 집에서 다시는 그와 관련한 말이 나오지 않도록 최대한 조심했다. 얼굴을 마주치면 행여 어머니의 유별난 촉에 걸려들까 싶어서, 로리는 아예 공부를 핑계 대고 제 방에 틀어박히는 전술을 구사했다. 로리의 눈에는, 어머니가 자기 딸이 파도 회원이라는 사실을 알게 되었을 때 벌어질 일들이 훤히 보였다.

어머니가 어떤 사람인가. 데이비드와 시간을 보내느라 집에 조금 늦게 들어오는 것은 물론이고, 볼펜 끝을 물어뜯는 사소한 버릇 하나 갖고도 끊임없이 타박을 해대는 잔소리의 달인이 아닌가. 그러니 딸이 파도 회원이라는 것을 알면 사사건건 꼬투리를 잡고 늘어지며, 속사포처럼 질문을 해대고 걱정을 늘어놓을 것이 뻔했다. 로리는 그런 어머니를 상대로 구차하게 변명해야 한다는 것이 정말 싫었다. 그러므로 파도는 어머니의 머릿속에서 깨끗이 지워져야 했다. 로리 생각에는 그게 최선이었다.

그런데 어쩔 수 없이 어머니와 맞닥뜨려야 하는 순간이 왔다. 로리가 〈포도나무〉 편집회의를 마치고 집에 돌아와 늦게까지 숙제를 하고 있을 때, 어머니가 로리 방문을 열면서 말을 걸어온 것이다.

"할 일이 아직 많은 거니?"

"괜찮아요. 들어오세요."

로리는 책상에서 얼른 일어나 엄마를 맞았다. 손더스 부인의 저녁 차림은 무척 발랄했다. 노란 병아리처럼 폭신해 보이는 목욕 가운에, 같은 빛깔의 귀여운 슬리퍼라니! 얼굴이 번들거리는 걸 보니 아마도 방금 영양크림으로 얼굴 마사지를 한 모양이었다. 그걸 보며 로리는, 최근 어머니가 피부 탄력이 예전 같지 않다고 툴툴거리며 잠자리에 들기 전 영양크림을 듬뿍 바르곤 하던 모습을 떠올렸다.

"어머 엄마, 주름살 퇴치 작전은 성공리에 진행되고 있는 건지요?"

로리는 한껏 분위기를 띄우면서 어머니의 관찰력과 판단력을 흐리는 데 도움이 될 만한 화제를 끌어냈다. 그게 먹혀든 것인지, 손더스 부인은 의미심장한 미소를 지으며 대답했다.

"너에게도 언젠가는,"

로리의 얼굴을 손가락으로 가리키며 손더스 부인은 말을 이었다.

"나이 드는 것에 대해 그렇게 장난치듯 말할 수 없는 시절이 올 거다."

그녀는 로리가 앉아 있는 책상으로 다가와 거기 놓여 있는 책을 들어 내용을 훑어보았다.

"셰익스피어?"

"그럼 무슨 책인 줄 아셨어요?"

로리의 대답에 손더스 부인이 혼잣말하듯 중얼거렸다.

"아무 책이든 열심히 보면 되지 뭐. 요즘 분위기 같아서는 파돈지 뭔지 하는 것만 아니면 다 고맙다."

속이 뜨끔해진 로리는, 어느새 자기 침대에 걸터앉아 있는 손더스 부인을 바라보며 물었다.

"그게 무슨 뜻이에요? 무슨 일 있었어요?"

"별일은 아니고, 오늘 장보러 갔다가 빌링즈 부인을 만났거든. 그런데 로버트가 완전히 딴 애가 되었다는구나."

"어머, 그래요? 그래서 로버트 어머니는 뭐라 하세요? 무슨 걱정이라도 하시는 건가?"

로리의 질문에 손더스 부인이 대답했다.

"아니. 걱정은 내가 하는 거고, 빌링즈 부인은 무척 좋아하더라. 빌링즈 부인이 로버트 때문에 엄청나게 속을 끓였다는 거, 너도 알잖니. 걱정이 어디 이만저만이었어야 말이지."

로리는 어머니의 말을 이해한다는 표시로 몇 번 고개를 끄덕였다.

"그런데 상상도 못한 일이 벌어졌다고, 아주 덩실덩실 춤이라도 출기세더라."

"그럼 된 거지 엄마가 왜 걱정을 해요?"

로리의 질문에 손더스 부인은 잠시 무슨 생각을 하다 말을 이었다.

"왠지 나는 그게 더 불안해 보여. 순식간에 딴사람으로 변하다니 이상하잖아. 무슨 사이비 종교에 빠진 것도 아니고."

"사이비 종교요?"

"그래, 꼭 그런 것 같아. 어느 순간 광신도로 변하는 사람들에게는 공통점이 있거든? 대개는 자신의 삶에 만족하지 못하던 이들이라고. 그러다 갑자기 어떤 집단에 속하면서 새로운 희망을 갖게 되는 거지.

그 집단을 통해 마치 새로 태어나기라도 한 듯이 말이야. 그런 사람들이 보통 하는 고백이 그거잖아. 나는 새로 태어났다, 나는 모든 걸 바꿔서 완전히 새사람이 됐다! 로버트도 그런 경우 아니겠니?"

"하지만 엄마, 로버트가 변한 건 정말 다행 아닌가요? 로버트 한 사람만 생각해도 나는 파도가 충분히 가치가 있는 것 같은데!"

"로리, 문제는 그게 진실이 아니라는 거야. 사이비 집단의 실체는 환상이지 현실이 아니잖아. 로버트만 봐도 그래. 파도라는 조직 안에서는 마냥 좋겠지. 하지만 그 조직 밖으로 나오면 다시 옛날로 돌아가야 한다고. 바깥세상은 파도와는 아무 상관이 없으니까 말이야. 파도는 현실과 전혀 소통할 수 없는 폐쇄적 조직에 불과해. 게다가 너희 학교에만 있잖니. 그러니 로버트는 파도가 없는 세상에 나오면 다시 벽에 부딪힐 게 뻔해. 아무것도 할 수 없을 거라고. 파도 안에서 무슨 일이 일어나건, 그건 그저 환상이고 물거품일 뿐이거든!"

로리는 어머니가 어떤 의미로 그런 말을 하는지 알 것 같았다.

"엄마, 내 걱정은 안 해도 돼요. 나도 솔직히 처음에는 굉장히 흥분했는데, 며칠 사이에 벌써 시들해졌거든요."

딸의 말에 손더스 부인은 고개를 끄덕이며 대답했다.

"나는 니가 그럴 줄 진작 알았단다. 조금만 차분히 생각해보면 결론이 뻔하게 보이잖니."

"그럼 엄마는 파도의 문제가 정확히 뭐라고 생각하세요?"

로리가 물었다.

"파도가 문제는 아냐. 그게 환상인 줄 깨달으면 간단하다고. 그런데 마치 그게 굉장한 것인 양 받아들이는 사람들이 제법 있잖니? 문제는 바로 그 사람들인 거지."

손더스 부인의 명쾌한 답변에 로리는 반격을 가했다.

"엄마! 그런데 내가 보기에 파도를 제일 굉장하게 받아들이는 사람은 다름 아닌 엄마예요. 우린 그냥 유행하는 랩이나 팝송을 따라하듯이 하는 건데, 엄마는 그걸 대단히 심각하게 생각하잖아요. 우리는 아마 두어 달만 지나면 파도가 뭐였는지조차 잊어버릴걸요?"

로리는 약간 너스레를 떨며 손더스 부인의 노파심을 누그러뜨리려 했다.

"빌링즈 부인 말로는 금요일 오후에 '파도 집회'가 열린다던데?"

역시 손더스 부인다웠다. 그녀는 이미 온갖 정보를 입수해 놓은 상태였다.

"아, 그건 학교 응원단인 〈푸른 파도〉의 공식 행사예요. 토요일에 우리 축구부가 경기에 나가거든요. 그래서 선수들에게 힘을 모아주려고 기획된 건데, 거기 모이는 학생들 중에 워낙 파도 회원이 많으니까 그렇게 소문이 난 거예요."

로리는 대단하지도 않은 일에 변명을 늘어놓는 자기 자신이 구차하게 느껴졌다.

"아니 얘, 학교에서 열리는 응원단 행사에 무슨 신입회원을 2백 명이나 등록시킨다니? 그게 말이나 된다고 생각해?"

딸의 설명에도 손더스 부인의 의혹은 계속되었다. 그에 로리는 짧게 한숨을 내쉬며 말했다.

"엄마, 제발 그만해요. 왜 그렇게 파도 얘기만 나오면 집착을 하시는지 모르겠네? 누구를 강제로 등록시키고 그런 일은 절대 없어요. 다만 파도가 워낙 인기가 좋으니까 그날 행사에서 신입회원을 받기로 한 거예요. 그리고 걔들 다 스스로 좋아서 오는 애들이에요. 파도는 지금 학교에서 인기 최고인 동아리일 뿐, 그 이상도 이하도 아니라고요. 아이들이 장난감 총 갖고 신나게 장난치는 거랑 같다고 보면 돼요. 그래도 정 마음이 안 놓이면, 언제 한번 엄마가 학교에 오셔서 벤 로스 선생님을 만나보세요. 그럼 더 이상 쓸데없는 걱정은 안 하게 될 거예요. 벤 선생님은 진짜로 좋은 선생님이니까요. 그분은 사이비 교주도, 강제로 회원을 모집하는 장사꾼도 절대 아니라구요!"

목청을 돋우는 로리와는 반대로, 손더스 부인은 차분한 목소리로 다시 물었다.

"로리, 넌 정말 눈곱만큼도 이상한 느낌이 없니? 스스로에게 한번 물어볼 생각조차 없는 거야?"

성찰이 필요하다는 어머니의 말에는 로리도 수긍하는 면이 많았다. 그래서일까. 로리는 한결 가라앉은 목소리로 자신의 생각을 털어놓았다.

"그 유치한 놀이에 너무나 많은 애들이 열광하는 것, 나도 그건 좀 못마땅해요. 하지만 데이비드를 보면 그럴 수밖에 없는 이유가 있어요. 축구부는 파도를 통해 오랜 문제를 풀어냈거든요. 그러니 데이비드에겐 파도가 구세주나 다름없다구요. 근데 솔직히 다른 애들은 모르겠어요. 음, 예를 들면 에이미 같은 경우는 좀 이상해요. 그 애가 얼마나 똑똑한지 엄마도 잘 아시잖아요. 그런데 에이미도 로버트만큼 거기 푹 빠져 있어요."

"그러니까 너도 그런 걱정이 드는 거로구나!"

손더스 부인의 지적에 로리는 고개를 흔들었다.

"그건 아니에요. 다만 에이미 하나가 마음에 걸린다는 거죠. 그것도 뭐 그렇게 심각한 건 아니고…. 어쨌든 제가 말하고 싶은 건, 엄마가 생각하듯이 이게 그리 큰 문제는 아니라는 거예요. 곧 물거품이 되고 말 파도에 불과한데, 엄마는 무슨 큰 태풍이라도 되는 것처럼 오해하고 있다니까요? 진짜예요, 엄마. 내 말을 믿으세요."

손더스 부인이 천천히 자리에서 일어서며 말했다.

"알았다, 로리. 최소한 네가 이 바보 놀이에 빠져 있지 않다는 점은 확인했으니, 그것만이라도 다행이다. 하지만 넌 아직 어리고 미숙한 점이 많다는 점을 명심하고 스스로를 단속하렴. 알겠니?"

몸을 구부려 딸의 이마에 뽀뽀를 한 손더스 부인은 이제 좀 마음이 놓인다는 얼굴로 방을 나갔다. 하지만 로리는 어머니가 사라진 후에도 다시 책을 손에 잡지 못했다. 다른 일을 하기에는 머릿속이 너무 복잡했던 것이다. 어머니가 했던 말을 곱씹으며 로리는 자기도 모르게 또 질근질근 볼펜 끝을 씹어댔다.

'하여간 지나친 노파심으로 사건을 부풀리고 확대 해석하는 데는 뭐 있다니까! 그래봤자 아이들의 유치한 장난일 뿐인데!'

로리는 스스로를 위로하듯, 이 정도로 생각을 정리하고 잠자리에 들기로 했다.

10장
단벌 양복을 입은 남자

교장의 호출

다음 날 벤은 교무실에서 커피를 마시고 있다가 교장실로 오라는 전 갈을 받았다. 오웬스 교장의 호출이었다. 무슨 일이지? 아무래도 파도 와 관련이 있을 것 같아, 벤 로스는 불안이 앞섰다. 긴 복도를 지나 아 래층 교장실로 향하는 길에, 그는 지나가는 학생들로부터 몇 번이고 파도타기 인사를 받았다. 그때마다 벤 역시 걸음을 멈추고 일일이 같 은 방식으로 응답해주었다.

발걸음을 재촉하며 벤은 생각했다. 혹시 학부모들이 파도와 관련해 오웬스 교장에게 항의 전화라도 한 것일까? 만약 그런 이유에서 실험 을 중단하라는 얘기를 듣게 된다면 오히려 홀가분할 것도 같았다. 솔 직히 벤 로스 자신도 실험이 이렇게 파급력 있게 확산되며 오래 지속 될 줄은 몰랐으니까. 현재 파도는 애초에 실험을 시도한 반을 넘어서, 그 옆의 반들뿐 아니라 심지어 다른 학년으로까지 확산된 상태다. 벤 이 듣기로는 지금도 학생들이 앞을 다투어 파도 회원에 가입하는 추세라 했다. 꿈에도 상상하지 못했던 이런 반응에 벤은 당황했으나, 한편으로는 아이들 사이의 오래된 갈등이 해소되는 것을 보면서 뿌듯함을 느끼지 않을 수 없었다. 특히 학내에서 유명한 왕따였던 로버트 빌링즈를 떠올리면 벤의 만족감은 더욱 커졌다. 파도가 시작된 이후 로버트는 더 이상 왕따도 외톨이도 아니었다. 모두가 집단의 일부로서 평등하다는 파도의 정신이 퍼져 나간 덕분에, 이제 아무도 그 아이를 놀림의 대상으로 삼거나 괴롭히지 않게 된 것이다.

하지만 가장 놀라운 것은 로버트 자신이 변화하고 있다는 사실이다. 그는 단지 외모만 단정해진 게 아니라 수업에도 열심히 참여하기 시작했다. 과거에는 무기력과 나태에 빠져 어느 정도 왕따를 자초한 점이 있었다면, 이제 그는 누구보다 적극적으로 제 목소리를 내게 되었다. 비단 역사 수업에서만 그런 모습을 보이게 된 것이 아니다. 얼마 전 음악 교사인 아내 크리스티 로스도 감탄하지 않았던가. 마치 딴사람이 된 것처럼 로버트의 수업 태도가 확 바뀌었다고 말이다. 사정이 이렇다 보니 벤 로스는 파도를 정리하는 문제와 관련해 로버트를 함께 떠올리지 않을 수 없었다. 그는 파도를 계기로 변화한 로버트가 다시 옛날로 돌아가지 않도록 배려해야 한다고, 바로 자신이 그 애를 지켜주어야 한다고 생각했다.

그런데 따지고 보면 배려해야 할 사람이 로버트 하나만은 아니었다. 파도가 확산될수록 로버트와 같은 사례 역시 늘어나고 있었고, 따라서 벤의 걱정도 점점 커질 수밖에 없었다. 파도를 정리해야 한다는 생각만 하면 벤의 머리가 터질 것처럼 아파지는 까닭은 바로 그 때문이었다. 그는 파도에 열광하며 새로운 꿈을 꾸게 된 아이들이 맛볼 배신 감과 상실감을 어떻게 감싸 안아줄 수 있을지, 또한 실험의 본질을 알 게 되었을 때 아이들이 느낄 혼란에 어떤 식으로 대처할 수 있을지, 아직 알지 못했다. 벤은 자기가 아이들을 끝까지 이끌고 갈 수 없을지도 모른다는 생각에 난감했다.

하지만 바로 그 순간, 벤은 자기가 이상해졌음을 곧바로 알아차렸다. 잠깐, 내가 아이들을 끌고 간다고? 어디를 향해 끌고 간다는 거지? 벤은 헛웃음이 나왔다. 아이들은 물론이고 자기까지 파도에 너무 심각한 의미를 부여하고 있다는 생각이 들었기 때문이다. 이게 대체 무슨 엉뚱한 망상이람. 파도는 단지 교실에서 이뤄지는 잠깐의 실험에 불과하다는 것을 나까지 잊고 말다니! 이 실험을 시작한 애초의 목적은 단지 나치 시대에 독일 사람들이 느꼈을 공포와 두려움을 아이들로 하여금 생생하게 경험하게 하는 것이 아니었던가. 벤 로스는 그 점을 스스로에게 환기시키며, 열린 교장실 안으로 걸어 들어갔다.

방안으로 들어서는 벤 로스를 본 오웬스 교장은 자리에서 일어나 파도타기 인사를 했다. 벤은 민망함에 얼굴이 화끈거렸다. 왕창 깨지겠구나. 마음속으로 단단히 각오를 하고 그는 교장 앞으로 다가갔다. 오웬스 교장은 키가 190센티미터에 이르는 거구에다, 양쪽 귀 언저리를 빼고는 머리카락이 없는 완전한 대머리다. 입술 사이에 늘 파이프를 물고 살며, 짙은 안개처럼 발밑으로 가라앉는 그의 굵은 음성은 상대를 제압하는 효과가 탁월하다. 아무리 극성스런 말썽꾸러기라도 그가 진짜로 화난 표정을 하면 저절로 무릎을 꿇을 정도. 그런데 막상 가까이 다가가 얼굴을 마주하니, 오늘 오웬스 교장의 기분은 괜찮아 보였다. 화난 낌새는 전혀 없이 오히려 벤을 향해 손을 내밀어 인사하며 칭찬의 말을 던지기까지 했다.

"파란 양복이 잘 어울립니다. 멋있어요, 벤 로스 선생님!"

오웬스 교장은 토요일 축구 대회에 참석할 때도 반드시 조끼에 넥타이까지 완벽하게 정장을 갖춰 입는 사람이다. 아무도 그가 양복 말고 다른 옷을 입은 것을 본 적이 없었다.

"고맙습니다, 교장 선생님."

어색해서 몸 둘 바를 모르는 벤 로스를, 오웬스 교장은 흡족한 미소를 띠며 바라보았다.

"전에는 양복을 입고 온 적이 없는 것 같은데… 앞으로는 자주 그렇게 입고 다니세요."

"아이들이 지루하다고 흉볼 텐데요. 저는 단벌신사랍니다."

벤 로스가 쭈뼛거리며 대답했다. 그러자 오웬스 교장은 한쪽 눈썹을 조금 떨더니 말을 이었다.

"이게 그러니까 단벌신사의 단벌 양복이라는 건데… 그 '파도' 하고도 무슨 관련이 있습니까?"

벤 로스는 몇 번 헛기침을 하며 싱거운 대답을 했다.

"굳이 그렇게 말을 하자면 뭐… 음, 그러니까… 아, 푸른 파도를 위해 파란 양복을 입게 되었다, 뭐 그런 셈이네요."

오웬스 교장은 그의 말장난이 재미있다는 듯 빙긋 웃더니, 몸을 벤 쪽으로 더 가까이 기울이며 질문을 했다.

"벤 로스 선생님, 파도가 뭔지 내게 설명 좀 해줄 수 있겠소?"

머뭇거리는 벤에게 교장은 짧게 덧붙였다.

"학교에 요즘 큰 운동이 벌어지고 있다고 들었는데….'

"예. 제법 큰 파도가 일고 있는데, 좋은 결과로 이어지겠죠."

벤 로스의 대답은 뭔가 조금 어정쩡했다. 이에 오웬스 교장은 오른손으로 턱을 톡톡 치며 이야기를 계속했다.

"내가 들은 바로도 상당한 효과가 있는 것 같은데… 그러면 부정적인 면도 있습니까?"

부정적인 면? 벤 로스는 순간적으로 교장을 안심시켜야 한다고 생각했다. 그래서 얼른 머리를 흔들며 아니라고 잘라 말했다.

"아뇨, 그렇지는 않습니다."

오웬스는 고개를 끄덕이며 다음 말을 재촉했다.

"그간의 경위에 대해 좀 더 상세한 이야기를 듣고 싶소, 벤 로스 선생."

벤은 깊게 숨을 들이쉬고 난 뒤 이야기를 시작했다.

"지난주에 고3 아이들 역사 수업에서 나치에 대한 필름을 보여주다가…"

벤은 파도와 관련한 그동안의 이야기를 간추려서 보고했다. 그는 오웬스 교장의 표정이 좋지 않다는 것을 눈치 챌 수 있었다. 교장실로 걸어오면서 우려했던 것만큼은 아닐지언정, 설명을 시작하기 전과 비교해서는 뭔가 언짢고 불편해진 게 분명했다. 벤이 말하는 동안 몇 번

씩이나 고개를 갸우뚱하던 오웬스는, 내내 입술 사이에 물고 있던 파이프를 꺼내 재떨이에 걸쳐 놓았다. 그러고는 추궁에 가까운 질문을 던지기 시작했다.

"벤 로스, 이거 아무래도 이상해. 뭔가 문제가 있을 것 같은데… 학생들 진도는 제대로 나가고 있는 거요?"

"그 점에 대해서는 마음놓으십시오. 저도 믿기 어려운 일인데, 아이들의 집중력이 좋아져서 그런지 오히려 전보다 진도는 더 잘 나가고 있습니다."

벤 로스는 자신 있게 대답했다.

"음, 그래요? 아, 파도타기 인사를 하는 학생들을 보니까 그 반이 아닌 친구들도 있는 것 같던데?"

오웬스 교장이 날카롭게 지적했다.

"서로를 즐겁게 환영하는 분위기니까요."

벤 로스는 더 구체적인 설명을 덧붙였다.

"크리스티 선생 말로는 음악 수업까지 그 덕을 보고 있답니다. 음악 시간에도 분위기가 한결 좋아졌대요."

파도에 대한 오웬스 교장의 반응에 자극이 되어서인지, 벤 로스는 자기도 모르게 과잉 방어를 하고 말았다.

"하지만 무엇보다 나는 그 뭐냐… 파도타기 인사나 구호 같은 건 듣기가 좀 거북합디다."

"걱정하실 필요 없습니다, 교장 선생님."

교장의 솔직한 발언에 벤 로스는 약간의 너스레까지 떨며 대답했다.

"그저 혈기에 넘치는 아이들 장난 정도로 생각하시면 됩니다. 게다가 노먼 쉴러 선생님 말로는 축구부에서 특히…"

"아, 그 얘기는 나도 들었어요."

오웬스 교장은 벤 로스의 말을 가로막았다.

"어저께 노먼 쉴러가 와서 보고했거든. 그 사람 아주 신바람이 나서 떠들더군요. 축구부가 완전히 달라졌다며, 지금 기세로만 보면 이 지역 축구대회 우승은 따 놓은 당상이라고 얘기하던데요? 당장 이번 토요일 경기에서 클락스타운을 꺾을 자신이 생겼다는 거야!"

잠시 숨을 고른 후, 그는 다시 하던 얘기로 돌아갔다.

"그런 건 물론 다 좋아요. 하지만 벤, 난 그래도 학생들이 맘에 걸립니다. 내 말은 그러니까, 선생이 앞으로 이 파도를 어떻게 정리할 생각인지 그걸 좀 알아야겠다는 거요. 아직까지는 뭐 규정을 어기거나 그런 건 없지만, 무슨 일이든 정도가 지나치면 좋은 게 아니거든."

"저도 마찬가지 생각입니다."

벤 로스는 자신의 입장을 간략하게 설명했다.

"이 실험은 제가 허용하는 이상으로는 결코 전개되지 않을 것입니다. 파도의 기본 취지도 한 사람의 지도자를 통해 집단이 어떻게 좌지우지될 수 있는지를 실제로 경험해보자는 데 있거든요. 그러니까 제가 통솔하는 한은 엉뚱한 방향으로 나가려야 그럴 수가 없는 거지요."

오웬스 교장은 재떨이에 얹어둔 파이프를 들어 담뱃가루를 채워 넣고 꾹꾹 누른 다음 불을 붙였다. 머릿속으로 벤의 말을 이리저리 굴려가며 생각에 빠진 그는, 잠시 후 담배 연기를 훅 하고 내뿜었다.

"좋소!"

뭔가 결정을 한 듯 그는 말을 이었다.

"실은 내가 학교라는 울타리 안에서 이런 일을 시행해본 적이 없어서 아직은 어떻게 받아들여야 할지 잘 모르겠소. 그러니 벤 로스 선생 말대로 당분간 이 실험을 지켜보며 의견을 더 충분히 들어보리다. 하지만 로스 선생, 한 가지 명심할 일이 있어요. 이 실험에는 아직 어리고 감성적으로 미성숙한 아이들이 참여하고 있다는 거요. 녀석들이 덩치만 산만 하지, 아직은 철이 없고 판단력도 덜 여물었잖소. 어른들이 잠시만 한눈을 팔면 언제라도 엉뚱한 방향으로 달아날 수가 있다는 말입니다. 무슨 뜻인지 아시겠지요?"

"명심하겠습니다."

"아이들이 이상한 짓거리를 벌인다고 혹시 학부모들이 들이닥쳐서 소동을 피우는 일은 없겠지요? 그 정도는 믿어도 되는 거지요?"

"약속드릴 수 있습니다."

벤 로스가 웃으며 대답했다. 이에 오웬스 교장도 고개를 끄덕이며 대화를 정리했다.

"좋소. 아직 이렇다저렇다 판단할 단계는 아닌 것 같고, 좀 더 경과를 지켜봐야 알 것 같으니 벤 로스 선생이 끝까지 책임지고 잘 마무리해 주시오."

"그렇게 하겠습니다."

벤 로스는 자신 있게 대답했다.

11장
큰 외침 속 작은 목소리들

익명의 제보자

벤 로스가 오웬스 교장과 대화를 나누고 있던 그날 아침. 로리 손더스는 한 통의 편지를 받았다. 학보 편집실 바닥에 놓여 있는 모양새로 보아, 누군가 전날 오후 늦게 혹은 그날 아침 일찍 문 아래로 밀어 넣은 것 같았다. 학보 편집실 문을 따고 들어오면서 그 편지를 발견한 로리는, 서둘러 문을 닫고 책상에 앉아 하얀 봉투 안에 든 종이를 꺼내 읽기 시작했다.

〈포도나무〉 편집부 앞

이 글을 〈포도나무〉에 실어주세요. 내가 누군지는 찾아내려 하지 마시고요, 그건 절대 밝히지 않겠습니다. 제일 친한 친구들에게도 알리지 않았습니다. 내 이름을 밝히고 싶지 않다는 점, 부디 이를 존중해주시길 부탁합니다.

황당한 서두에 로리는 이맛살을 찌푸렸다. 익명의 편지에 첨부된 글의 제목은 무척 과격했다.

'파도가 아니면 죽음인가?'

나는 2학년 학생이다. 지난주 친구들과 얘기하다 '파도'에 대해 알게 되었다. 요즈음 3학년 형들 사이에서 '파도'라는 동아리가 뜨고 있다고 했다. 후배들은 대부분 선배들을 선망하는 경향이 있어 우리도 귀가 솔깃해졌다. 새로 뜨는 동아리가 어떤 곳인지 상당히 궁금했다.

나는 친구 네 명과 함께 줄을 서서 기다리다 벤 로스 선생님 수업에 참여했다. 다 듣고 난 후 의견이 둘로 나뉘었다. 진짜 재미있다는 쪽과 애들 장난 같아 별로라는 쪽이었는데, 나는 솔직히 좀 유치하다는 느낌이었다. 수업 후 교실을 나오는데 처음 보는 3학년 형 하나가 우리에게 다가와 '파도'에 들고 싶은지 물었다. 둘은 그러겠다고 했고, 둘은 잘 모르겠다고 했고, 나는 흥미가 없다고 했다.

그 형은 우리에게 '파도'가 얼마나 훌륭한 조직인지 한참을 설명했다. 아울러 그 형은 3학년 대부분이 파도에 가입했고 2학년도 상당수 이미 가입을 했다며, 더 많은 애들이 참여할수록 파도는 더 멋있어진다고 강조했다.

그 형의 얘기를 한참 듣고 나더니, 처음에는 잘 모르겠다고 했던 친구 둘도 마음을 바꿔 가입하고 싶다고 했다. 그러자 그 형은 "친구들 다 들어오는데 너 혼자 왕따가 될 거냐?"고 내게 물었다. 내가 그 형에게 '파도'에 안 들어가도 내 친구는 여전히 내 친구라고 답하자, 그 형은 내게 왜 굳이 가입하지 않겠다고 우기느냐고 이유를 물었다. 나는 그냥 내키지 않을 뿐이라고 답했다.

그러자 그 형의 태도가 갑자기 돌변했다. 앞으로 '파도' 회원들은 비회원들과는 놀지 않을 거라면서, 가입하지 않으면 나는 결국 친구를 모두 잃고 말 것이라고 협박조로 나왔다. 그 형이 그렇게 우격다짐으로 나오니까 나는 반감이 더 커졌다. 내 친구들도 마찬가지였는지, 친구 하나가 나서서 그 형에게 억지로 강요하는 이유를 모르겠다고 좀 따졌다. 다른 친구들도 기분이 나빠서 가입하지 않겠다고 버텼다.

그런데 오늘 그 친구들로부터 새로운 소식을 듣게 되었다. 어제 다른 형들과 이야기를 나눈 후 다시 마음을 바꿔 모두 '파도'에 가입했다는 것이다. 그러고 나서 집에 오는 길에 내게 파도 가입을 강요했던 그 형을 우연히 만났다. 그는 내게 아직도 가입을 안 했냐고 또 물었다. 싫다고 하지 않았냐는 나의 대답에, 그는 빨리 가입하지 않으면 더 이상 기회가 없을 거라며 아주 엽기적인 표정을 지어 보였다.

난 기분이 이상했다. 그리고 궁금했다. 도대체 무슨 기회가 더 이상 없다는 것인지, 그 의미를 정말 알고 싶었다.

로리는 다 읽은 글을 접어 다시 봉투 속에 집어넣었다. 파도에 대해서 막연하게 품었던 의구심이 점점 명료해지는 것만 같았다.

한편 교장실에서 용무를 마치고 복도로 나온 벤 로스는 한 무리의 아이들이 큰 현수막을 들고 지나가는 것을 보았다. 파도 이름으로 진행될 집회를 준비하느라 분주한 모습이었다. 그래서인지 여느 때보다 복도에 아이들이 더 북적거리는 듯했다. 벤 로스는 교장실로 향할 때보다 자주, 아니, 잠시도 쉴 틈 없이 손을 올려 파도타기 인사를 하면서 큭큭 웃었다. 매일같이 이렇게 파도타기를 하다가는 오른팔에 뽀빠이 같은 근육이 생기겠단 생각이 불쑥 들었기 때문이다.

아래층 체육관 입구에는 브래드와 에릭을 비롯해 완장을 착용한 몇몇 친구들이 큰 소리로 구호를 외치며 전단지를 나눠주고 있었다.

훈련을 통한 **힘의 집결!**
훈련을 통한 힘의 집결!

공동체를 통한 **힘의 집결!**
공동체를 통한 힘의 집결!

실천을 통한 **힘의 집결!**
실천을 통한 힘의 집결!

이어서 들린 건 브래드의 목소리였다.

"파도의 모든 것을 소개합니다!"

"파도타기와 구호를 배워봅시다!"

에릭도 합세해 목청을 높여 외쳤다.

"오늘 오후 파도의 이름으로 파이팅 행사가 열립니다!"

"우리 모두 모여 고든의 명예를 회복하자!"

보디가드가 된 로버트

아이들에게서 치솟는 뜨거운 에너지가 말 그대로 감동의 물결을 이루어 학교 전체를 뒤덮고 있었다. 파도 집회를 알리는 포스터 또한 이미 학교 구석구석에 나붙어 있는 게 보였다. 벤 로스의 얼굴에 뿌듯한 미소가 번졌다. 파도 회원 모두가 일치단결하지 않고는 결코 이와 같은 큰일을 해낼 수 없을 거라는 생각이 들었기 때문이다. 벤은 파도 회원 모두가 한마음이 되어 회원 모집부터 포스터 제작과 전단지 작성 및 배포까지, 크고 작은 행사 준비를 전부 성실하게 이뤄냈다는 데 감격했다.

그때였다. 벤은 문득 이상한 기운을 느끼곤 걸음을 멈췄다. 그건 마치 끈끈한 그림자 같은 게 자기에게 들러붙는 느낌이었다. 뒤를 돌아보니 로버트가 멋쩍게 웃고 있었다. 벤 로스는 그에게 반갑게 웃어주고 다시 발걸음을 재촉했다. 여전히 기분이 묘했다. 한 번 더 뒤를 돌아보니 로버트가 더욱 가까이 와 있었다.

"로버트, 뭐 할 말 있니?"

벤 로스가 물었다.

"저기… 선생님 보디가… 드요."

로버트의 얼굴에 쑥스러움이 가득했다.

"뭐? 내 뭐라구?"

로버트는 조금 머뭇거리다 분명하게 말했다.

"선생님 보디가드가 되고 싶다구요."

갑작스런 제안에 뜨악한 얼굴이 된 벤 로스와 눈이 마주친 로버트는, 용기를 내어 좀 더 큰 소리로 다시 말했다.

 "벤 로스 선생님이 우리의 지도자니까 선생님께 나쁜 일이 생기지 않도록 제가 지켜드리고 싶습니다."

 "나쁜 일? 내게 무슨 나쁜 일이 생길 수 있다는 거니?"

 어이가 없어진 벤 로스는 반문했지만, 이미 자기 생각에 흠뻑 빠진 로버트에게는 선생님의 질문이 귀에 잘 들어오지 않는 모양이었다.

 "벤 로스 선생님은… 보디가드가 필요합니다."

 거의 막무가내로 단호하게 주장을 펼치는가 싶더니, 잠시 후 로버트는 절박한 목소리로 자기 이야기를 주절거리기 시작했다.

 "선생님, 이런 느낌은 정말 처음인데… 음, 이제는 저를 놀리는 애가 아무도 없어요. 아주 특별한 단체의 일부로 제가 받아들여진 것 같아요. 그래서 제가 선생님 보디가드를 꼭 하고 싶습니다."

 이번에는 벤도 고개를 끄덕이며 로버트의 어깨를 토닥여주었다.

 "그러니까 꼭 허락해주세요. 예?"

 로버트는 계속 우겼다.

 "선생님은 보디가드가 꼭 필요하고, 저는 잘할 수 있거든요."

 벤 로스는 로버트의 얼굴을 물끄러미 바라보았다. 항상 위축된 채 볼품없는 좀비처럼 배회하던 소년은 어디론가 사라지고, 대신 늠름하고 확신에 찬 청년 하나가 거기 서 있었다. 더군다나 그는 이제 자신의 지도자를 걱정하는 성실하고 충직한 '파도' 회원이 되어 있었다. 하지만 보디가드라니, 그야말로 지나가던 소가 듣고 웃을 일 아닌가. 로버트가 아무리 간곡하게 애원해도 그건 정말 말도 안 되는 소리라고 벤 로스는 생각했다.

하지만 한편으로는 자신을 파도의 최고지도자로 여기는 아이들의 마음도 이해가 되었다. 사실 지난 며칠간 벤 로스는 아이들이 '명령'이란 용어를 부쩍 많이 사용하는 것을 발견하고 깜짝 놀랐다. 학내 여기저기에 벽보를 붙이라는 명령, 후배들을 대상으로 파도 운동을 조직하라는 명령, 심지어 축구부 응원단의 파이팅 행사를 파도 집회로 바꾸라는 명령까지, 아이들은 수시로 '명령'이라는 단어를 주고받고 있었다. 정작 '최고지도자'라는 자신은 명령이라는 낱말을 한 번도 써본 일이 없는데 말이다.

곰곰이 생각해본 벤은, 이것이 다름 아닌 훌륭한 조직을 만들려는 의욕으로 꽉 찬 아이들의 부풀려진 상상력에서 비롯된 것임을 알게 되었다. 명령을 하는 게 지도자의 지시인 양 받아들여지면서 급기야는 아이들의 말버릇으로 고정되었다고 할까. 벤 로스는 이런 현상이야말로 파도가 이제 더 이상 누구의 힘도 빌리지 않고 스스로 부쩍부쩍 자라고 있음을 보여주는 증거라고 생각했다. 그에 비하면 자신과 학생들은 몰아치는 파도에 떠밀리지 않기 위해 오히려 몸을 사리는 꼴이었다.

벤 로스는 다시 로버트를 바라보았다. 자신의 보디가드가 되고 싶다는 로버트의 말은 아무리 생각해도 어이가 없지만, 벤은 그냥 받아들이기로 마음먹었다. 어차피 이 실험은 그런 황당한 현상까지 경험하기 위해 고안된 것이니까.

"좋아, 로버트."

벤 로스는 생전 처음 자기에게 마음을 열어준 제자의 청을 들어줄 수 있다는 게 기뻤다.

"그럼 어디 한번 내 보디가드 노릇을 해보려무나."

함지박 같은 웃음이 번지는 로버트의 얼굴에 윙크를 날리고, 벤 로스는 체육관을 향해 걸음을 재촉했다.

'보디가드라… 황당하긴 하지만 그런 게 있는 것도 나쁘진 않아. 어차피 세상일의 많은 부분은 이미지 싸움이고, 우리도 그럴 듯한 이미지를 조작하는 게 필요하니까 말이야. 그렇다면 파도의 지도자상을 확고하게 세우는 일이 문제될 건 없지. 그 또한 이 실험의 일부일 뿐이니까."

로버트의 말도 안 되는 제안을 받아들인 이유를 머릿속으로 정리하자 마음이 한결 가벼워지는 듯했다. 벤은 어깨를 펴고 좀 더 당당한 모습으로 체육관에 들어섰다.

12장
파도 대 파문

엇갈리는 두 사람

파도 집회가 체육관에서 시작될 즈음, 로리 손더스는 사물함에 기대어 자기가 왜 굳이 거기에 참석해야 하는지에 대해 생각을 가다듬고 있었다. 파도를 떠올릴 때마다 로리는 거북함과 불편함을 동시에 느꼈다. 더군다나 그 느낌은 너무도 분명하고 생생하여 무시하기 어려웠다.

오히려 뭔가 잘못되어 가고 있다는 확신마저 들게 했다. 아침에 읽은 편지도 한낱 장난으로 치부하기엔 그 내용이 의미심장하지 않은가. 로리는 그 편지를 다시 떠올려 천천히 곱씹기 시작했다.

과격한 선배 하나가 파도 가입을 강요하니까 이에 열받은 후배 하나가 편지를 썼다는 건 충분히 있을 수 있는 일이다. 하지만 문제는 편지를 쓴 사람이 그 사건으로 두려움을 갖게 되었다는 것이다. 그것도 자기 이름을 밝힐 수 없을 만큼! 로리는 문득 파도에 섬뜩함을 느꼈다. 불편하고 언짢은 기분에서 더 나아가 자꾸 무서워지려고 했다. 한몸 한마음이 되어 열광하는 아이들에게 파도는 정녕 감동과 행복의 원천일 테지만, 그렇지 않은 사람에게는…?

생각이 여기까지 이르자 로리의 머릿속은 더 무겁고 뻐근해졌다. 때맞춰 무슨 소동이라도 일어난 것인지, 갑자기 체육관 입구가 소란스러워졌다. 로리는 화들짝 놀라 정신을 차리고 창문 쪽으로 달려갔다. 커다란 덩치 둘이 달라붙어 싸우는 가운데, 주변에 몰려든 아이들 사이에서 비명 소리가 터져 나왔다. 가만 보니 싸우는 아이 중 하나는 데이비드의 단짝이자 축구부원인 브라이언 아몬이었다. 로리는 가슴이 철렁 내려앉았다. 대체 무슨 일일까? 왜 저 둘은 서로에게 주먹을 날리면서 싸우게 된 것일까?

선생님 하나가 달려와 두 녀석을 강제로 떼어놓는 게 보였다. 그는 양팔에 하나씩 두 녀석을 꿰차고 건물 안으로 들어갔다. 교장실로 끌고 가는 게 분명했다. 그때였다. 우렁찬 고함소리가 들렸다. 목소리의 주인공은 브라이언이었지만, 말투는 평소 그가 자주 쓰던 장황하오체와는 정반대로 단호했다. 게다가 내용 또한 느긋한 게으름뱅이인 브라이언을 연상하기 어려울 만큼 턱없이 진지했다.

훈련을 통한 **힘의 집결!**
훈련을 통한 힘의 집결!
공동체를 통한 **힘의 집결!**
공동체를 통한 힘의 집결!

실천을 통한 힘의 집결!

실천을 통한 힘의 집결!

뒤이어 선생님의 다른 팔에 붙잡혀 끌려가는 학생의 목소리도 들렸다. 그는 파도의 구호를 외쳐대는 브라이언을 향해 심하게 짜증을 냈다.

"아우, 제발! 그 지겨운 소리 좀 제발 그만하라고!"

"다 봤니?"

로리는 등 뒤에서 나는 소리에 순간적으로 깜짝 놀라 뒷걸음질을 쳤다. 데이비드였다.

"교장이 빨리 풀어줘야 브라이언이 집회에 참석할 텐데…"

데이비드가 초조한 기색으로 이야기했다.

"쟤네들 왜 저래? 파도 땜에 싸운 거야?"

로리가 물었다. 데이비드는 어깨를 한 번 들썩하고는 대답했다.

"그것 때문만은 아니고… 맞장뜬 녀석은 마이클이라는 2학년 후밴데, 전부터 제1수비수가 되겠다고 방방 뛰었거든. 심지어 요새는 아예 톡 까놓고 브라이언한테 그 자리를 내놓으라고 엉겨붙던 참이었어. 암튼 주제 파악이 안 되는 애야."

"왜 그런 애한테 브라이언은 큰 소리를 지르는 거야? 언제나 여유만만 느긋했던 브라이언이 대체 왜?"

로리가 물었다.

"그건 그냥… 브라이언이 거기에 진짜 빠져 있어서 그래. 사실 우리 전부 다 그런 상태지. 특히 축구부 애들은 요즘 무지하게 흥분 상태야. 파도의 힘으로 뭐든 밀어붙일 수 있다는 걸 확인했거든.”

“그렇다고 저 꼬맹이를 상대로 우격다짐을 한단 말이야?”

데이비드는 고개를 흔들었다.

“아냐. 그 녀석은 아직 가입도 안 했어. 마이클이 얼른 파도 회원이 되어야 브라이언 자리를 함부로 넘보지 않을 텐데. 하지만 자기밖에 모르는 놈이라 아직 단체 생활은 무리야. 아, 쉴러 감독님이 빨리 좀 처리를 해줘야 할 텐데!”

“처리라니? 걔가 파도 회원이 아니라서?”

로리가 물었다.

“그렇지 뭐!”

데이비드가 대답했다.

“마이클이 진짜로 축구부의 최고가 되고 싶다면 브라이언한테 자꾸 덤빌 게 아니라 먼저 파도에 들어와야 해. 축구는 혼자 하는 게 아니거든. 저렇게 혼자 잘났다고 까불면 누구한테도 도움이 안 된다고.”

데이비드는 체육관에 있는 시계를 보며 서둘러 말했다.

“이제 가자. 곧 시작하겠어.”

로리가 대답했다.

“난 안 갈래.”

“뭐라구?”

데이비드가 당황한 얼굴로 물었다.

“그게 무슨 말이야?”

"나는 안 가겠다구."

"왜?"

"가기 싫으니까."

"로리, 오늘 집회는 아주 중요한 거야!"

데이비드는 뭐라고 말을 해야 좋을지 모르겠다는 듯 난감한 얼굴이 되었다.

"신입회원들이 모두 와서 발대식을 하는 날이 바로 오늘이라고! 그런데 안 가겠다고?"

"데이비드, 솔직히 말하면 나는 너희가, 아니, 너나 나나 파도에 너무 목숨을 거는 것 같아."

데이비드는 단호하게 머리를 저으며 말했다.

"아니, 그렇지 않아. 내가 보기에는 로리 네가 파도를 너무 우습게 아는 것 같아. 잘 생각해봐. 너는 무슨 일이든 앞장서는 편이잖아. 네가 나서면 다른 애들은 쉽게 따라오고 그런다구. 여기서도 그냥 보통 때 네가 하는 것처럼 그렇게 하면 돼."

"싫어. 난 그렇게 하지 않을 거야."

로리는 그 이유를 설명했다.

"다시 한 번 말하지만, 난 그렇게 안 해. 우린 각자 독립된 '개인'이야. 내가 앞에 나선다고 우르르 따라오는 건 정말 싫어. 그러니까 각자 선택하고 행동할 수 있게 놔두라구. 파도에 대해서도 각자의 취향만큼 좋아할 수 있게 그냥 두란 말이야!"

"도대체 너 갑자기 왜 그러니? 진짜 모르겠네!"

데이비드의 붉어진 얼굴을 바라보며 로리가 다시 입을 열었다.

"요즘 모두 얼마나 이상한 줄 아니? 갑자기 제정신들이 아니야. 파도가 모든 걸 삼켜버렸단 말야."

"그래. 그건 사실이야."

데이비드는 동의했다.

"그건 파도가 그만큼 확실하기 때문이야. 벌써 엄청난 힘을 발휘하고 있잖아. 우리 모두 파도를 통해 한마음이 되어 정말 평등한 관계를 맺게 되지 않았냐고!"

"그것도 말이 안 돼!"

로리가 정색을 하고 반대 의견을 말했다.

"그건 축구부 애들이 모두 공격수가 되어 똑같이 한 점씩 올리겠다는 것과 같은 말이야. 근데 그게 말이 돼?"

데이비드는 뒤로 주춤 물러서며 자기의 여자친구인 로리를 쏘아보기 시작했다. 다른 사람은 몰라도 이런 말이 로리 입에서 나오다니, 데이비드는 그 사실을 용납할 수 없었다.

"그렇게 된다면 얼마나 근사하겠니?"

로리는 계속해서 빈정거리는 투로 말했다.

"모두 함께 골대 앞으로 달려가서 선수마다 똑같이 한 점씩 넣는다? 그게 말이 되는 얘기니? 너는 지금 황당한 꿈을 꾸고 있는 거야. 모든 선수가 똑같은 축구부에, 개성도 차이도 완전히 사라져버린 평등한 세상을 바라고 있다고. 그런데 그게 과연 가능할까? 아니, 다 떠나서 그런 걸 싫어하는 사람도 있을 거고, 그럼 그 사람도 존중해줘야 하는 거 아냐?"

속사포처럼 쏘아대는 로리의 공격에 데이비드는 더 이상 참을 수가 없었다.

"그래, 너 참 잘났구나!"

간신히 말문을 튼 데이비드는 로리를 비난하기 시작했다.

"너를 공주 대접 안 해주는 평등은 싫다 이거지? 왕따가 없어지는 건 봐줄 만하지만, 더 이상 짱 노릇을 못 하니까 견딜 수 없다 이거 아냐?"

"데이비드, 그게 무슨 말이야? 왜 그런 억지를 부려?"

로리는 예상치 못한 데이비드의 말에 주춤하고 뒤로 물러섰다.

"억지라 그랬니? 아냐, 이건 진실이야."

데이비드는 한 걸음 더 앞으로 다가서며 로리를 거세게 몰아붙였다.

"그래. 너도 진실을 감당하기가 괴롭겠지. 아이들이 너무 달라져서 이제 네 말에 귀 기울이지 않으니까. 더 이상 너를 특별하게 대접하지도 않고 말이야. 그러니 지금껏 자기가 최고인 줄 알고 산 너는 얼마나 힘이 들고 싫겠니?"

"이 바보 멍충이! 데이비드, 제발 정신 좀 차려!"

로리가 소리를 지르며 데이비드를 쏘아보았다.

데이비드는 입가에 미소를 지으며 고개를 끄덕였다.

"그래, 알았어. 이제 이 바보 멍충이 따윈 잊어버리고, 네게 어울리는 똑똑한 놈 하나 잘 찾아보라구!"

말을 마치고 잠시 로리를 노려보던 데이비드는 체육관을 향해 급히 발길을 돌렸다. 멀어져가는 데이비드의 뒷모습을 보며 로리는 혼잣말로 중얼거렸다. 쟤 정말 미친 거 아냐? 제정신이라면 어떻게 이럴 수 있어? 하지만 로리를 정작 두려움에 떨게 한 것은, 이제는 더 이상 누구도 이 상황을 통제할 수 없다는 점이었다. 로리는 모두 엉망이 되어 걷잡을 수 없는 파국으로 치닫는 끔찍한 장면이 보이는 듯해, 자기도 모르게 눈을 감았다.

병역 거부자들의 밀실 모의

멀리서 들려오는 함성으로 짐작하건대 집회는 성황을 이루고 있는 게 분명했다. 그 시각, 로리는 체육관 지하의 학보 편집실에서 뒤숭숭한 마음을 혼자 추스르고 있었다. 그 방 말고는 몸을 숨길 곳이 아무 데도 없었다. 하긴 만나는 애들마다 왜 집회에 오지 않았냐고 물어볼 텐데, 그럴 때 둘러댈 만한 핑곗거리로는 신문 마감밖에 없기도 했다.

어찌됐건 지금 편집실에 있는 건 도피라고 로리는 생각했다. 그 사실을 받아들이고 싶진 않았지만, 그렇다고 다른 선택의 가능성이 있는 것도 아니었다. 상황이 괴상하게 돌아가면서 학생들은 '파도와 하나가 되든지, 아니면 어딘가로 몸을 숨기든지' 둘 중 하나를 택해야 하는 말도 안 되는 일이 벌어지고 만 것이다. 아무리 생각해도 이건 예삿일이 아니야. 로리는 수심이 가득한 표정으로 펜 끝을 질겅질겅 씹기 시작했다. 위층에서 〈푸른 파도〉의 함성이 아까보다 더 크게 들려왔다. 그때 로리 머릿속에서 누군가 이렇게 속삭이는 듯했다. 저걸 저대로 그냥 두어서는 안 된다고, 〈포도나무〉가 뭔가 역할을 해야 한다고.

시간이 얼마나 흐른 것일까. 갑자기 편집실 문의 손잡이를 돌리는 기척이 났다. 로리는 깜짝 놀라 숨을 죽였다. 곧 문이 열리더니 알렉스 쿠퍼가 나타났다. 그는 여전히 귀에 이어폰을 꽂은 채 몸을 흐느적거리며 방안으로 들어왔다. 바짝 긴장했던 로리는 그제야 안도의 숨을 크게 내쉬며 의자에 털썩 주저앉았다.

알렉스는 로리를 보고 반갑게 웃더니 이어폰을 벗으며 물었다.

"어, 여기서 뭐해? 너도 병역 거부냐?"

로리는 피식 웃으며 대답했다.

"병역 거부? 헉, 그 정도는 아니다 뭐!"

알렉스는 역겹다는 표정으로 말을 이었다.

"두고 봐. 우리 학교는 곧 '고든 훈련소'로 이름도 바뀔 거야!"

"재미없어!"

로리의 시큰둥한 대답에 알렉스는 어깨를 한차례 들썩거렸다. 그의 얼굴이 자못 심각했다.

"로리, 양심적 병역 거부자가 된 마당에 재미까지 없다니, 그럼 넌 대체 무슨 낙으로 살아갈 거냐?"

"알렉스, 넌 파도에서 징집하면 어떡할 거야? 겁나지 않아?"

신음 소리를 내며 알렉스가 대답했다.

"으음… 이렇게!"

자리에서 벌떡 일어난 알렉스는 매서운 눈빛으로 주위를 둘러보다 무술 자세를 취하며 구령을 붙이기 시작했다.

"나를 끌고 가려는 놈이 있으면, 이렇게 요렇게 소림사 주방장 솜씨로 채를 쳐주겠다 이 말씀이야. 음하하하…"

그때 다시 편집실 문에 인기척이 느껴졌다. 이번에는 카알 블록이었다. 로리와 알렉스를 발견한 그는 과장된 몸짓으로 주변을 둘러보며 비밀경찰에 쫓기는 흉내를 내기 시작했다.

"여긴 안네 프랑크의 다락방이네?"

킥킥거리며 카알이 말했다.

"푸른 파도의 함성을 피해 여기까지 달려온 거지. 우린 집단의 폭정을 피해 망명길에 오른 최후의 개인들이라구!"

카알의 말을 받는 알렉스의 눈빛이 의미심장하게 빛났다. 그러자 카알이 다시 말을 이었다.

"딱 그거야. 나 지금 막 집회에서 빠져나온 길이라구."

"중간에 나와도 괜찮아? 걔네들이 안 붙들어?"

알렉스가 물었다.

"화장실이 급하다 그러고는 날랐지."

카알이 계속 킥킥거렸다.

"얌마! 여기가 네 화장실이냐?"

알렉스가 딴죽을 걸며 계속 농담을 했다.

"그럼 내가 화장실로 안내해주지."

그러자 카알은 공포에 질린 얼굴로 두 손을 내저었다.

"싫어요. 화장실엔 이미 다녀왔단 말예요. 제발 거기로 끌고 가지만 말아 주세요. 다신 안 갈 거예요. 집회는 정말 가기 싫다구요."

"그럼 우리 동아리에 들어!"

카알과 알렉스의 상황극에 로리도 끼어들었다.

"만세! 그거 좋은 생각! 파도만 아니면 좋아! 우리도 새로 만들자! 요!!"

평범을 거부하는 알렉스가 박자를 맞춰가며 랩으로 이야기를 대신했다.

"파도가 정말 정말 싫은 우리들! 파도 대신 우리는 '파문'이라 불러!"

"넌 어떻게 생각해, 로리?"

알렉스의 재치 있는 랩을 듣던 카알이 로리를 바라보며 물었다.

"재밌는 이름이네. 파도를 물리치며 '파문'을 일으킨다, 그리고 파도를 '파문'한다!"

"무슨 소리들 하는 거야? 나는 지금 '파도'에 대해 물었어."

로리의 대답에 카알이 진지한 목소리로 다시 물었다.

"아, 미안. 난 지금… 파도 얘기로 〈포도나무〉 다음 호를 꽉 채워야겠다는 생각뿐이야. 한마디로 파도를 주제로 특집호를 내자는 거지."

로리가 정색을 하며 대답했다.

"저, 내가 너무 훌륭한 소견만 발표해서 미안한데… 워낙 내 인품이 고결해서 그런 거니까 너희도 그냥 그러려니 해…"

알렉스가 또 헛소리를 시작하려는 모양이었다. 하지만 계속된 그의 발언은 의외로 정곡을 찔렀다.

"이 신문 최대한 빨리 나와야 할 것 같아. 조금만 더 꾸물거리다간 '위대한 파도'의 힘이 우리 애들을 다 삼켜버릴 기세라구. 그런 다음에 특집이 나와 봐야 아무 소용이 없다 이 말이지."

"비상사태를 선포한다!"

카알이 마이크를 잡는 시늉을 했다.

"그럼 너희가 다른 친구들한테 최대한 이 상황을 알리도록 해!"

로리가 카알과 알렉스에게 부탁하며 빠르게 상황을 정리했다.

"비상소집! 각자 원고를 완성해서 일요일 오후 두시에 우리 집에 모여 편집회의를 한다. 그리고 꼭 지켜야 할 규칙 한 가지. 이미 파도 회원인 애들에게는 절대 비밀이야."

드러난 '집단구타' 사건

그날 저녁, 로리는 자기 방에 혼자 틀어박힌 채 나올 줄을 몰랐다. 오후 내내 파도에 대한 기사 작성에 골몰하느라, 낮에 데이비드와 벌인 다툼조차 거의 잊고 있었다. 그러다 시계 바늘이 10시 30분을 가리키고 있는 것을 보고서야, 로리는 데이비드와 이 시간에 데이트를 하기로 지난주에 약속한 사실을 깨달았다. 데이비드는 오지 않을 게 분명해. 로리는 이렇게 생각하면서도 아직 상황을 납득하지는 못했다. 그도 그럴 것이 두 사람은 고등학교에 들어온 이후 늘 함께했고, 그만큼 오랜 우정과 신뢰로 맺어진 사이였기 때문이다. 그런 관계가 파도 따위의 유치한 놀이 하나에 깨지다니, 로리는 그 점을 도무지 받아들일 수가 없었다. 하지만 파도가 더 이상 아이들의 유치한 놀이가 아니라면…? 불현듯 로리의 눈가가 촉촉해지며 눈물이 번져갔다. 원고를 작성하느라 끙끙댄 흔적이 역력한 종이 위로도, 몇 개의 눈물방울이 떨어지고 있었다.

그때였다. 손더스 부인이 로리의 방문을 두드렸다. 저녁 식사 후 벌써 몇 번째인지 모른다. 하지만 로리는 함께 이야기하기를 원하는 어머니의 청을 들어줄 수가 없었다. 어머니의 걱정이 괜한 노파심이 아닌 사실로 드러난 지금, 로리는 어떻게든 어머니 모르게 이번 일을 처리하고 싶었기 때문이다. 게다가 방금 눈물을 흘린 터여서, 행여 어머니가 그걸 알아챌까 더 걱정스러웠다. 로리는 얼른 손바닥으로 눈가의 물기를 훔쳐내고는 몇 번 헛기침을 한 후 문에 대고 말했다.

　"엄마, 나 지금 너무 바빠요."

　하지만 문은 벌써 열리는 중이었다.

　"엄마 아냐. 나다, 아빠야!"

　"아빠?"

　로리는 깜짝 놀라는 한편 안심했다. 아버지는 까다롭거나 어려운 분이 아닌 데다, 어머니처럼 시시콜콜 로리의 일에 간섭하는 편이 아니어서 그만큼 대하기가 편했던 것이다.

　"들어가도 되겠니?"

　"예, 아빠."

　로리는 눈물의 흔적을 지우기 위해 간신히 웃어 보이며 덧붙였다.

　"벌써 한 발 들어오셨잖아요."

　로리의 아버지는 멋쩍은 듯 고개를 끄덕이며 대답했다.

　"그러게 말이다. 자꾸 귀찮게 해서 미안하구나, 로리. 그렇지만 엄마도 나도 걱정이 되어서 말이지."

"엄마가 뭐라 그러셨어요? 데이비드랑 끝났단 얘기, 벌써 들으신 거예요?"

로리가 물었다.

"응, 그래. 나도 들었다."

조금 망설이다 손더스 씨는 말을 이었다.

"믿기 어렵구나. 내가 정말 아들처럼 예뻐했는데. 그 녀석 참 듬직했는데 말야…"

"이젠 아니에요."

파도에 휩쓸리기 전까지 데이비드는 정말 미더운 친구였다고 로리도 생각했다. 하지만 지금은 아니었다. 그 사실이 조금은 위로가 되는 듯도 했다.

"음… 그건 그렇고, 로리! 사실은 너와 상의할 일이 좀 있구나. 오늘 저녁에 엉뚱한 얘기를 하나 들었거든."

손더스 씨는 매주 금요일마다 회사에서 조금 일찍 나와 골프장으로 직행한다. 해 떨어지기 전에 코스를 한 바퀴 돌고 오기 위해서다. 아마 오늘 골프장에서 무슨 소리를 들었나 보다고 로리는 짐작했다.

"무슨 얘기요, 아빠?"

"오늘 너희 학교에서 수업 후에 어떤 아이 하나가 집단구타를 당했다고 하더라."

로리의 아버지는 착잡한 얼굴로 이야기를 계속했다.

"한 다리 건너 들은 얘기라 얼마나 정확한지는 잘 모르겠다만, 학교에서 오늘 무슨 집회가 있었다면서? 아마 어떤 녀석이, 너희보다 한 학년 아래라는데, 그 파도 놀이를 함께하지 않겠다고 그랬나 보더라고. 아니면 뭐라고 좀 반대 의견을 말한 모양이야.”

로리는 아무 대꾸나 설명 없이 잠자코 듣고만 있었다.

“그런데 알고 보니 그 녀석이 오늘 저녁 나와 함께 골프 친 아저씨네 이웃집 아들이 뭐냐. 아저씨 말로는 몇 달 전 이 동네로 이사를 왔다더라. 그러니 학교 분위기를 제대로 파악이나 했겠니?”

“아이들 보기에는 딱 파도에 들어오면 좋겠다 싶었겠네요.”

그제야 로리가 입을 열었다.

“그런데 말이야, 그 집안이 유대인이라는데…. 로리, 그게 무슨 문제가 되는 거니?”

로리는 가슴이 납처럼 무거워지는 느낌이었다.

“그건 아녜요, 아빠. 설마 그렇게 끔찍한 생각을 하는 건 아니시죠? 저도 물론 파도가 맘에 들진 않아요. 하지만 그렇다고 파도가 그런 끔찍한 행위를 저지르는 집단은 정말 아녜요. 그 점만은 확실히 말할 수 있어요, 아빠.”

“확실하니?”

로리의 아버지가 물었다.

“그럼요. 처음 파도가 만들어질 때 제가 한가운데 있었잖아요. 거기 참여하는 아이들도 다 잘 알고요. 우린 정말 순수하게, 나치 시대 독일 분위기가 어땠을지 그걸 제대로 느껴보려고 시작한 거예요. 무슨 꼬마 나치를 조직하거나 그런 뜻은 절대로 없었다구요. 단순히 재미 삼아 그냥 한번…”

"그렇게 시작한 실험인데, 어느 순간부터 통제가 안 되는 상황이 벌어지기 시작했구나."

손더스 씨는 사태를 정확하게 짚어냈다.

"그런 거니, 로리?"

로리는 뭐라고 답을 하기가 힘들었다. 아버지가 간단하고도 정확한 말로 정리해주니, 그 충격이 오히려 더 강력하게 다가왔다.

"골프장에 모였던 아저씨들도 대강 그 정도는 짐작을 했지. 그래서 다들 월요일에는 학교에 가서 교장 선생님을 만나보기로 했다. 뭐 대수로운 일이야 아니겠지만, 그래도 확실하게 해둘 점은 있겠다 싶어."

로리도 아버지의 말에 동의하며 고개를 끄덕였다.

"그래서 우리 편집부도 급히 〈포도나무〉를 내기로 했어요. 파도에 대한 기사로만 채운 특집호로 발간할 거예요."

손더스 씨는 잠시 무슨 생각을 하다 말을 이었다.

"그래, 좋은 생각이다. 하지만 조심해야 할 것 같다. 아빠 말이 무슨 뜻인지 알지?"

"그럼요, 아빠. 신중하게 움직일게요."

로리는 굳은 결심을 한 듯 입술에 힘을 주어 말했다.

"제가 알아서 잘해 볼게요."

13장
레지스탕스의 탄생

축구 경기장에서 생긴 일

지난 3년 동안 로리는 축구 경기가 열리는 토요일이면 에이미와 함께 축구장에 가서 신나게 소리지르며 응원을 했다. 로리의 남자친구인 데이비드가 축구부의 간판스타이기도 했거니와, 에이미 또한 남자친구는 없어도 경기 후 축구부 선수 중 누군가와 파트너가 되어 어울리길 좋아했기 때문이다.

로리는 파도와 관련해 만나볼 사람으로 가장 먼저 에이미를 떠올렸다. 에이미를 만나 요 며칠 동안 자신이 깨달은 점을 일러주려고 생각하니, 경기가 열리는 토요일 오후까지 기다리는 것이 답답하게 느껴졌다. 똑똑한 친구 에이미가 파도에 그토록 열광하며 아직까지 그 조직에 발을 담그고 있다는 사실이, 로리로서는 도무지 믿어지지 않았다. 내 얘기를 들으면 에이미도 정신이 번쩍 나겠지. 로리는 그제야 안심이 된다는 듯 가슴을 쓸어내렸다.

하지만 무엇보다도 로리는 가장 친한 친구인 에이미에게 데이비드

와의 일을 털어놓고 싶었다. 로리는 그깟 하찮은 파도 따위 때문에 3년
간 지켜온 데이비드와의 우정이 깨지는 것을 정말로 원치 않았고, 그
만큼 에이미의 도움에 거는 기대가 컸던 것이다. 어쩌면 에이미는 내
가 전혀 생각하지 못한 해법을 제시할지도 몰라. 이게 얼마나 우스꽝
스러운 상황인지 데이비드가 알게 하는 데는 나보다 에이미가 적격일
수도 있고. 이렇게 생각하며 마음을 다잡은 로리는 경기가 막 시작하
려는 즈음 축구장에 도착했다. 이미 관람객으로 꽉 찬 관중석에서 금
발의 고수머리 에이미를 찾는 일이 쉽지만은 않을 듯했다.

　로리는 헐레벌떡 표를 끊고 축구장 안으로 들어갔다. 잠시 입구에
서서 꼭대기 높은 곳까지 관중석을 둘러보다 올라가려는데, 누군가 뒤
에서 그녀를 부르며 가지 못하게 막았다.

　"야, 거기 멈춰! 누구 맘대로 그냥 들어가냐?"

　내딛으려던 발을 거두고 멈춰 선 채 로리는 뒤를 돌아보았다. 인상
을 쓰며 그녀를 향해 달려온 건 브래드였다.

　"어이, 로리! 여기서는 파도타기를 하고 가는 거야."

　"그게 무슨 소리야, 브래드?"

　로리가 물었다.

　"우리끼리 하는 인사 있잖아, 파도타기! 통과하려면 그걸 하고 가라
구!"

　브래드는 로리를 재촉했다.

　"파도타기? 그걸 안 하면 입장할 수 없다는 거야?"

로리가 다시 물었다. 브래드는 가쁜 숨을 몰아쉬다 주변을 돌아보며 대답했다.

"너 몰라? 집회에서 결정한 사항이잖아!"

로리는 찬바람이 이는 목소리로 브래드에게 반문했다.

"누가 그런 결정을 했는데?"

"누군 누구야, 우리지!"

로리의 분노를 가늠하지 못하는 브래드는, 다만 그녀의 질문이 성가시다고 여기면서 꼬박꼬박 대답을 해주었다. 로리는 그런 브래드에게 점점 더 화가 치솟는 것을 느끼며 격분한 목소리로 따져 물었다.

"우리라니, 그게 누군데?"

"누구긴? 우리 파도지. 넌 왜 뻔한 걸 자꾸 묻고 그러냐?"

이번에는 브래드의 목소리에도 짜증이 배어났다.

"야, 브래드! 너도 처음부터 그 자리에 있었기 때문에 잘 알 거야. 벤로스 선생님 수업에서 이 실험을 시작할 때 말이야. 그땐 이런 게 아니었잖아!"

로리의 말에 브래드는 잠시 어깨를 움찔하며 주춤했지만 곧 기세등등한 태도를 되찾고 밀어붙였다.

"그래서 어쩌겠다고? 파도타기 한 번 하면 되는 걸, 네가 무슨 레지스탕스 여전사라고 그렇게 꼬치꼬치 따지고 그러냐!"

로리는 관중석을 가득 메운 인파를 바라보며 다시 물었다.

"관중석에 있는 저 애들이 모두 너한테 파도타기 인사를 하고 입장한 거니?"

"우리 학교 애들은 다 그렇지."

브래드가 자랑스럽게 대답했다.

"그럼 이제 싫증날 때도 되지 않았니? 난 그냥 들어갈래. 나는 그 인사 싫어."

로리는 브래드와의 말싸움을 계속하는 것이 내키지 않았다. 하지만 그렇다고 하기 싫은 파도타기 인사를 강요에 의해 억지로 할 수도 없었다.

"그럼 입장 못 해!"

브래드도 로리만큼 완강했다.

"누구 맘대로? 그런 법이 어딨어?"

로리가 목소리를 높이자 주변에서 서성대던 무리가 두 사람을 힐끗 쳐다보았다. 브래드는 순간 얼굴이 벌게졌다.

"야, 로리!"

목소리를 낮춘 브래드가 짧게 용건만 말했다.

"그냥 시늉만 하고 빨리 올라가!"

로리는 단칼에 거절했다.

"싫어. 나는 그런 놀이 따위 따라하지 않을 거야. 너도 이게 얼마나 우스꽝스런 짓인지 잘 알잖아!"

브래드는 잠시 입술을 깨물더니 재빨리 주위를 둘러보며 로리에게 말했다.

"에이, 그럼 그냥 가. 보는 사람 없을 때 빨리 들어가라고!"

마침내 브래드가 포기를 선언했다. 하지만 관중석에 합류하려던 로리의 마음은 이미 차갑게 식은 뒤였다. 로리는 눈속임으로 파도의 무리에 끼어든다는 자체가 내키지 않았다. 그녀는 다만 이 모든 짓거리가 얼마나 황당하고 정신병자 같은 일인지, 그 점을 분명히 알려주고 싶을 뿐이었다. 지금 자기 앞에 서 있는 브래드를 비롯해 대부분의 파도 회원들도 분명 꺼림칙한 느낌을 갖고 있을 거라 확신한 로리는, 관중석으로 오르던 발걸음을 멈추고 다시 브래드 쪽으로 다가가 물었다.

"브래드! 너 그런데 여기서 뭐해? 이 암울한 놀이를 왜 계속하는 거야?"

브래드는 순간 멈칫하더니 귀찮다는 듯 내뱉었다.

"나 지금 겁나 바빠. 그런 질문에 일일이 답해줄 만큼 한가하지 않다고!"

브래드는 여전히 움직이지 않고 그 자리에 서 있는 로리를 채근했다.

"아, 뭐해. 경기 시작하잖아. 빨리 자리에 올라가 앉아. 난 할 일이 진짜 많단 말야!"

관중석으로 올라가는 브래드를 붙잡고, 로리는 낮은 소리로 슬쩍 물었다.

"두려워서 그러니?"

브래드의 얼굴이 굳어지는 것을 놓치지 않고, 로리는 그에게 더 가까이 다가서며 다시 물었다.

"브래드, 규정을 따르지 않으면 파도 회원들이 뭐라 그럴까봐 두려운 거야?"

브래드는 무슨 말인가 하려는 듯 입을 벌렸다. 그러나 그는 아무 소리도 내지 못했다.

"뭐가 두려워? 내가 지켜줄게, 걱정하지 마!"

로리는 브래드의 어깨를 툭툭 치며 갑자기 장난 투로 말을 바꾸었다. 그제야 브래드는 자신을 짓누르던 어떤 위압감에서 벗어난 듯 로리에게 화를 내기 시작했다.

"이게 정말! 이제 그쯤 해두지그래. 너 어제도 집회에 오지 않았지? 지금 애들이 너 봐주고 있는 줄이나 알아. 그러니 그만 깝치라고!"

"뭐? 내가 안 가서 뭐가 어떻다고?"

로리가 다시 정색을 하며 따져 물었다.

"관두자! 나는 딴 얘긴 하나도 안 했다. 어저께 네가 안 와서 아이들이 그냥… 별로였다는 얘기만 했지!"

로리는 당황스러웠다. 브래드, 대체 무슨 얘길 하려다 그만둔 거야? 로리는 관중석으로 뛰어 올라가는 브래드에게 물었지만, 그는 순식간에 눈앞에서 사라지고 말았다. 군중의 환호성이 하늘을 찌를 듯 높아진 것으로 보아 경기가 시작된 모양이었다. 로리는 자신이 던진 질문이 그 환호성에 묻히는 것을 멍하니 바라다보며 그 자리에 서 있을 수밖에 없었다.

악성 바이러스의 퇴치를 위해

일요일 오후가 되자 〈포도나무〉 편집 팀이 하나둘 로리네 집으로 몰려들었다. 손더스 씨 댁 거실은 마치 파도 특집호를 위한 학보 편집실

별채라도 된 것처럼 활기를 띠었다. 주요 멤버 몇 명이 아무 연락 없이 오지 않은 것을 확인한 로리는 그 이유를 다른 아이들에게 물어보았지만 속시원히 대답하는 사람은 없었다. 그때 카알이 나서서 불쑥 말을 뱉었다.

"거야 뭐, 파도 애들을 건들고 싶지 않은 거겠지. 우리가 발각되면 그쪽에서 레지스탕스 소탕 작전을 시작할 수도 있으니까."

이 말에 로리는 다른 친구들의 반응을 살폈다. 하나같이 카알의 말에 공감하며 모두 고개를 끄덕이고 있었다.

"악성 바이러스, 찐따들 같으니라구!"

알렉스가 자리에서 벌떡 일어나더니 두 주먹을 불끈 쥐고 허공에 흔들면서 비장한 목소리로 선언했다.

"저 못된 파도의 만행이 사라지는 그날까지 '파란'을 일으키며 나를 따르라. 우리는 무적의 레지스탕스! 자유가 아니면 죽음, 아니 드름을 달라!"

이게 뭔 소린가 뜨악한 표정을 짓는 친구들에게, 알렉스는 머리를 북북 긁으며 엉뚱한 설명을 갖다 붙였다.

"성경에서 이르길 여드름은 청춘의 꽃이라 하였거늘, 그러나 내게는 죽음보다 고약하고 질긴 놈이 여드름인 거라. 음하하하!"

"진정해, 알렉스!"

누군가의 타박에 알렉스는 곧 자리에 앉았다. 그들은 이제 본격적으로 신문 만드는 일에 집중하기 시작했다. 하지만 다들 마음속으로는 이 자리에 나타나지 않은 몇몇 편집부원들을 의식하고 있다는 것을 로리는 알았다. 솔직히 로리도 그것을 완전히 무시하기란 쉽지 않았지만, 일단은 〈포도나무〉 특집호 만드는 일에만 몰두하기로 했다.

오로지 파도와 관련한 기사들로만 채워지는 이번 특집호에는 로리가 어느 날 아침에 발견한, 2학년 학생이 쓴 익명의 편지를 싣기로 했다. 또 카알은 집단구타 사건에 대한 취재 기사를 맡았다. 취재를 끝낸 카알 말에 따르면, 피해자는 두 명의 가해자에게 몇 대 얻어터지긴 했어도 크게 다치진 않았다고 한다. 그리고 이 사건이 과연 파도와 직접 관련이 있는 건지, 아니면 시비가 붙은 와중에 파도 이야기가 끼어든 건지도 애매하다고 카알은 평가했다. 하지만 주먹을 날린 두 건달 중 한 녀석이 전학 온 지 얼마 되지 않은 피해자 소년에게 '왕재수 유대인'이라고 욕설을 한 건 틀림없는 사실이었다. 이에 소년의 부모들은 취재차 찾아간 카알에게, 당분간 아들을 학교에 보내지 않을 것이며 월요일 아침에 오웬스 교장을 직접 찾아가 어떻게 문제를 해결할지 논의할 거라고 입장을 밝혔다고 한다.

이 밖에도 현재의 사태를 우려하는 학부모와 교사들을 인터뷰한 기사가 준비되어 있었지만, 무엇보다 파도에 대해 가장 강도 높은 비판의 목소리를 낼 주인공은 다름 아닌 로리 손더스 편집장이었다. 로리는 토요일 내내 끙끙거리며 작성한 칼럼을 통해 '요즘 학교에서 극성을 떠는 파도는 생각의 자유와 의사 표현의 자유를 억압하고 있으며, 이는 자유민주주의 국가 건립의 토대로서 국가가 보장하는 인간의 기본권을 침해하는 위험하고 몰지각한 운동"이라고 직격탄을 날렸다. 그녀는 또한 그동안 파도가 저지른 온갖 악행을 열거하면서, 그나마 이것을 참아준 이유는 파도의 핵심 세력으로 활동한 축구부가 지역대회에서 승리를 거두고 난 다음 파도가 종말하길 기대했기 때문인데, 고든의 축구부 전사들은 클락스타운 고등학교와의 경기에서 참패를 면하지 못함으로써 이 마지막 희망마저 꺾어버렸다고 신랄하게 지적했다. 그리고 로리는 칼럼 마지막 부분에서 사필귀정을 강조하며, 이 괴상망측한 짓거리를 당장 집어치우지 않는다면 더욱 끔찍한 사태로 치닫게 될 것이 분명하다고 경고했다.

밤늦도록 편집 팀의 일은 끝날 줄 몰랐다. 하지만 지치고 힘든 친구들을 독려하려는 듯, 카알과 알렉스는 호언장담을 아끼지 않았다. 무슨 일이 있어도 내일 점심 무렵에는 따끈따끈한 신문을 고든 학생들의 손에 쥐여주겠노라 큰소리치는 그 두 사람을 보며, 로리를 비롯해 다른 친구들은 오랜만에 환한 웃음을 지어 보였다.

14장
외로운 싸움

안타까운 눈물

신문이 나오기 전에 로리는 해야 할 일이 하나 있었다. 바로 며칠째 보지 못한 에이미를 만나 그간의 이야기를 나누는 것이었다. 로리는 월요일 아침 일찍 학교에 가서 에이미에게 자기가 쓴 칼럼 원고를 보여줄 작정이었다. 그걸 읽어보면 에이미도 파도의 실체를 깨닫고 생각을 바꿀 것이라 로리는 확신했다.

로리가 에이미에게 먼저 칼럼을 읽게 해주고 싶은 이유는 무엇보다 둘이 가장 친한 친구이기 때문이었다. 〈포도나무〉 특집호가 발간되면 학내에 한바탕 회오리가 몰아칠 게 틀림없고, 그러면 어찌됐든 많은 이들이 서로 갈등하고 반목하며 혼란에 빠지리란 예상이 충분히 가능했다. 로리는 최소한 자신의 단짝인 에이미에게만은 이런 상황을 먼저 알려주어, 그녀가 조금이라도 일찍 파도에서 발을 뺄 덜 상처받게 하고 싶었다.

드디어 월요일 아침이 되어 로리는 설레는 마음으로 학교에 갔다.

모범생답게 에이미는 일찍부터 학교 도서관에 나와 공부를 하고 있었다. 한달음에 에이미에게 달려간 로리는 토요일 내내 끙끙거리며 작성한 원고를 건넸다. 그런데 로리의 예상과 달리 에이미의 표정은 밝지 않았다. 오히려 글을 읽어내려 갈수록 뭔가 봐서는 안 될 것을 본 사람처럼 그녀의 얼굴은 창백해졌다.

읽기를 마친 에이미는 실망인지 분노인지 알 수 없는 감정이 가득한 눈빛으로 로리를 보며 물었다.

"이게 뭐니?"

"이번 특집호에 실리는 글이야!"

로리가 말했다.

"어떻게 파도에 대해… 이런 글을 쓸 수가 있어?"

"왜, 마음에 안 드니?"

로리는 그제야 에이미가 자신의 입장에 흔쾌히 동의하지 않는다는 것을 눈치 채고 당황했다.

"잘못된 게 있으면 지적해줘, 에이미. 난 단지 파도 때문에 우리 모두 강박증 환자가 된 것 같아서 이런 글을 쓴 거야. 너도 알다시피 다들 더 이상 스스로 생각하고 판단할 수조차 없게 되었잖아."

로리의 설명을 듣던 에이미는 거의 울상이 된 채 흐느끼듯 말했다.

"세상에…"

에이미는 로리를 몹시 안타깝다는 듯 쳐다보았다. 그러고 나서 천천히 말을 이었다.

"로리, 너 제정신이 아니구나. 데이비드하고 싸운 일 때문에 모든 걸 비뚤어지게 보는 것 같은데, 제발 진정해 로리. 그러지 말라구…"

이야기가 엉뚱한 쪽으로 흘러가는 걸 느끼며, 이번엔 로리가 안타까운 얼굴로 에이미를 쳐다보았다.

"그런 거 아냐. 내 말 잘 들어, 에이미. 파도 때문에 많은 사람들이 상처를 입고 있어. 겁먹은 양떼처럼 이리저리 정신없이 쫓기고 있다구. 나는 네가 이 글을 읽고도 그걸 깨닫지 못하는 게 정말 이상해. 어떻게 너처럼 똑똑한 애가 파도의 정체를 아직도 모를 수 있니? 파도는 전형적인 파시스트 운동이야. 그게 퍼져가면서 사람들이 마치 기계의 부속품인 양 남이 하는 대로만 따라하잖아. 자기 성찰 능력이 완전히 무너져가고 있다고. 설마 에이미 너도 그런 부속품으로 남고 싶은 건 아니지? 그렇지?"

아까보다 더 하얗게 질린 얼굴로 에이미가 대답했다.

"이제는 그 누구도 다른 사람보다 우월하거나 열등하지 않아!"

이 말을 끝내고 잠시 생각에 잠겨 있던 에이미는 마음을 굳혔는지 다시 이야기를 시작했다.

"이제야 털어놓는 거지만, 우리가 친구가 된 후에도 나는 너와 내가 경쟁 상대라는 걸 한순간도 잊지 못했어. 그게 얼마나 괴로웠는지 아니? 그런데 이제는 아냐. 굳이 너처럼 축구부원을 남자친구로 둬야겠다는 마음도 없고, 어떤 과목이든 기를 쓰고 최고점을 받아야 한다는 강박도 더 이상 없어. 파도 덕분에 난 처음으로 로리 손더스보다 공부를 잘해야 한다거나, 아이들이 나를 더 좋아해야 한다는 집착에서 풀려나게 되었단 말이야."

로리는 문득 등골이 으스스할 만큼 온몸에 소름이 돋는 것을 느꼈다.

"음… 사실은 나도 네가 그런 줄 이미 알고 있었어."

오랫동안 묵혀온 감정을 토로하는 친구 앞에서 몸 둘 바를 몰라 하며 로리는 어렵게 말을 이었다.

"그래. 나도 그걸 느꼈기 때문에 언제 한번 너와 그런 이야기를 툭 털어놓고 싶었다구."

에이미는 지금이 로리를 설득할 수 있는 마지막 기회라 생각했다. 그래서 자기 속내를 더 솔직히 보여주리라 작정했다.

"로리, 너 정말 모르겠니? 우리 학교 학생들 부모님치고 네 얘기 안 하는 사람은 드물걸? 아마도 절반 이상은 자기 아이에게 너는 왜 로리 손더스처럼 하지 못하냐고 타박할 거야."

길게 숨을 들이마신 그녀는 계속해서 말을 이었다.

"너는 이미 거기 길들어 있는 거야, 로리. 그래서 파도가 싫은 거라고. 그게 당연해. 이제 너를 공주로 대접해줄 사람은 아무도 없을 테니까…."

로리 입에서 신음 소리가 새어 나왔다. 자기와 가장 친한 친구이자 그토록 총명하고 똑똑한 에이미마저 이런 말을 하리라곤 꿈에도 생각지 못했기 때문이다. 무엇보다 로리는 파도 때문에 에이미하고까지 이렇게 적이 되고 만 현실이 견디기 어려웠다.

"그만해, 에이미. 네 생각은 잘 알았어. 그럼 이제 내게 남은 일은 신문을 돌리는 것밖에…"

로리는 말을 미처 끝내지 못하고 자리에서 일어섰다. 그런 로리를 쳐다보며 에이미가 강한 어조로 말렸다.

"제발 그만둬. 로리!"

로리는 고개를 흔들며 대답했다.

"벌써 인쇄 넘겼어."

그리고 스스로 굳은 의지를 다지듯 완고하게 덧붙였다.

"너를 만나고 나서 내가 할 일이 뭔지 더 확실하게 깨달았어."

로리의 이 말에 두 사람 사이에는 어색한 기운이 흘렀다. 서로 무척 낯설어진 느낌이라 할까. 로리의 시선을 피하면서 잠시 머뭇거리던 에이미가 문득 시계를 보며 자리에서 일어섰다.

"갈게."

짧게 인사를 하고 에이미가 자리를 떴다. 도서실에 혼자 남게 된 로리 눈에서 왈칵 눈물이 쏟아졌다.

특집호가 던진 파문

신문이 나오자 아이들은 줄을 서서 받아갔다. 〈포도나무〉 역사상 이렇게 순식간에 모두의 손에 신문이 들린 것은 처음이었다. 이번에 발행된 특집호가 파도를 다루고 있다는 소식이 입에서 입으로 퍼져 나가자 학교는 술렁이기 시작했다. 이제 학내에서는 고2 학생이 선배 두 명에게 두들겨 맞았다는 사실은 물론이고, 익명의 학생이 보낸 편지 내용에 대해서도 모르는 사람이 없게 되었다.

더욱 주목할 만한 점은, 그동안 숨겨졌던 사실들이 신문을 통해 밝혀지자 그와 유사한 이야기들이 우후죽순 여기저기서 튀어나와 떠돌기 시작했다는 것이다. 특히 이런저런 이유로 파도에 동참하지 않은 아이들에게 가해진 다양한 압박과 위협들이 하나둘 드러났다. 이와 더불어 갖가지 확인되지 않은 소문도 떠돌았는데, 이를테면 교사와 학부모들이 교장 선생님을 찾아가서 항의했다는 얘기며 상담 선생님들이 피해 입은 학생들을 일일이 불러 면담하고 있다는 얘기가 그에 속했다. 이처럼 온갖 새로운 사실과 소문들로 도배가 된 고든 고등학교는, 교실과 복도마다 스산한 기운이 감돌았다.

벤 로스도 물론 〈포도나무〉를 받아 보았다. 교사 휴게실에서 신문을 읽고 있던 그는 두통이 심한지 관자놀이를 문질러댔다. 미처 몰랐던 사실을 알게 된 벤은 자기가 생각했던 것보다 뭔가 크게 잘못되어가고 있다는 점을 수긍했다. 파도로 인해 학생 하나가 구타를 당했다니, 실험이 얼마나 허접하면 이런 결과가 빚어진단 말인가? 어떤 변명을 해도 이를 정당화할 수는 없는 노릇이었다. 더욱이 이 모든 불화의 원인이 바로 자기라는 생각에, 그는 간담이 서늘해졌다.

벤 로스는 또한 고든 축구부가 클락스타운에 형편없이 무릎을 꿇은 사실로 인해 기가 꺾인 자신을 돌아보며 더욱더 곤혹스러움을 느낄 수밖에 없었다. 고등학교 간의 축구 경기가 뭐라고 거기에 사활을 건단 말인가. 게다가 그건 지역에서 흔하게 이뤄지는 친선경기에 불과하지 않은가 말이다. 한 번도 그런 대회에서 우승해야 한다는 생각을 해본 일이 없던 벤 로스는, 자기가 갑자기 왜 그 대회의 우승에 집착을 하고 패배를 받아들이기 어려워하는지 이해할 수 없었다. 아니, 그런 자신이 한심하고 처량해서 견디기가 어려웠다.

내가 이렇게 된 것도 모두 파도 때문일까? 벤은 지난 한 주 동안 자신이 속으로 어떤 생각을 해왔는지 곱씹어보았다. 그러자 그가 이번 경기에서 축구부가 승리하길 간절히 바란 이유가 드러났다. 그건 바로 축구부의 승리를 통해 파도의 효력을 학교 전체에 입증하고 싶기 때문이었다. 그렇다면 나는 언제부터 파도의 효력을 입증해야 한다고, 아니, 거기서 더 나아가 파도가 승리해야 한다고 믿게 된 것일까? 벤은 스스로에게 질문을 던져가며 애초에 파도를 실험하기로 결정했을 때의 목표를 기억해냈다. 그건 파도의 승리 따위와는 아무 상관이 없었다. 오직 목적은 학생들로 하여금 역사적 사건을 실감나게 맛보게 하는 것, 그뿐이었다.

두통이 가시지 않는 탓에, 벤 로스는 교사 휴게실에 있는 약장을 열었다. 그 안에는 각종 비상약품을 비롯해 아스피린이며 타이레놀 같은 두통약도 들어 있었다. 그는 자기에게 필요한 약을 찾으며, 언젠가 그의 친구 하나가 해준 말을 떠올렸다. 그 친구는 자살하는 비율이 제일 높은 집단이 의사라면, 두통에 시달리는 비율이 제일 높은 직업군은 교사일 거라고 예측했었다. 마침내 적당한 약병 하나를 찾아낸 벤은 복용법을 읽고는 알약 세 개를 꺼내 손에 들고 물을 마시러 싱크대로 갔다. 교사 휴게실에서 교무실로 통하는 문 가까이에 이른 벤은 무슨 소리를 들었는지 얼어붙은 듯 그 자리에 멈춰 섰다.

벤 로스는 문밖에서 대화를 나누는 두 사람 중 한 명이 노먼 쉴러라는 것을 알 수 있었다. 둘 다 낮게 속삭이고 있었지만 벤은 밖에서 주고받는 이야기를 그대로 들을 수 있었다.

"더 이상 욕할 가치도 없지요!"

노먼 쉴러의 목소리였다.

"알다시피 애들이 얼마나 고조되어 있었어요. 그래서 다들 이번에는 틀림없이 이길 거라고 했다니까? 하지만 그래 봤자 뭐하냐고. 막상 필드에 나가면 맥을 못 추는데. 결국은 학교 안에서만 목청을 돋우고 전의에 불타오른 꼴이지. 축구부 전체가 난리를 치고 들썩였지만, 멀끔한 수비수 한 놈 없으니 꼼짝없이 깨지잖아요. 내 원 참 창피해서… 망신살이 뻗쳤다니까! 연습이 절대적으로 부족한데 죽어라고 구호만 외쳐대면 뭐하냐고. 단결이고 나발이고 아무짝에도 소용없다니까 글쎄!"

"애들이나 선생이나 모두 맛이 간 거지. 솔직히 말해 벤 로스가 애들을 몽땅 세뇌시켜 버린 거 아냐?"

노먼의 격양된 말에 이어 누군지 확실하지 않은 상대편의 목소리가 계속해서 들렸다.

"그 친구는 그게 무슨 짓이야? 나는 이해를 못 하겠어. 선생들도 모두 못마땅해하는데 그걸 굳이 계속하는 이유가 대체 뭐냐고. 쉴러 선생, 그에 대해 뭐 좀 아는 거 있어?"

"알긴 뭘 알아요. 더 이상 내게 묻지 말아요."

노먼 쉴러의 대답과 동시에 교무실 문이 천천히 열리는 게 보였다. 벤 로스는 교사 휴게실에 붙어 있는 화장실로 급히 몸을 숨겼다. 갑자기 심장이 쿵쿵거리고 머리는 더욱 쪼개질 듯 아파왔다. 그는 손에 들고 있던 아스피린 세 알을 입에 넣어 꿀꺽 삼키고는, 거울 속 자기와도 마주치기가 싫은지 허공을 쳐다보았다. 지금 나는 뭘 하고 있는 건가? 내가 피하고 싶어 하는 그자는 대체 누구인가? 얼떨결에 독재자가 돼버린 불쌍하고 한심한 역사 선생, 그게 바로 나인가? 스스로를 심문하는 고문관처럼 벤 로스는 혼자 묻고 대답하며 괴로워했다.

반격을 준비하는 '분노의 파도'

데이비드 콜린즈는 최근에 전개되는 상황을 받아들이기가 쉽지 않았다. 왜 파도처럼 훌륭한 동아리에 바로 가입을 안 하는 건지, 데이비드는 그처럼 삐딱하게 나가는 친구들이 너무도 딱하고 안타까웠다. 모두가 파도 회원이 되어 마음을 모았다면 이런 불상사도 없었을 것을! 다 같이 평등한 관계를 맺고 하나의 공동체를 꾸려가는 구성원들의 화합은 그 자체로 얼마나 아름다운가 말이다. 토요일 경기에서 고든이 또한 번 보기 좋게 깨졌다고, 파도가 그토록 함성을 질러봤자 결국 헛일이라고 비웃음을 당하지만, 데이비드는 그런 말에 동의할 수 없었다. 오히려 데이비드는 사람들이 품고 있던 기대가 불합리하다고 보았다. 파도가 요술 지팡이는 아니지 않은가? 파도의 원칙을 축구부에 적용한 지 불과 열흘도 안 된 상태에서, 어떻게 당장 꿈을 이룰 수 있단 말인가? 데이비드는 축구부가 경기에서 패배한 것을 이유로 파도의 성과가 없다는 식으로 단정짓는 분위기에 강한 반감을 느꼈다. 그가 보기에 성과는 충분했다. 그 짧은 기간 동안 축구부에 기강이 잡히고 선수들이 똘똘 뭉친 게 바로 그 증거였다.

데이비드는 로버트 빌링즈를 비롯해서 벤 로스 선생님의 역사 수업을 함께 듣는 몇 명의 다른 친구들과 함께 학교 운동장 잔디밭에 둘러서서, 〈포도나무〉에 실린 기사들 중 눈에 띄는 것을 훑어보았다. 그중 로리가 쓴 칼럼이 특히 그를 언짢게 했다. 그가 아는 한 파도의 회원이 누군가를 위협하거나 해친 일은 결코 없다. 그런데 로리와 편집부 기자들은 마치 그런 일들이 사실인 양 기사화하여 파도에 대한 험담을 늘어놓으며 허튼 수작을 해댔다. 똑똑한 로리가 왜 이렇게 저속한 기사를 마구 써대는지, 데이비드는 이해가 되지 않았다. 익명의 편지는 다 뭐고, 구타를 당한 고2 학생의 사연은 또 뭐란 말인가.

그는 일전에 로리와 다툰 일을 떠올렸다. 그때 그녀는 이미 파도의 일부가 되기를 거부했고, 남자친구인 데이비드에 대해서도 불쾌감을 표현했다. 그렇다고 이렇게 악의적으로 사건을 조작하면서까지 파도를 모함할 필요가 있을까. 자기 맘에 안 들면 그냥 조용히 떠나면 그만이지, 왜 신문반 애들까지 부추겨 굳이 이런 짓을 해야 하는 걸까. 아무리 생각해도 데이비드는 로리가 왜 이토록 파도를 헐뜯고 공격하는데 앞장서는지 알 수 없었다.

데이비드 말고도 로리의 글에 심각한 분노를 느낀 친구가 또 하나 있었다. 바로 로버트였다.

"이런 날조가 어딨어!"

분노로 몸을 떨며 그가 말했다.

"내가 이따위 개소리를 계속 떠들게 가만둘지 알아?"

"잠깐, 로버트. 너무 심각하게 생각할 필요 없어."

몸서리치는 로버트를 보고 데이비드는 오히려 차분하게 목소리를 가라앉혔다.

"로리가 뭐라고 떠들든, 뭐라고 글을 쓰든, 그건 그렇게 큰일이 아냐."

"그걸 말이라고 하냐?"

이번에는 로버트가 벌컥 화를 내며 따졌다.

"이 신문을 본 애들은 파도가 완전히 정신병자 집단인 줄 알 거라구! 그런데도 넌 괜찮다는 거야?"

"그래서 나도 로리를 말렸어. 이 특집호 내지 말라고."

둘의 언쟁을 듣고 있던 에이미가 끼어들었다.

"진정들 해."

데이비드는 더욱 차분해진 목소리로 자신의 의견을 밝혔다.

"우리가 하고 싶어 한다고 해서 다른 사람들이 그걸 따라해야 한다는 법은 없잖아! 우리가 할 수 있는 건 단 하나야. 파도가 멋지게 굴러가도록 만들고 훌륭한 성과를 내면 된다고. 그러면 사람들이 우리가 일군 결과를 보고 파도에 대해 다르게 판단하지 않겠어?"

"하지만 우리가 손을 놓고 가만히 있으면…"

에릭이 반대 의견을 제시했다.

"걔네들은 우릴 계속 씹어댈 거야. 사사건건 트집을 잡을 거라고! 너희들 소문 못 들었어? 오늘 학부모들이 학교에 몰려와서 교장한테 막 따졌대. 다른 선생님들이랑 또 어떤 이상한 사람들까지 몰려와서 항의했다는 얘기도 있어. 상황이 이렇게 돌아가면 앞으로 우리가 그 어떤 훌륭한 일을 해도 〈포도나무〉 같은 반대파들은 무조건 파도를 작살내려 들 거야. 이미 파도는 더 이상 순수하게 받아들여질 수 없게 됐단 말이야."

"이게 다 로리 손더스 때문이야!"

로버트의 말에서 섬뜩한 살기가 느껴졌다.

"다시는 이런 짓 못하게 본때를 보여줄 거야."

데이비드는 이렇게 막나가는 로버트의 말투가 정말 싫었다.

"그만해!"

로버트의 격분을 가라앉히려 데이비드가 한마디하려는 순간, 브라이언이 말을 잘랐다.

"걱정 마라, 로버트. 로리는 데이비드와 내가 접수한다. 그렇지, 데이비드?"

"음… 저…"

우물쭈물하며 제대로 답변하지 못하는 데이비드의 어깨에 브라이언이 손을 얹었다. 그제야 데이비드는 브라이언이 자신과 다른 친구들 간의 쓸데없는 분쟁을 막기 위해 그런 조치를 취한 것임을 깨닫고 동의했다. 로버트도 알았다는 뜻으로 고개를 끄덕였다.

잠시 후 브라이언과 데이비드 둘만 남았을 때, 브라이언은 데이비드의 어깨를 툭툭 치며 어설프게 어른 흉내를 냈다.

"넌 잘할 수 있어, 데이비드! 이 상황에서 로리의 마음을 돌릴 수 있는 건 너뿐이야."

"알아. 하지만 나는 로버트가 저런 식으로 구는 것도 진짜 싫어."

데이비드는 언짢은 기분을 감추지 못하며 로버트에 대한 불만을 토로했다.

"우리 편이 아닌 사람은 무조건 안 된다는 식이잖아. 그렇게 막나가선 안 돼. 오히려 그와 정반대되는 길로 가야 한다고!"

"로버트가 열정이 좀 지나쳐서 가끔 오버하는 경향이 있긴 하지. 우리 중에 그거 모르는 애 있냐? 하지만 그건 그거고, 지금은 로버트 말이 틀리지 않다는 걸 인정해야 해. 로리가 만약 이따위 글을 계속 써 댄다면 파도가 나서서 진짜 본때를 보여줄 수밖에 없다구. 그러니까 앞으로 그러지 말라고 네가 분명하게 얘기하란 말이야. 로리가 그래도 네 말은 잘 듣잖아!"

브라이언의 말은 거의 협박 수준이었고, 데이비드는 그에 선뜻 동의할 수가 없었다.

"난 잘 모르겠다, 브라이언."

"오늘 수업 마치고 우리 함께 로리를 기다리자. 물론 얘기는 네가 하는 걸로. 알았지?"

브라이언이 막무가내로 밀어붙이자 데이비드는 마지못해 고개를 끄덕였다. 그러나 그다지 확신이 서지 않는지, 대답하는 그의 목소리엔 기운이 빠져 있었다.

"그래. 한번 해보자."

15장
마침내 발견한 해답

수세에 몰린 벤 로스

사건이 터진 날 오후, 크리스티 로스는 학생들과 합창 연습을 마친 다음 서둘러 집으로 돌아왔다. 학교가 온통 벌집을 쑤셔놓은 듯 어수선한데 벤 로스는 대체 어디로 사라진 건지 좀처럼 모습을 볼 수가 없었다.

다행히 남편은 집에 있었다. 헐레벌떡 현관문을 열고 집으로 들어온 크리스티는, 식탁 위 산더미처럼 쌓인 자료에 머리를 파묻고 있는 남편에게 다가갔다. 남편 주위에 흐트러진 책들 중에는 '히틀러 소년단'이라는 낱말이 들어간 제목의 책도 몇 권 있었다.

"대체 어떻게 된 거예요?"

벤 로스는 책에서 눈도 떼지 않고 더듬거리며 대답했다.

"음, 일찍 왔어요. 몸이 좀 힘들어서… 여보, 나 지금 할 일이 많아. 내일 수업 땜에 정말로 할 일이 많아요."

"나는 지금 당신하고 얘기를 좀 해야겠어요."

크리스티 로스는 남편에게 제발 자기 말 좀 들어보라고 거의 사정을 했다.

"나중에."

하지만 벤은 아내의 얘기를 들어줄 마음이 없어 보였다.

"나 이거 내일 수업 전까지 끝내야 한다니까? 그러니 좀 봐줘요."

"바로 그 얘기를 하자는 거예요."

크리스티는 더 세게 밀어붙였다.

"수업 시간에 아이들과 하는 파도 얘기를, 지금 여기서 나하고 하잔 말예요. 오늘 학교에서 무슨 일이 벌어졌는지 당신 정말 몰라요? 음악 수업에 애들이 절반밖에 안 들어왔어요. 벤 로스 선생님 수업 간다고, 애들이 거기 몰려가서 줄을 섰다고요. 파도 때문에 학교가 온통 난린데, 당신 정말 아무것도 모르는 사람처럼 대체 왜 이래요? 오늘 복도에서 마주친 선생님들마다 내게 똑같은 질문을 한다. 당신 남편 요즘 뭔 짓을 하고 다니느냐고요. 그러면서 교장 선생님한테 가서 항의할 거래요."

"아, 알았어요. 그분들은 내가 하는 실험 내용을 잘 몰라서 그래. 내가 이제 곧 마무리를 잘 할 거고, 그러면 다 괜찮아질 거요."

벤 로스는 시종일관 차분한 태도로 대답했다.

"여보, 지금 제정신이에요?"

태연하게 들리는 남편의 대답에 크리스티는 더욱 분통이 터졌다.

"지금 상담 선생님들이 당신 수업 듣는 애들 하나씩 불러서 면담한다는 얘기 못 들었어요?"

크리스티는 간신히 흥분을 가라앉히며 이야기를 계속했다.

"당신은 당신이 지금 무슨 일을 하고 있는지 잘 모르는 것 같아요. 그 일은 이미 당신의 통제를 벗어난 지 오래라구요. 다른 선생님들이 뭐라고 하는지 솔직히 말해줄까요? 모두가 당신이 완전히 맛이 갔다고들 수군거려요."

벤은 드디어 책에서 눈을 떼고 아내를 쳐다보며 대답했다.

"알아요. 내가 그 정도 눈치도 없는 사람은 아니에요."

다시 고개를 떨군 그는, 읽던 책을 눈으로 훑으며 말을 이었다.

"나에 대해서 하는 소리도 다 들었어요. 권력에 눈먼 미치광이… 제멋에 겨워 애들을 상대로… 흐음…"

자책하듯 들리는 남편의 말을 자르며 크리스티가 사태를 수습했다.

"말 같지도 않은 그런 말에 상처 입을 필요는 없어요. 당신은 무엇보다 처음에 실험을 시작하면서 정했던 목표만 달성하면 되잖아요. 당신, 그동안 목표가 달라진 건 아니죠?"

벤 로스는 머리에 쥐가 난다는 듯 두 손으로 머리카락을 움켜쥐었다. 파도와 관련해서 자기를 이해해줄 사람은 이 세상에 단 한 명도 없다는 생각에, 그는 외로움과 절망감을 느꼈다.

"난 그래도 당신만큼은 내 편이라고 믿었어요."

그의 말에는 원망이 섞여 있었다. 그러나 아내의 말이 한 점도 틀리지 않다는 것을, 그는 또한 인정하지 않을 수 없었다.

"나는 여전히 당신 편이에요, 벤."

크리스티는 의기소침해진 남편을 위로했다. 그리고 벤 스스로 제정신을 차려서 사태를 잘 수습할 수 있도록 조심스레 이끌었다.

"솔직히 지난주 내내 당신을 보면서 이상한 느낌이 들었어요. 무대 위 배역에 심취해서 집에 와서도 연극을 계속하려는 배우 같았다고 할까요? 나는 당신이 뭔가에 심취하면 깊이 빠져드는 사람이란 걸 알아요. 그래서 그런 모습도 이해할 수 있죠. 하지만 이제는 제자리로 돌아와야 할 시간이에요. 어쩌면 그 시간은 이미 지났을지도 몰라요. 그러니 여보, 제발 빨리 돌아와요."

"알았어요. 진도가 너무 나간 건 사실이니까, 당신한테도 그렇게 보이는 게 당연해요. 하지만 여기서 이대로 멈출 순 없어요."

벤은 머리를 흔들며 말을 이었다.

"그래요. 이제 마무리를 해야지요. 하지만 내겐 정리할 시간이 필요해요. 그런 과정도 없이 무조건 그만둘 수는 없는 노릇 아녜요? 그 시간이 필요하다고요."

"대체 얼마나 더 필요해요?"

크리스티가 화를 내며 따졌다.

"당신 정말 갈 데까지 가자는 얘기예요? 애들이 사태의 심각성을 깨닫고 당신을 경멸하고 분노할 때까지 계속하겠다는 거냐구요!"

아내의 신경질적인 반응에 벤 로스도 짜증 섞인 대답을 했다.

"당신은 나를 진짜 바보로 아는 거요?"

몹시 열받은 듯 씨근거리다 애써 마음을 가라앉힌 그는, 다시 말을 이었다.

"나라고 걱정이 없는 줄 알아요? 하지만 이 실험은 내가 시작했고, 계획에 따라 진행되고 있어요. 여기서 갑자기 중단하면 오히려 아이들은 큰 혼란에 빠질 거예요. 제대로 정리할 시간도 없이 이대로 멈추면, 결국 아이들은 아무것도 배우지 못하고 말 거라고요."

남편의 말에 크리스티는 여전히 짜증 섞인 반응을 보였다.

"그걸 왜 당신이 상관해요? 그건 아이들 일이니 내버려둬요. 괜히 당신이…"

그때였다. 아내가 말을 맺기도 전에 벤이 자리에서 벌떡 일어나 소리를 지르기 시작했다.

"안 돼! 그렇게는 절대 못 해요!"

남편의 고함에 크리스티는 입을 다물었다.

"나는 애들 선생이에요. 여기까지 애들을 끌고 온 게 나고, 끝까지 책임져야 하는 것도 나예요. 물론 나도 이 실험이 지체되어 너무 많이 진도가 나간 점은 인정해요. 그렇다고 여기서 막을 내릴 순 없어요. 최소한 정리할 시간이 필요하단 말예요. 난 지금, 어쩌면 아이들의 삶에서 가장 중요할지도 모를 어떤 것을 가르치고 있다구요. 그런데 왜 당신조차 그걸 모르죠?"

벤 로스는 흥분을 가라앉히지 못한 채 자기의 주장만을 반복했다. 크리스티는 한결 가라앉은 태도로 묵묵히 듣고 있었지만, 그렇다고 남편에게 동의하는 것은 아니었다. 그녀는 애써 마음을 추스르며, 일부러 남편이 아닌 딴 데를 쳐다보면서 말을 이었다.

"글쎄요… 부디 오웬스 교장이 당신을 믿어주면 좋겠네요."

크리스티 로스는 짧게 한숨을 내쉬더니, 마지막 경고라도 하듯 교장의 말을 전했다.

"아까 퇴근하는 길에 교장 선생님께 붙들렸어요. 오늘 하루 종일 당신을 찾으셨대요. 내일 아침 일찍 출근하는 대로 당신을 교장실로 오라셨어요."

두려움의 한가운데에서

신문이 나온 날, 〈포도나무〉 편집부는 학교 수업이 전부 끝난 후에도 늦게까지 남아 자신들의 승리를 자축했다. 출간 당일에 재고가 바닥났다는 건 〈포도나무〉 역사상 전례가 없는 대단한 사건이었다. 더욱이 교사들은 물론 학생들로부터도 파도 운동의 '다른 면모를 파헤친 공로'에 대해 하루 종일 아낌없는 칭찬과 감사의 말을 듣지 않았는가. 그뿐이 아니었다. 특집호 기사를 읽은 학생들이 벌써부터 하나둘 파도에서 탈퇴하기 시작했다는 이야기가 들려왔다.

편집부 회의 결과, 파도를 특집으로 다룬 건 매우 성공적이었다는 평가가 나왔다. 단 한 번의 시도로 파도의 위세를 꺾기엔 역부족이나 엄청난 충격을 입힌 건 사실이라는 데 다들 동의했다. '파도 회원이 아니라는 이유로 왕따를 당한다거나 피해를 입는 일은 더 이상 없을 테니 그 정도만으로도 굉장한 성과'라는 카알의 자평에도, 누구 하나 이견을 달지 않았다.

로리는 다른 편집부 친구들과 자축 겸 평가를 마친 후에도 제일 늦게까지 남아 자리를 정리했다. 여느 단체 회원들이 대개 그렇듯, 편집부 식구들도 놀 때는 미친 듯 열과 성을 다하지만 파장 무렵이면 너도

나도 먼저 꽁무니를 빼기 일쑤다. 고3이 되어 얼떨결에 편집장 자리를 물려받은 이후, 로리는 '장' 자를 단 사람들에게 주어지는 일의 실체를 알고 발등을 찍으며 후회한 적이 몇 번 있다. 말이 편집장이지 막상 눈앞에 떨어지는 일은 누구나 외면하는 시답잖은 것뿐이기 때문이었다. 오늘처럼 다 같이 실컷 떠들며 놀다가 우르르 몰려나간 날도, 편집장만은 마지막까지 남아서 책상 정리며 청소 같은 뒤치다꺼리를 해야 했다.

모든 정리를 마치고 나오니 바깥은 벌써 깜깜했다. 학교 건물에 그녀 혼자 남은 듯, 사방이 침묵에 싸여 있었다. 학보 편집실 문을 잠그고 사물함이 있는 쪽을 향해 복도를 걸으며 로리는 왠지 모르게 심장이 빨리 뛰는 것을 느꼈다. 특집호를 내기로 결정하고부터 줄곧 그녀를 괴롭혀온 불안증이 또 도지는 것만 같았다.

〈포도나무〉 특집호로 파도가 타격을 입은 건 맞지만 아직 그 세력이 상당하다는 게 로리의 마음에 걸렸다.

'그렇다고 설마 무슨 일이야 있겠어? 잘못하다가는 노이로제나 편집증에 걸릴 수 있으니 마음을 편히 먹어야 해. 파도는 그저 하나의 교실 안에서 진행된 실험일 뿐이지 공포의 대상이 아니야. 아이들이 잠시 길을 잃어서 문제가 생긴 기니 그것만 바로잡으면 돼. 너무 노심초사하며 심각하게 걱정할 필요가 없다고!'

로리는 최대한 긍정적으로 생각하면서 자신의 불안감을 떨쳐내려 애썼다. 하지만 귀신이라도 튀어나올 것처럼 적막하고 어두운 학교 복도를 혼자 걷는 일은 역시 무서웠다. 건물 곳곳에서 울리는 기계음은 음산하게 들렸고, 화재나 도난을 알리는 경보 장치와 연결된 전깃줄들은 으스스하게만 보였다. 이 모든 상황에 등골이 오싹해진 로리는, 급기야 자기 신발이 딱딱한 복도 바닥에 부딪치는 소리에도 섬뜩함을 느꼈다. 한 걸음을 옮길 때마다 미세하게 떨리는 창문 소리가 흡사 음울한 메아리가 되어 복도에 울려 퍼지는 것만 같았다.

마침내 사물함이 있는 곳에 도착한 로리는 순간 소스라치게 놀라고 말았다. 자기 사물함에 붉은 페인트로 "파도의 적!"이라는 글자가 쓰여 있었기 때문이다. 누군가 자기를 저주하고 있다 생각하니 로리는 더 이상 담대함을 유지할 수 없었다. 뭔지 모르게 쿵쿵 하는 소리가 복도를 울리며 그녀의 가슴을 두드려대기 시작했다. 괜찮아, 괜찮아… 날 겁주려 그런 것뿐이야. 로리는 입안에 고인 침을 꿀꺽 삼키며 잠시 가슴을 진정시킨 다음 사물함 자물쇠의 비밀번호를 맞추었다. 그런데 마지막 숫자가 딱 맞춰지는 순간, 어디서 무슨 소리가 난 것 같았다. 여기 나 말고 누가 또 있나? 로리는 얼른 자신의 사물함에서 물러섰다. 애써 눌러둔 두려움과 공포가 더 세게 밀려와서 도저히 감당할 수가 없었다.

그때 아까처럼 어떤 소리가 한 번 더 들렸다. 발소리인 것 같았다. 그녀는 오던 길을 되돌아 걸음을 빨리했다. 발소리는 점점 더 커지는 듯했다. 설상가상으로 복도 끝에 있는 작은 조명 몇 개마저 순식간에 꺼져버리고 말았다. 로리는 겁에 질린 채 뒤돌아서서 어두컴컴한 복도 구석구석을 살펴보았다. 누가 내 뒤를 밟기라도 하는 걸까? 아니면 아래층에서 누군가가 나를 기다리고 있는 것일까? 로리는 복도 끝에 비상구가 있다는 것을 기억해내고 그쪽으로 걸음을 옮겼다. 얼마 안 되는 그 시간이 마치 정지된 것처럼 길게 느껴졌다. 다행히 복도 끝에는 비상구가 있었다. 그러나 굳게 잠긴 이중 철문은 아무리 로리가 젖 먹던 힘까지 쏟아부어도 꼼짝하지 않았다.

거의 혼비백산한 로리는 비상문 가까이에 있는 또 다른 문으로 달려가 매달렸다. 손잡이를 비틀면서 엉덩이로 세게 밀어내자, 놀랍게도 문이 활짝 열리면서 동시에 로리의 몸이 건물 밖으로 튕겨져 나왔다. 바깥 공기는 시원했다. 하지만 로리는 그것을 느낄 겨를도 없이 이를 악물고 죽어라 앞을 향해 내달렸다. 얼마나 시간이 흘렀을까. 다리가 풀리고 숨이 차서 로리는 더 이상 그 속력을 유지할 수 없었다. 그녀는 사물함에 넣으려던 책들을 가슴에 움켜 안은 채 속도를 늦췄다. 가쁜 숨을 몰아쉬며 주변을 둘러보니 아무도 없었다. 그 어떤 인기척도 없음을 확인하고 나서야 마음이 조금 진정되는 듯했다.

데이비드, 절벽 끝에서 깨닫다

얼마 전에 면허를 딴 브라이언은 운전 실력도 발휘할 겸 아버지 차 조수석에 데이비드를 태우고 학교 근처로 왔다. 로리가 신문 편집부 모임이나 일이 있어 늦게 귀가할 때면 밤새도록 불을 켜놓는 테니스장 옆길을 주로 이용한다는 것을, 데이비드는 잘 알고 있었다. 그래서 둘은 테니스장으로 향하는 길목을 지키기로 하고, 인근에 차를 세운 후 벌써 한 시간 남짓 차 안에서 시간을 보내고 있었다.

브라이언은 운전석에 앉아 사이드미러를 통해 로리가 오는지를 살피면서 휘파람으로 무슨 가락을 불어댔다. 음정과 박자가 모두 불안정한 탓에 데이비드는 브라이언이 흥얼거리는 곡이 무슨 노랜지 알 수 없었다. 환하게 불이 켜진 테니스장에서는 툭툭 단조롭게 테니스공 튀는 소리가 들려왔다.

"브라이언, 그거 무슨 노래냐?"

한참을 아무 얘기도 안 하고 있다가 먼저 데이비드가 입을 열었다.

"뭐라고?"

혼자만의 생각에 빠져 있었는지 브라이언은 데이비드의 질문을 알아듣지 못했다.

"너 방금 분 휘파람, 그게 무슨 노래냐고 물었어."

브라이언은 어이가 없다는 듯 내뱉었다.

"고든의 응원가잖아. '푸른 파도의 함성'도 모르냐?"

음치에 박치까지 겸한 브라이언은 자기 나름대로 천천히 마디를 끊어가며 다시 휘파람을 불어댔다. 하지만 데이비드가 듣기엔 아까와 똑같았다. 브라이언이 알려주지 않았다면 여전히 무슨 노랜지 알 수 없을 거라고 그는 생각했다.

"이젠 알겠어?"

브라이언의 말에 데이비드는 고개를 끄덕여주었다.

"응. 아주 잘했다, 브라이언."

데이비드가 대답한 후 시선을 돌려 테니스장에서 열심히 뛰어다니는 사람들을 물끄러미 바라볼 때였다. 브라이언이 자세를 곧추세우며 말했다.

"저기 온다!"

데이비드는 고개를 돌려 언덕 꼭대기에서 테니스장으로 이어지는 길목의, 환하게 불이 켜진 곳을 살펴보았다. 종종걸음으로 걸어오는 여자는 틀림없는 로리였다. 데이비드는 얼른 자동차 문의 손잡이를 잡으며 말했다.

"나 혼자 갈게."

문을 열고 차에서 내리며 데이비드는 다시 한 번 확실하게 못을 박았다.

"내가 알아서 할 테니까 여기서 그냥 기다려."

"로리가 네 말귀를 알아들으면 상관없지 뭐."

파도 회원이 된 후 평소의 유들유들한 장황하오체까지 잊어버리고 마냥 다급한 말투로 말하기 시작한 브라이언은, 자기도 강조할 게 있다는 듯 단호한 목소리로 덧붙였다.

"하지만 계속 설쳤다간 큰코다친다고 해. 마땅한 벌을 각오하라 그러라구!"

"알았어."

데이비드는 차에서 내리며, 브라이언이 어느새 로버트의 말투를 닮아간다는 생각을 했다. 하지만 그 문제와 별도로 지금은 로리를 붙들어 설득하는 게 급선무였다. 데이비드는 그녀를 만나 뭐라 해야 할지 사실 막막했다. 다만 이 심각한 상황을 풀어가기에는 로버트의 말투를 닮아가는 브라이언보다 그래도 자신이 좀 낫다고 여겨 나선 것뿐이었다.

데이비드는 간신히 로리를 붙잡을 수 있었다. 헉헉거리며 달려갔지만 로리가 멈추지 않는 바람에 데이비드는 숨 돌릴 틈도 없이 로리를 따라 걸어가며 말을 붙여야 했다.

"로리, 얘기 좀 해! 야, 제발 나랑 얘기 좀 하자니까."

데이비드는 로리에게 간곡히 사정했다.

"너한테 할 말이 있어. 아주 중요한 얘기란 말야."

로리는 그제야 속도를 늦추고 데이비드를 보았다.

"이제 괜찮아, 로리! 아무도 없어. 여긴 나 혼자라구…."

데이비드의 말에 로리는 걸음을 멈추고 그 자리에 섰다. 데이비드는 그녀가 양팔로 책을 끌어안은 채 겁먹은 얼굴로 숨을 헐떡거리고 있다는 사실을 비로소 눈치 챘다.

"그런데… 데이비드!"

로리는 주변을 둘러보며 데이비드에게 대꾸했다.

"난 네가 이렇게 혼자 있는 건 본 적이 없거든. 네 쫄따구들은 어디 있는 거야?"

데이비드는 로리의 가시 돋친 말에 기분이 상했지만 지금은 그녀의 성질을 건드릴 때가 아니었다. 그녀를 달래서 서로 좋은 쪽으로 타협을 보는 것, 그게 데이비드가 해야 할 중요한 과제였다.

"아냐, 로리. 너랑 둘이서만 얘기하러 온 거야. 내 말 잠시 들어줄 수 있지, 응?"

하지만 로리의 반응은 여전히 싸늘했다.

"데이비드, 네가 하고 싶은 이야기는 며칠 전에 다 하지 않았니? 똑같은 말은 더 이상 듣고 싶지 않아. 내가 바보도 아니고, 그럴 필요는 없잖아. 게다가 난 지금 너무 피곤해. 그만 갈게, 저리 비켜."

데이비드는 차분하게 설명해서 로리를 설득하겠다는 결심이 흔들리는 것을 느꼈다. 아니, 자꾸 화가 치밀어 그럴 수가 없었다. 사람이 얘기를 하겠다는데 들을 필요가 없다니, 어떻게 사람을 이토록 무시할 수가 있단 말인가!

"로리, 너 〈포도나무〉에 우리 헐뜯는 글 좀 그만 써. 다시는 절대 하지 마. 네가 얼마나 큰 잘못을 저지르고 있는 줄 아니? 모든 문제가 다 너 때문이잖아!"

사정을 해도 들어줄까 말까인데 심지어 대놓고 윽박지르다니. 로리는 데이비드의 태도에 몹시 화가 나서 야멸차게 되갚아주었다.

"모든 문제를 일으키는 건 내가 아니라 바로 파도야, 데이비드!"

"그렇지 않아…"

로리의 기세에 오히려 머쓱해진 데이비드는 다시 목소리를 누그러뜨리고 그녀를 설득하기 시작했다.

"로리, 우리는 친구잖아. 그런데 왜 그토록 우리를 몰아세우냐? 이제 그만 좀 해. 전처럼 우리와 함께하자고…"

로리는 쌀쌀맞게 고개를 흔들었다.

"난 부디 빼줘! 벌써 말했잖아, 탈퇴한다고. 이따위 애들 장난은 그만 집어치워. 다치는 사람이 너무 많잖니?"

그녀는 다시 걸음을 재촉했고, 데이비드는 계속 그녀를 따라가며 사정했다.

"그건 오해야! 건달 몇 놈이 주먹질로 파도를 팔아먹었다는 걸 모르 겠니? 파도는 아이들에게 정말 좋은 영향을 끼치고 있어. 그건 너도 인정하잖아. 조금만 기다려줘. 파도가 제자릴 잡으면 학교가 진짜 달 라질 거야. 우리는 할 수 있다구!"

데이비드의 장황한 설명을 로리는 단칼에 잘라버렸다.

"그 영광의 길에서 나는 부디 빼주길 바래!"

데이비드는 도대체 말이 통하지 않는 로리가 답답해 미칠 지경이었 다. 미꾸라지 한 마리가 온 개천을 흙탕물로 만든다더니, 그녀가 지금 꼭 그런 짓을 하고 있는 게 아닌가. 데이비드는 그와 같은 사태가 지속 되는 것을 막기 위해 어떻게든 로리를 설득하고 납득시켜야 한다고 여 겼다. 그리고 그런 일을 할 사람은 자기밖에 없다고 생각했다. 갑자기 마음이 급해진 데이비드는 잰걸음으로 앞만 보고 가는 로리를 붙들기 위해 그녀의 팔을 움켜잡았다.

"이거 놔!"

로리는 거세게 뿌리쳤지만, 데이비드는 더 힘껏 그녀의 팔을 붙들 며 하소연했다.

"로리, 하지 마! 그러면 안 돼."

데이비드의 머릿속엔 어떻게든 그녀의 다음 행보를 막아야 한다 는 생각밖에 없었다.

"데이비드, 이 팔 놔!"

"로리, 그따위 글은 이제 집어치워! 파도를 헐뜯는 짓은 그만두란 말 야! 너 땜에 상처 입는 애들 생각도 좀 해보라고!"

하지만 데이비드가 아무리 윽박지르고 애원을 해도 로리는 동요하지 않았다.

"나는 계속 쓸 거야. 내게도 표현의 자유란 게 있으니까. 여긴 민주 국가 아니니? 그런데 왜 네가 나서서 내가 쓰는 글에 밤 놔라 대추 놔라 잔소리니? 네가 뭔데 나한테 이래라저래라 간섭이냐구!"

로리는 한 치의 양보도 없이 데이비드를 몰아세웠다. 말싸움에서 밀린 데이비드는 분을 이기지 못하고 그녀의 남은 팔마저 꽉 붙들었다. 이 멍청한 계집애, 세상에 이런 바보가 어디 있어! 데이비드는 너무 화가 나서 더 이상 자초지종을 따져볼 마음이 들지 않았다. 아니 파도가 얼마나 근사하고 훌륭한 조직인데, 어디가 맘에 안 든다고 이 난리를 치는 거냔 말야!

"로리, 너 정말 말 안 들을래?"

데이비드의 말은 이제 거의 협박이나 다름없었다. 로리는 그런 데이비드의 손아귀에서 팔을 빼내려고 마구 몸부림을 쳤다.

"나, 너 경멸해!"

그녀는 울부짖었다.

"너희들 모두! 이젠 파도라는 이름만 들어도 소름끼쳐!"

로리의 선언에 데이비드는 말 그대로 온몸에 소름이 쫙 돋았다. 거칠게 따귀라도 맞은 듯 얼굴이 얼얼했다.

"입 닥쳐!"

데이비드는 이성을 잃어버린 듯 고함을 지르며 그녀를 냅다 밀쳐버렸다. 로리의 몸이 기우뚱하며 잔디밭으로 쓰러졌고, 두 손으로 움켜

쥐고 있던 책들도 땅바닥에 흩어졌다.

이런 상황에 누구보다 놀란 것은 데이비드였다. 잔디밭에 엎어진 채 움직이지 않는 로리를 보며 데이비드는 눈앞이 하얘지는 것만 같았다. 잠시 후 제정신이 돌아온 그는 서늘한 공포를 느끼며 무릎을 꿇어 그녀의 몸을 부축해주었다.

"로리… 괜찮니?"

로리는 고개를 끄덕였다. 앙다문 입술 사이로 울음소리가 새어 나왔다. 설움이 복받친 듯, 그녀는 아무 말도 못하고 그저 울음만 삼키고 있었다.

데이비드는 몸 둘 바를 모르고 쩔쩔매면서 그녀를 일으켜 세웠다. 그러고는 간신히 입을 열어 모기처럼 작고 가는 목소리로 속삭이듯 말했다.

"미안해."

방금 전까지 목청을 돋우며 데이비드를 공격하던 로리의 몸이 어느새 공포에 질린 듯 떨고 있었다. 그녀를 붙든 데이비드의 손에도 그 떨림이 전해졌다. 누구보다 사랑하는 여자친구를 이렇게 떠밀고 아프게 하다니… 그는 부끄러움과 비참함에 어디론가 숨고만 싶었다. 하지만 한편으로는 이제야 아득한 환각 상태에서 깨어나 정신이 드는 것도 같았다.

로리처럼 예쁘고 똑똑한 애를 이렇게 몰아세워서 뭘 어쩌자는 건가? 이런 방법 말고 다르게 처신할 수는 없었을까? 데이비드 콜린즈의 인격이 겨우 이 정도란 말인가? 파도는 절대 누구에게도 해를 입히

거나 고통을 준 적이 없다고 주장하면서, 이건 무슨 말도 안 되는 짓인가? 다른 사람도 아닌 내가, 그것도 파도의 이름으로 여자친구에게 이런 폭력을 행사하다니 이건 분명히 미친 짓이다!

수많은 질문을 던지며 스스로를 돌아본 데이비드는, 자신이 생때를 쓰며 억지를 부리고 있다는 것을 알았다. 또한 신념 하나로 모든 걸 밀어붙일 수 있다는 생각 자체가 잘못된 것임을, 이런 식의 억지와 남용을 부리도록 만드는 조직이라면 심각한 문제를 안고 있는 게 틀림없음을 깨달았다.

한편 데이비드를 기다리던 브라이언은 차에 시동을 걸고 서서히 운전을 시작했다. 저 앞에서 두 사람이 사이좋게 걸어가고 있었다. 그 모습을 확인한 브라이언은 두 사람 곁을 지나 깊은 어둠 속으로 차를 몰고 달려갔다.

현실과 도박 사이에서

남편과 제대로 대화를 하지 못했다는 생각에, 크리스티는 밤늦도록 잠을 이룰 수 없었다. 침대 위에서 이리저리 뒤척이던 그녀는 몸을 일으켜 남편이 작업에 열중하고 있는 서재로 갔다.

"여보!"

그녀의 목소리가 예사롭지 않았다.

"방해해서 미안해요. 근데 암만 생각해도 당신하고 꼭 이야기를 해야 할 것 같아요."

벤 로스는 책상에서 몸을 떼고 의자 뒤로 허리를 젖히며 별로 달갑지 않은 얼굴로 아내를 바라보았다.

"여보, 파도 말이에요. 내일 당장 정리하세요."

크리스티는 조심스레 남편을 설득하기 시작했다.

"당신한테 이 일이 얼마나 소중하고… 그래요. 얼마나 큰 열정으로 당신이 그동안 이 실험에 정성을 쏟았는지 잘 알아요. 아이들에게 정말 중요한 걸 깨닫게 하려는 당신의 마음도 충분히 이해해요. 하지만 어떤 미련도 버리고 내일은 무조건 중단시키세요."

아내의 끈질긴 설득에 벤은 더욱 못마땅한 표정을 지으며 짜증 섞인 목소리로 답했다.

"당신, 나한테 어떻게 그런 말을 할 수 있어요?"

더 이상 어떤 응석도 받아들이지 않겠다고 결심한 어머니처럼, 그녀는 단호하게 거의 최후통첩을 하듯 설명했다.

"당신이 지금 중단하지 않으면 교장 선생님이 먼저 나서서 정리하시리라고 나는 확신해요. 당신이 줄곧 말하는 그 마무리란 거, 아이들과 함께해야 한다는 그 일이 뭔지 나도 알 것 같아요. 하지만 여보, 이 실험을 처음 구상했던 때를 생각해봐요. 아이들의 호응이 없었다면 당신이 이렇게까지 질질 끌지 않았을 거 아녜요? 당신 자리를 걸면서까지 이 일에 집착하지는 않았을 거 아니냐고요. 최악의 경우, 만약 학부모들이 가만있지 않는다면 어쩌려고 그래요? 당신을 학교에서 쫓아낸다면 말예요."

벤 로스는 물끄러미 아내를 바라보다 피식 웃으며 말했다.

"왜 그렇게 극단적인 생각을 하고 그래요?"

"그렇지 않아요, 여보!"

크리스티는 강경했다.

"이건 현실이고, 지금 당신이 벌이는 실험은 엄청난 도박이에요. 그런 생각 못해 봤어요? 당신의 인생뿐 아니라 내 인생까지 담보로 잡히고 벌이는 도박이었단 말예요. 당신은 아니라고 하겠지만, 남들은 그렇게 보지 않아요. 당신 아내라는 이유로 나 역시 파도와 무관하지 않은 사람이 돼버렸다구요. 이 학교에 와서 내가 지난 2년 동안 얼마나 열심히 가르쳤는데, 이렇게 온갖 불명예를 안고 파면당할 위기에 처한다는 게 말이 돼요? 억울하고 기막힌 내 심정을 조금이라도 이해한다면, 내일 당장 정리하세요. 내일 아침 바로 교장 선생님 만나서 이제 다 정리되었다고 말씀드리라고요."

벤에게는 아내의 말이 야속하고 서운하게 느껴졌다.

"여보, 어떻게 당신이 그런 말까지…"

"아니, 이제 당신에게 다른 선택이란 없어요."

더 이상 물러서지 않겠다는 듯 강경하게 대응하는 아내에게, 벤은 정황을 설명하기 시작했다.

"최소한 아이들에게 스스로 생각할 시간은 주어야지요. 그런 틈도 주지 않은 채 당장 모든 걸 중단시키면 아이들이 뭘 배우겠어요. 무엇이 옳고 무엇이 그른지 판단할 수 있는 힘을 어떻게 기르겠느냐고요."

"그건 당신 능력에 달렸죠! 그러니 그 방법을 생각해내요."

크리스티 로스는 다시 한 번 단호하게 덧붙였다.

"당신은 할 수 있어요!"

아내를 곁에 두고 벤 로스는 이마를 벅벅 문지르며 생각에 잠겼다. 내일 아침 오웬스 교장을 만나 무슨 얘기를 어떻게 해야 할지가 고민이었다.

벤은 늘 오웬스 교장을 좋은 사람으로 여겨왔다. 그는 여느 교장과 달리 독특한 발상이나 새로운 교육 방법도 마음을 열고 흔쾌히 받아들이는 편이다. 하지만 지금으로서는 오웬스 교장도 파도를 곧 중단하라는 강력한 조치를 취할 수밖에 없다고, 벤은 생각했다. 많은 학부모들과 동료 교사들이 파도에 반대 입장을 취하고 있는 데다, 이런 분위기는 앞으로 더욱 고조될 전망이기 때문이다.

그렇다면 벤으로서는 교장에게 시간을 좀 달라고 사정할 도리밖에 없었다. 모두가 등을 돌려 졸지에 외톨이 신세가 된 벤에게 무슨 다른 선택이 있을 수 있겠는가. 그는 사정을 하고 매달려서라도 정리할 시간을 따내겠다는 결심을 굳혔다. 자신이 여태껏 파도에 들인 정성과 노력이 하루아침에 무너지는 게 걱정되어서가 아니었다. 벤은 예상보다 파장이 컸던 이 시끄러운 실험을 통해 아이들이 겪은 다양한 체험을 스스로 해석하고 정리할 여유도 주지 않고 실험을 중단한다면, 그건 절반쯤 읽은 소설을 강제로 빼앗는 짓이나 다름없다고 여겼다.

물론 벤도 아내 크리스티가 지적하듯 파도의 작태를 하루빨리 집어치워야 한다는 점에는 백퍼센트 동의했다. 그러나 언제 마무리하느냐보다는 어떻게 마무리하느냐가 더 중요하다고 보았고, 그 '어떻게'는 전적으로 아이들 자신의 깨달음과 결정에 달려 있다고 믿었다. 벤은 그러한 과정을 따르지 않을 경우 실험이 애초 의도했던 목적마저 이루지 못한 채 허무하게 소멸하고, 그로 인해 아이들은 그동안 경험한 것에서 아무것도 배우지 못한 채 상실감과 좌절감만 얻게 되리라 생각했다.

"여보, 나 좀 도와줘요…."

벤은 잔뜩 기운이 빠진 목소리로 아내에게 부탁했다.

"하루빨리 정리하고 수습을 해야 한다는 건 확실하지만, 너무 머리가 아파 어떻게 해야 할지 도무지 모르겠어요."

대책 없는 남편의 호소에 크리스티는 한숨을 내쉬었다.

"내일 아침 교장 선생님한테 가서도 그렇게 말할 거예요? 하루빨리 정리하고 마감할 작정인데 어떻게 할지 잘 모르겠다고요? 남들은 다 당신을 파도의 지도자로 알고 있는데 어떻게 그런 말을 해요?"

아내의 지적은 가혹했다. 하지만 그건 한 치도 어긋나지 않는 정확한 평가였다. 파도 회원들은 벤 선생님을 정말로 훌륭한 지도자로 믿고 따랐고, 그 점을 벤도 잘 알고 있었다. 본인은 결코 그렇게 생각한 적 없다고 해도 그건 변명이 될 수 없었다. 그가 아이들에게 그래선 안 된다고 딱 잘라 말한 것도 아니기 때문이다.

더군다나 벤은 때때로 교실을 꽉 메운 학생들이 자신의 일거수일투족을 주시하며 그대로 따라하고 열광하고 복종하는 것에 가슴 벅찬 희열을 느끼곤 했다. 또한 자신이 고안한 파도 문양을 새긴 포스터를 교내 여기저기에 붙이게 해서 누구라도 그것을 볼 수 있게 만들었고, 심지어는 벤의 보디가드가 되겠다는 로버트의 요청을 받아들이기까지 했다. 이 모든 정황은 벤이 다른 이들을 설득하는 데 전혀 도움이 되지 않았다. 오히려 벤 로스가 파도를 통해 자신이 누리는 권력의 속성을 관찰하며 은밀하게 그 묘미를 즐기고 있었던 건 아닌지, 의심을 하게 만들기에 충분했다.

섬광처럼 떠오른 해결의 열쇠

벤은 지난 며칠간 자신이 벌인 행적을 돌아보며 "권력은 본디 매혹적이라 사람을 혼수상태에 빠뜨린다"는 구절을 떠올렸다. 언젠가 어느 책에서 읽은 그 문장이 현재 자신의 알몸을 비추는 거울처럼 느껴졌다. 독재자들에게나 해당되는 줄 알았던 '권력 중독'이 바로 나의 문제였다니! 벤은 다시 손가락을 머리칼 사이에 넣고는 여러 번 문질렀다. 권력의 속성과 그것이 주는 야릇한 묘미에 취해 있다가 그 호된 매운맛에 제대로 당한 느낌이 들었다. 그래, 바로 이거야. 파도는 이제 더이상 매혹적이고 황홀한 경험일 수 없어. 그 속에 내재한 맵고 아린 맛을 통해 뼈저린 교훈을 얻어야 한다고!

"여보, 무슨 생각하세요?"

갑작스런 아내의 질문에 벤은 깜짝 놀라며 대답했다.

"음, 됐어요. 답을 찾아낸 것 같아!"

벤은 파도를 정리하기 위해 자신이 고안한 놀라운 방법에 무릎을 치지 않을 수 없었다. 그 방법은 다름 아닌 여태까지 내렸던 그 어떤

'명령'보다 더 황당하고 궁극적인 명령을 내리는 것이었다. 이번에도 아이들이 무조건 그를 따라줄지는 알 수 없었다. 하지만 그렇게만 되면 모든 문제가 단박에 해결된다는 데, 벤은 희망을 걸었다. 더군다나 이 방법은 내일 당장 시행할 수 있다는 점에서 더욱 탁월해 보였다.

"이토록 간단한 답이 있는 걸… 여보, 이제 걱정 말아요. 문제 다 풀었어요!"

크리스티는 믿기 어렵다는 표정으로 남편을 바라보았다.

"정말이에요? 어떻게 할 건데요? 당신 정말, 자신 있어요?"

벤은 고개를 갸웃했다.

"장담하긴 어렵지만 할 수 있을 거라 믿어요."

무거운 짐을 내려놓은 듯 환하게 웃는 남편에게 크리스티는 고개를 끄덕여주었다. 시계를 보니 밤이 매우 깊었다. 크리스티는 갑자기 피로와 졸음이 몰려오는 걸 느꼈다. 그녀는 남편에게 몸을 기대어 이마에 키스해주었다. 그의 이마가 땀으로 흠뻑 젖어 있었다.

"이제 그만 자요."

"책상만 정리하고 들어갈게요."

아내가 침실로 들어간 후 벤 로스는 내일 진행할 일을 다시 한 번 그려보았다. 무난하게 처리할 수 있겠다는 안도감에 그는 가슴을 쓸어내렸다. 자리에서 일어나 서재 불을 끄고 복도로 나서는데 현관 벨이 울렸다. 그는 졸린 눈을 비비며 현관으로 달려갔다. 이렇게 늦은 시간에 누가 찾아 왔을까?

"누구세요?"

"저희요, 선생님! 데이비드 콜린즈하고 로리 손더스예요."

벤은 깜짝 놀라 문을 열었다.

"무슨 일이니?"

밖에 선 두 사람을 보고 벤 로스가 물었다.

"이 늦은 시간에 어쩐 일들이야?"

"긴히 드릴 말씀이 있어서요. 너무도 중요한 일이라…"

데이비드의 말에 벤은 일단 두 사람을 안으로 들였다.

"어서들 와서 앉거라."

벤 선생님의 안내에 따라 데이비드와 로리가 거실에 들어섰다. 둘 다 상당히 지쳐 보이는 얼굴이었다. 무언가에 몹시 휘둘리고 있는 듯 불안한 기운마저 느껴졌다. 파도와 관련해 또 무슨 일이 터진 건 아닐까 싶어 벤 로스는 가슴이 쿵 하고 내려앉았다. 소파에 나란히 앉은 두 사람 중 먼저 데이비드가 입을 열었다.

"선생님, 저희를 도와주세요."

격앙된 그의 목소리가 사뭇 떨렸다.

"무슨 일이니?"

벤도 조마조마한 가슴을 달래며 그에게 자초지종을 물었다.

"무슨 일이라도 터진 거니?"

"저, 파도 말이에요."

역시 데이비드가 먼저 운을 뗐지만, 정작 그는 무슨 말을 해야 할지 모르는 눈치였다.

"벤 로스 선생님!"

머뭇거리는 데이비드를 대신해 로리가 말을 이었다.

"선생님께서 이 실험을 얼마나 중요하게 여기시는지 잘 알아요. 그런데 음… 진도가 너무 나가버린 것 같아요."

벤 로스가 뭐라고 대답하기도 전에 데이비드가 다시 입을 열었다.

"정도를 지나쳤어요, 선생님. 이제는 누구도 반대 의견을 낼 수 없게 되었거든요. 모두들 그걸 겁내고 있어요."

데이비드가 현재의 심각한 상황에 대해 거칠게 묘사하자, 뒤이어 로리가 설명을 보탰다.

"많은 아이들이 공포를 느낀다는 말이에요."

로리는 긴장한 듯 꿀꺽 침을 삼키고 난 뒤 좀 더 상세하게 이야기하기 시작했다.

"다들 진짜 겁쟁이가 돼버린 것 같아요. 아무도 파도에 대해 나쁜 말을 못해요. 그럴 엄두를 내지 못하는 거예요. 더군다나 파도가 벌이는 활동에 동참하지 않으면 무슨 나쁜 일이라도 당하지 않을까 겁을 먹고 불안에 떨고 있어요."

벤 로스는 고개를 끄덕였다. 기대했던 반응이 바로 이 아이들을 통해서 나타나기 시작했다는 사실에, 그는 몹시 기뻤다. 일이 이렇게만 진행된다면 파도에 대해 품었던 우려는 전부 기우였음이 밝혀질 텐데. 이런 생각만으로도 그는 날아갈 듯 행복해졌다. 벤은 자기가 본래 의도했던 실험의 목적이 드디어 달성되리라는 예감에 전율했다. 파도의 궁극적인 목표가 무엇이었던가. 나치 치하 독일에서의 삶이 과연 어떠했을지 그대로 느껴보는 것, 바로 그것이었다. 그 몹쓸 체험을 돕기 위해 벤은 교사로서 실험에 참여하는 학생들이 공유해야 할 몇 가지 조건들을 설정해주었을 뿐이다. 그런데 이제 아이들의 입에서 불안과 공포, 폭력과 강요 등의 표현이 튀어나오고 있으니, 이거야말로 파도가 완벽하게 성공을 거둔, 그야말로 환상적인 실험이라는 증거가 아니고 무엇이란 말인가.

"이제는 친구들끼리 수다를 떨 때도 누가 혹시 엿듣는 게 아닌가 싶은 불안에 자꾸 주변을 돌아보곤 한다니까요!"

계속되는 로리의 하소연에 벤 로스는 터져 나오는 웃음을 억누르기가 힘들었다. 마음 같아서는 환호성을 지르며 공중으로 펄쩍뛰고 싶었다. 하지만 그럴 수는 없는 일이기에 벤은 솟구치는 충동을 애써 가라앉히며 연방 고개만 끄덕거렸다.

그러다 어느 순간, 벤은 지난주 수업 시간에 학생들이 토론하던 장면을 떠올렸다. 그때 몇몇 아이들은 나치의 위협을 심각하게 여기지 않다가 무참하게 당한 유대인들과, 집단수용소니 가스실이니 하는 엄청난 소문들이 떠돌아도 그를 무시하고 몸을 피하지 않아 희생된 유대인들을 비판했다. 그들이 조금만 신중하게 처신했어도 최소한 죽음은 피해갈 수 있었으리라는 게 그 아이들의 논지였다. 하지만 벤은 속으로 반론을 제시했다. 멀쩡한 정신을 가진 사람이 과연 그런 이야기와 소문을 믿을 수 있겠는가, 하는 생각이 들었기 때문이다.

벤이 굳이 지나간 아이들의 토론 장면을 떠올린 이유는, 그때 아이들이 토론 주제로 삼은 독일 유대인들의 상황과 지금 고든 고등학교의 상황이 너무나 닮아 있어서였다. 고든 고등학교는 누가 봐도 지극히 평화롭고 안정된 환경에 놓여 있다. 학생들도 대개 이 지역에 오래 뿌리 내리고 살아온 중산층 가정의 자녀들이다. 그런데 지금 그들은 파도라 불리는 파시스트 동아리에 미쳐 있다. 자, 이 말을 누가 믿을 수 있겠는가? 이 시점에서 벤은 또 다른 질문이 자기 안에서 싹트는 것을 느꼈다. 그건 파시즘에 관한 것이었다. 파시즘은 대체 어디서 무얼 먹고 자라는 걸까? 평소에는 드러나지 않는 인간 내면의 어두운 그늘에서 쉽게 번져가는 그것은, 일종의 독버섯 같은 것일까? 벤은 정말로 그 점이 궁금했다.

로리가 잠시 말을 멈추자, 데이비드가 뭔가 끔찍한 기억을 떨어내려는 듯 머리를 흔들며 입을 열었다.

"오늘 저녁… 저도 실은 로리에게 하마터면 주먹을 날릴 뻔했어요."

그는 조금 과장된 몸짓으로 가슴을 쓸어내렸다.

"어떻게 그런 일이 벌어졌는지 정말 모르겠어요. 한 가지 확실하게 말씀드릴 수 있는 건, 저 역시 파도의 광기에 사로잡혀 있었다는 거예요. 말썽을 일으킨 친구들을 향한 저의 분노와 공격성, 그것도 결국은 광포한 파시즘의 열정이었던 거죠."

"선생님, 빨리 중지시켜야 해요!"

로리는 안타까운 목소리로 벤 로스에게 호소했다.

"그렇게 해야지!"

벤은 미소를 애써 감추며 무덤덤하게 대답했다.

"언제요, 선생님?"

자신들의 이야기가 충분히 전달되지 않았다고 느꼈는지, 데이비드는 더더욱 강력하게 벤 선생님을 압박하려 들었다. 벤은 그런 데이비드가 너무도 눈물나게 고마운 나머지, 하마터면 두 사람에게 자신의 계획을 다 털어놓을 뻔했다. 하지만 그는 무엇이 진짜 중요한지를 잊지 않았고, 그래서 간신히 충동을 억제할 수 있었다. 파도의 마무리는 파도 회원들 스스로 결정해야 한다는 것, 그게 바로 벤이 가장 중요하게 여기는 원칙이었다. 그럴 때라야 비로소 실험의 목적이 완벽하게 달성될 것이기에, 벤 로스는 이미 정답을 찾아낸 아이들에게조차 더 이상은 말을 해줄 수 없었다. 만약 로리와 데이비드가 다음 날 학교에 가서 모두에게 이야기해버리면 말 그대로 산통이 깨지고 말 것이기 때문이었다.

'벤 로스 선생님이 파도를 정리할 준비를 하고 있다'는 얘기가 퍼지는 것만으로도 학생들이 얼마나 큰 혼란에 빠질지, 벤은 짐작할 수 있었다. 그렇게 되면 그들은 스스로 생각할 기회를 놓칠 게 분명하다. 물론 벤이 나서서 이 환상적인 실험을 왜 지금 중단해야 하는지에 대한 이유를 설명해줄 수는 있을 것이다. 하지만 그런 방식으로는 아무 문제도 해결할 수 없다는 것을, 벤은 또한 잘 알고 있었다. 그랬다가는 오히려 일부 열성 당원들의 반감을 고조시킬 수 있으며, 최악의 경우 유효기간이 끝난 파도를 끝까지 지키겠다고 학생들이 목숨 걸고 투쟁에 나서는 상황까지 벌어질 수 있다는 게 벤의 생각이었다.

"데이비드, 그리고 로리!"

벤 로스는 총명한 제자들을 안심시키면서도, 그들이 파도의 비밀을 누설하지 않게 하기 위해 에둘러 설명을 시작했다.

"너희는 파도에 대해 다른 친구들이 깨닫지 못한 점을 찾아낸 거다. 나는 다른 친구들도 그 점을 깨달을 수 있도록 내 방식으로 도울 생각이야. 바로 내일이 그 날이지. 그래서 말인데, 두 사람에게 부탁하고 싶은 게 있어. 부디 나를 믿고 끝까지 협조해 달라는 거야. 그래 줄 수 있겠니?"

데이비드와 로리는 뭔가 좀 이상하다고 여기면서도 선뜻 고개를 끄덕였다. 선생님이 자신들과 분명 한편이라는 점만은 믿을 수 있기 때문이었다. 두 사람의 태도에 안심한 벤 로스는 자리에서 일어나 로리와 데이비드를 현관으로 인도하며 말했다.

"많이 늦었구나. 부모님들이 걱정하시겠다."

벤은 두 사람에게 현관문을 열어주면서 문득 중요한 게 생각났다는 듯 물었다.

"참, 물어볼 게 하나 있는데, 너희가 아는 애들 중에 파도 회원이 아닌 친구가 누가 있니? 이를테면 파도 회원들과 몰려다니지 않거나, 아니면 파도 쪽에서 굳이 집회에 끌어들이지 않는 그런 친구 말이야. 두 명이 필요한데 누가 있는지 좀 가르쳐주렴."

잠시 생각에 잠긴 데이비드는 자기 주변의 아이들이 모두 파도 회원이라는 놀라운 사실을 새삼 깨달았다. 그에 비해 로리는 적당한 친구 두 명이 있다고 벤 선생님에게 대답했다.

"한 명은 알렉스 쿠퍼고요, 다른 한 명은 카알 블록이에요. 둘 다 〈포도나무〉 편집부 친구들이에요."

"아, 그거 좋구나!"

벤 로스는 뛸듯이 기뻐하며 내일의 일을 함께 도모하자고 다시 한 번 당부했다.

"자, 이제 가거라. 너희에게 부탁할 일은, 내일 학교에 가서 아무 일도 없는 것처럼 그냥 태연하게 행동하라는 거야. 우리가 오늘 만나서 한 이야기는 누구에게도 전하지 말고. 우리는 오늘 서로 만난 적도 없는 거다! 알아듣겠지?"

고개를 끄덕이는 데이비드와는 달리, 로리는 아직 뭔가 미심쩍은 모양이었다.

"무슨 말씀이신지 저는 잘 모르겠어요, 선생님…"

벤 로스는 그녀의 말을 바로 끊었다.

"그냥 나를 믿고 따라주렴, 로리. 이게 워낙 중요한 일이라 그래. 알겠지?"

로리는 내키지 않지만 그러겠노라고 대답했다. 벤이 다시 한 번 이들에게 잘 가라고 인사를 건네자, 두 사람은 곧 짙은 어둠 속으로 총총 사라졌다.

16장
최후의 명령

파도 집회를 선포하다

다음 날 벤 로스는 학교에 가자마자 교장실로 직행했다. 벤은 오웬스 교장과 이야기를 나누면서 연방 주머니에서 손수건을 꺼내 이마의 땀을 닦았다. 반면 책상 너머 오웬스 교장은 주먹을 불끈 쥐고 애꿎은 책상을 쾅쾅 두들겨댔다.

"무슨 이런 일이 다 있습니까? 벤 로스, 당신이 벌인다는 실험 따위에 난 더 이상 관심 없소이다. 헌데 선생들마다 찾아와서 하소연을 해요. 또 5분에 한 번씩 전화벨이 울리면서 학부모의 항의가 이어지고 있소. 우리 애들 데리고 무슨 고약한 장난을 하느냐고 따진단 말이오. 대체 내가 뭐라고 답해야겠소? 선생 하나가 지금 환상적인 실험 중이니 조용히 지켜보라고 할 수 있겠어요? 하 참, 내 망신스러워서 어디 쥐구멍에라도 들어가야지 원. 당신도 귀가 있으면 들었겠지. 학교에서 집단 구타가 벌어진 것 말이오! 어제는 그 애가 다닌다는 유대교 회당의 랍비 선생이 다녀갔어요. 그 양반은 나치 시절에 아우슈비츠 수용소에서 2년을 살았답디다. 그런 양반이 여기에, 그냥 욕지거리나 조금 해주러 왔다고 생각하시오?"

오웬스 교장의 호통에 좌불안석이 된 벤 로스는 의자에서 몸을 일으키며 대답했다.

"교장 선생님의 입장이 얼마나 난처한지는 누구보다 제가 잘 압니다. 정말 죄송합니다. 그동안 파도 진도가 너무 나가서…"

벤 로스는 잠시 말을 멈추고 깊이 숨을 들이쉬었다.

"전적으로 제 실수였습니다. 이번 기회를 통해 역사 수업은 과학 실험과는 다르다는 걸 깊이 깨달았습니다. 인간을 대상으로 실험을 할 수는 없으니까요. 특히 실험의 일부가 된다는 게 무슨 뜻인지 잘 모르는 청소년들을 대상으로 실험을 시작한 건 더 큰 잘못입니다. 하지만 이보다 중요한 문제가 하나 있어요. 그러니 사태를 정리할 수 있도록 제게 시간을 주시기 바랍니다. 파도가 정말로 굉장한 줄 믿는 아이들이 이미 수백 명에 달합니다. 아이들에게 문제의 핵심을 깨우치게 하고 수업을 마무리할 시간이 필요합니다. 오늘 안에 파도 실험을 마칠 터이니, 부디 기회를 주십시오. 평생토록 잊지 못할 교훈을 아이들이 깨닫게 하겠습니다."

오웬스 교장은 믿기 어렵다는 눈으로 벤 로스를 쳐다보며 물었다.

"당신에게 시간을 주면, 그럼 그동안 난 학부모들과 선생들에게 뭐라고 말해야 하오?"

벤은 손수건으로 다시 이마의 땀을 닦아내며 쩔쩔맸다. 이건 도박과 마찬가지라는 사실을 그는 누구보다 잘 알았다. 하지만 그의 머릿속에 더 이상 다른 선택은 없었다. 이제 모든 것을 걸고 승부수를 띄울

차례라고, 아이들을 모두 한곳으로 몰아넣었으니 이제 그들을 한꺼번에 구출하는 길밖에 남지 않았다고 그는 생각했다.

"오늘밤까지 모든 일을 완료한다고 말씀드려 주십시오."

오웬스 교장은 한쪽 눈썹을 치켰다. 앞에 앉은 벤 선생이 이번엔 또 무슨 일을 벌이려는지 자못 궁금한 눈치였다.

"그래, 대체 뭘 어떻게 할 생각이신가?"

벤은 자신의 계획을 가능한 한 간략하게 설명했다. 이야기를 다 들은 교장은 파이프로 재떨이를 툭툭 치며 잠시 생각에 잠겼다. 길고 답답한 침묵 끝에 그가 드디어 입을 열었다.

"좋소. 지금부터 나는 벤 로스 선생의 계획을 백퍼센트 후원하겠소. 파돈지 뭔지 하는 것 때문에 우리 고든의 명예가 곤두박질치고 그 뒷감당을 어찌해야 할지 암담한 게 사실이지만, 나는 당신 편이오. 허나 오늘 딱 하루뿐입니다. 이 점은 못을 박아야겠소. 이게 최후통첩임을 명심하란 말이오. 만약 이 게임에서 실패하면 난 벤 선생을 해임할 수밖에 없어요!"

벤은 감사의 표시로 정중하게 인사를 올리며 대답했다.

"명심하겠습니다."

오웬스 교장은 자리에서 일어나 손을 내밀며 악수를 청했다.

"벤 로스, 나는 선생님을 믿어요. 잘해내실 겁니다."

그의 목소리가 엄숙하고 비장해졌다.

"당신은 정말 훌륭한 교사요. 당신 같은 교사를 잃는 비극이 절대 없기를 바랍니다."

교장실을 나온 벤 로스는 마음이 분주해서 교장과 무슨 얘기를 나눴는지 곱씹어볼 겨를이 없었다. 무엇보다 빨리 알렉스 쿠퍼와 카알 블록을 찾아 중대한 임무를 맡긴 다음 계획대로 일을 추진하는 게 급선무였다.

시간이 되어 역사 수업에 들어간 벤 로스는, 학생들이 자리에 앉기를 기다려 다음과 같은 사실을 공지했다.

"오늘 오후에 파도와 관련한 중대한 발표가 있을 거야. 오후 다섯시 강당에서 집회를 소집한다. 파도 회원만 참석할 것!"

벤 선생님의 말씀에 데이비드는 흡족하게 웃으며 로리에게 찡긋 하고 눈짓으로 신호를 보냈다.

"집회의 목적은 다음과 같다."

벤 로스는 아이들을 둘러본 후 말을 이었다.

"이제 우리의 파도는 단순한 교실 실험을 넘어 더 큰 세상으로 그 지평을 넓힐 것이다. 너희에겐 아직 말한 적이 없지만, 나와 뜻을 함께하는 선생님들이 지난주에 전국적인 새 조직을 탄생시켰어. 모든 중고등학교 안에 학도호국단을 구성해서 그들이 우리나라의 미래를 짊어지고 나갈 수 있도록 막강한 역량을 키우는 데 힘을 모으기로 결의했단다."

선생님의 선언에 감격했는지, 로버트를 비롯한 많은 아이들의 입이 점점 크게 벌어졌다. 그 모습을 본 벤 로스는 침을 꿀꺽 삼킨 다음 황당한 이야기를 계속 떠들어댔다.

"너희도 공감하겠지만 우리나라는 지금 위기 상황이야. 두 자리 이상의 인플레이션이 경제를 좀먹고 있고, 실업률은 하늘 높은 줄 모르게 치솟고 있지. 범죄율 또한 역사상 유례가 없을 정도로 증가하고 있고 말이야. 우리 조국의 명예가 이처럼 땅에 떨어진 적은 결코 없었어. 이런 현실이 시급히 개선되지 않는다면 우리에게 미래는 없다고 봐야해. 그래서 파도 회원들이 전국적으로 연합하는 게 필요한 거야. 다같이 힘을 모아 암울한 우리 조국의 운명을 새롭게 일으켜야 한다고."

어느덧 데이비드의 얼굴에서는 미소가 사라졌다. 이게 무슨 소리지? 어젯밤 선생님이 해준 이야기는 이런 게 아니었는데… 지금 벤 선생님이 하는 말을 들어보면 파도를 그만둘 생각이 전혀 없는 거잖아. 아니, 오히려여태까지보다 강도를 더 높여서 다음 단계로 넘어갈 속셈인 거 같은데!

데이비드가 속으로 어떤 생각을 하고 있는지와는 아랑곳없이, 벤로스의 이야기는 계속되었다.

"이제 우리가 할 일은 훈련과 공동체 그리고 실천을 통해서 학교뿐 아니라 우리나라 전체를 쇄신시킬 수 있다는 사실을 증명해 보이는 거야!"

벤은 고개를 쳐들고 학급 전체를 둘러보며 말을 이었다.

"불과 몇 주 동안 우리가 이룬 결실들을 생각해봐. 우리가 학교 안에서 이룩한 변화들을 이제는 학교 밖에서도 펼쳐갈 수 있다니, 정말멋지지 않니?"

로리는 불안한 눈빛으로 데이비드를 바라보았다. 반면 벤 로스의목소리는 더욱 진지하고 뜨거워졌다.

"학교와 공장, 병원과 직장, 다시 말해 이 나라의 모든 기관으로 우리의 운동을 넓혀 나갈 수 있단 말이지…"

데이비드는 더 이상은 참을 수 없어 그만 자리에서 벌떡 일어섰다.

"헉, 선생님. 그런데요…"

"내 이야기 아직 안 끝났다! 데이비드, 자리에 앉아라."

벤 로스는 가라앉은 목소리로 데이비드의 행동을 저지했다.

"선생님, 어제 하신 말씀과…"

벤 로스는 더욱 단호한 태도로 데이비드를 제압했다.

"데이비드, 앉으라고 했다. 방해하지 말고 내 말 끝까지 들어라!"

데이비드는 말을 잇지 못한 채 그만 자기 자리에 주저앉고 말았다. 그의 귀를 파고드는 벤 선생님의 연설은 앞선 내용보다 더 위험하게 들렸다.

"잘 들어라, 얘들아! 오늘 오후에 〈전국파도운동연합〉이 결성되는데, 우리는 강당에 모여 케이블 텔레비전으로 생중계되는 방송을 다 같이 지켜볼 거야. 중대 발표가 있을 테니 다들 기대해도 좋다. 무엇보다 오늘 열리는 전국 집회에는 파도 운동을 시작한 창립자이자 전국 조직을 이끌어갈 지도자께서 그 위용을 드러낼 거야."

파도의 지도자라니! 벤 로스의 이야기에 아이들은 비명에 가까운 환호성을 질렀다. 그건 지도자를 열망하는 광팬들이 내지르는 절절한 함성이었다. 벤 선생님에게 뒤통수를 얻어맞았다는 생각에 로리와 데이비드는 그만 까무러칠 것만 같았다. 도저히 그의 말을 따를 수 없다는 판단이 선 데이비드는 자리를 박차고 일어섰다. 동시에 로리도 더 이상은 참을 수 없다는 듯 벌떡 일어났다. 로리는 환호하는 아이들을 향해 안타까운 얼굴로 뭐라 외치며 저지하는 손짓을 했다. 그때 데이비드의 목소리가 크게 들렸다.

"안 돼! 이건 아냐, 얘들아!"

데이비드는 목청을 다해 아이들에게 호소했다.

"내 말 좀 들어봐! 이거 거짓말이야!"

느닷없는 데이비드의 외침은 열광하는 군중에게 찬물을 끼얹은 효과를 가져왔다. 잠시 교실이 잠잠해진 사이, 이번에는 로리가 나서서 큰소리로 말하기 시작했다.

"진짜 모르겠니? 지금 이게 얼마나 이상한 짓인지? 너희는 정말 이상한 느낌이 들지 않는 거야?"

그녀의 감성적인 호소가 아이들 사이로 퍼져나갔다.

"너희들 진짜 왜 이래? 우리가 기계의 부속품이니? 어느새 스스로 생각하는 법을 완전히 잊어버리기라도 한 거야?"

목이 메도록 호소하는 로리의 말에 아이들은 머쓱한 표정이 되어 그녀와 데이비드, 두 사람을 번갈아 바라보았다. 졸지에 반역자가 된 두 사람에 대한 의혹과 분노가 공중에서 맞부딪치며, 교실에는 음산한 침묵이 감돌았다.

갑작스런 사태에 벤 로스의 마음은 초조해졌다. 두 아이가 더 많은 이야기를 쏟아 놓으면 사태가 전혀 엉뚱한 쪽으로 흐를 수 있고, 만약 그렇게 된다면 오늘 안으로 일을 완수하지 못할 게 분명하기 때문이었다. 벤은 좀 더 철저하게 대비하지 못한 자신의 불찰에 화가 났다. 자기를 믿어달라는 부탁에 로리와 데이비드가 고개를 끄덕였지만 만에 하나 그들의 태도가 돌변할 수 있다는 점을 미처 계산에 넣지 못한 게 후회스러웠던 것이다. 벤은 다급한 나머지 과장된 몸짓으로 로버트를 지목하며 말했다.

"로버트, 네가 아이들을 바깥으로 내보내라! 로리와 데이비드를 교장 선생님께 넘겨야겠다."

"로스 샘! 알겠습니다."

벤 로스는 서둘러 교실 문을 열고 로리와 데이비드를 바깥으로 이끌었다. 교실 밖으로 나온 두 사람은 내키지 않는 걸음으로 교장실로 향했고, 벤 로스는 어떻게 이 사태를 수습할지 재빨리 머리를 굴리며 그 뒤를 따랐다. 그때 로버트의 선창에 따라 아이들이 구호를 외치는 소리가 들려왔다.

훈련을 통한 힘의 집결!

훈련을 통한 힘의 집결!

공동체를 통한 힘의 집결!

공동체를 통한 힘의 집결!

실천을 통한 힘의 집결!

실천을 통한 힘의 집결!

교실 너머 복도에까지 울려 퍼지는 그 소리를 들으며, 데이비드는 끓는 가래라도 토해내듯 벤에게 몇 마디 내뱉었다.

"어젯밤에 우리한테 했던 얘기는 다 거짓말이었군요!"

데이비드의 얼굴엔 벤 로스에 대한 경멸이 가득했다.

"무슨 말이니, 데이비드. 무조건 나를 믿어달라고 했을 뿐인데…"

벤 로스의 어설픈 대답에 로리가 따지듯이 물었다.

"우리가 뭣 때문에 그래야 하는데요? 파도를 시작한 장본인이야말로 선생님 아닌가요?"

정확한 지적이었다. 사제지간이라는 이유로 학생이 무조건 교사의 말을 따라야 할 필요는 어디에도 없었다. 따지고 보면 그건 전적으로 벤 로스의 희망사항일 뿐이었다. 오늘 저녁 집회가 끝나고 나면 이 아이들이 나를 이해해줄까? 벤 로스는 희망과 불안이 교차하는 착잡한 마음에 발걸음이 무거웠다.

위기 속에 더 가까워진 두 사람

얼떨결에 교장실 앞까지 따라온 로리와 데이비드는 오웬스 교장과의 면담을 위해 상당 시간 문밖에서 기다려야 했다. 일이 이 지경이 되고 말았으니 두 사람은 이제 지푸라기라도 잡는 심정으로 교장과의 면담에 실낱같은 희망을 걸 수밖에 없었다. 불과 몇 시간 후면 고든의 파도운동이 전국적 규모의 '파운연', 즉 〈전국파도운동연합〉의 지부로 편입되리라는 생각에 두 사람은 좌불안석이었다.

무엇보다 두 사람은 이 모든 게 벤 로스의 계획이었다는 점에 분노했다. 어젯밤 선생님과 한편이라는 믿음을 가졌던 게 수치스러울 정도였다. 결국 우린 선생님의 음모에 놀아나고 만 거라는 데이비드의 말에 로리 역시 동의했다. 평소 존경해온 선생님이었기에, 둘은 벤 로스에게 배신당한 충격을 떨쳐버리기가 어려웠다.

드디어 오웬스 교장 앞에 앉게 된 두 사람은 서둘러 현재 상황을 보고했다. 하지만 오웬스 교장은 도통 둘의 말을 알아듣지 못하는 눈치였다. 교장 책상 위에 이미 벤 로스 선생님이 작성한 보고서가 올라와 있는 것을 보고, 데이비드와 로리는 대충 상황을 짐작할 수 있었다. 두 사람이 수업을 방해했으니 적절한 조치를 취해달라는, 뭐 그런 내용이 적혀 있을 게 뻔했다. 이에 억울함을 참기 어려워진 로리와 데이비드는 '오늘 다섯시에 열리는 파도 집회를 당장 중지시켜야 한다'고 오웬스 교장에게 강력히 주장했다. 하지만 둘이 아무리 침을 튀기며 이야기해도 교장은 그들의 통사정을 듣는 둥 마는 둥 했다. 쇠귀에 경 읽기란 말은 아마도 이럴 때 쓰는 표현일 터. 그는 모든 게 잘 될 거라는 똑같은 답변만을 되풀이하며, 그러니 너희는 아무 걱정 말고 선생님 말씀 잘 듣고 수업에 잘 참여하면 된다는 식의 틀에 박힌 충고까지 늘어놓았다.

　　오웬스 교장과의 면담을 통해 최악의 사태는 막을 수 있으리라 기대했던 로리와 데이비드는, 자신들이 잡고 있던 줄이 한낱 썩은 동아줄에 불과함을 알고는 낙담했다. 더 이상 희망은 없어 보였다. 학생들은 물론 교사와 교장까지 모두 이상한 마법에 걸려버린 듯 아무도 어둠의 늪에서 빠져나올 생각을 하지 않는다는 게 참으로 답답했다.

　　교장실 밖으로 나온 데이비드는 사물함이 있는 복도로 향했다. 사물함을 연 그는 손에 들고 있던 책을 죄다 그 안에 쑤셔넣고는, 있는 대로 성질을 부리며 소리 나게 문을 닫았다.

　　"관둬, 제기랄!"

　　마구 날뛸 기세이던 것과 달리, 데이비드는 온몸에서 기운이 다 빠져나간 것처럼 힘이 없었다. 그는 작은 소리로 로리에게 투정을 부렸다.

"나, 이 학교 안 다닐래. 더 이상 꼴도 보기 싫어. 그냥 집에나 가야겠어."

"기다려, 데이비드. 나도 책 좀 넣고!"

로리도 자기 사물함 속에 책과 공책들을 넣고는 문을 잠갔다.

"같이 가!"

두 사람은 천천히 발걸음을 옮기며 건물 밖으로 걸어나왔다. 데이비드의 힘들어하는 모습에 로리는 측은함을 느꼈지만, 그보다는 이제 곧 벌어질 일들에 대한 걱정이 우선이었다. 하지만 당장 무엇을 어떻게 해야 좋을지, 그녀 또한 알지 못했다.

"로리, 진짜 미안하다. 나도 똑같은 짓을 했으니까… 이제 와서 뭐라고 할 말도 없지."

데이비드는 새삼스레 자책하는 말들을 늘어놓았다.

"나도 저들과 똑같은 사이코였어. 거기 푹 빠져서 다른 생각은 할 수도 없었지. 이제야 네가 얼마나 답답했을지 알 것 같아."

로리는 데이비드의 축 처진 어깨를 두드리고 손을 꼭 잡아주었다.

"너 그렇게까지 사이코는 아니었어. 데이비드, 너는 사이코가 아닌 이상주의자야. 파도에는 이상주의자들이 열광할 만한 좋은 점이 무척 많아. 파도의 모든 게 다 쓰레기라면 어떻게 그처럼 많은 아이들이 열광하며 참여하겠니? 다만 그 속에 감춰진 구린 요소를 찾아내지 못한 것뿐이지. 누구나 평등한 세상을 함께 만들 수 있다는데, 얼마나 좋아! 그 얘기에 너도나도 다 현혹됐었잖아. 결국 그 명분이 우리들 각자의 독립성을 다 빼앗아가고 말았지만. 스스로 생각할 수 있는 권리도 기회도 모두 다…"

로리의 진지한 설명이 길게 이어졌지만, 데이비드는 자기 생각에 빠져 있었다. 그러다 문득 힘없는 목소리로 자기의 속내를 털어놓았다.

"로리, 저 있잖아… 우리만 유독 파도를 부정적으로 생각하는 건 아닐까?"

"아니, 그렇지 않아!"

로리의 대답은 분명했다.

"우리의 생각이 맞아. 파도는 잘못된 거야."

데이비드는 다시 물었다.

"그럼 왜 다른 애들은 이게 이상하다는 생각을 안 하는 거지?"

"나도 잘 모르겠어. 무슨 최면에 걸려버린 것 같아. 모두 귀를 틀어막고 다른 이야기는 듣지도 않으려고 하잖아."

혼란을 추스르기 힘들다는 듯, 데이비드는 한숨을 길게 쉬며 고개를 끄덕거렸다.

수업에 다시 들어가지 않겠다고 마음을 정했지만, 집에 가기에는 너무 이른 시간이었다. 아침부터 호된 곤욕을 치른 두 사람은 그냥 집에 가서 쉬고 싶은 마음이 굴뚝같았지만, 그랬다가는 부모님들의 귀찮은 질문 공세에 시달릴 것이 분명하므로 일단 근처 공원을 산책하기로 했다.

파도나 벤 로스 선생님에 대해서, 데이비드는 어쩐지 점점 더 혼란스러워지는 느낌이었다. 반면 로리는 생각이 확고했고, 그만큼 확신도 강했다. 그녀는 이따위 허접한 유행은 얼마 후면 사라지고 말 게 뻔하다고 여겼다. 아이들은 제아무리 근사하고 멋진 유행이라도 일정한 시간이 지나면 싫증을 느끼고 지겨워하는 법이니까. 다만 로리에게 걱정이 되는 건 딱 하나였다. 파도에 가입한 아이들이 미처 싫증을 내기도 전에 모든 것이 일사천리로 종료되는 것. 그런데 바로 그런 일이 오늘 오후에 일어나게 되었으니, 그녀로서는 앞으로 이 사건이 어떻게 전개될지 그저 답답하고 암울할 뿐이었다.

"너무 외롭다."

공원 숲길을 한참 걷다가 데이비드가 툭 던지듯 말을 내뱉었다.

"친구 놈들은 모두 그 사이코 동아리에 미쳐버렸고, 지들하고 똑같은 짓 안 하겠다니까 나를 왕따로 만들었잖아!"

로리는 데이비드의 떨떠름한 기분을 충분히 이해하고도 남았다. 누구보다 자신이 먼저 똑같은 상황을 겪었으니 말이다. 그녀는 데이비드 곁으로 와서 가만히 팔짱을 꼈다. 그 어느 때보다 로리는 데이비드가 가깝게 느껴졌다. 좋은 일도 아닌데 뭔가를 함께 겪는 과정에서 서로가 더 가까워질 수 있다니, 신기한 경험이었다.

문득 전날 저녁의 일이 로리의 눈앞에 파노라마처럼 펼쳐졌다. 데이비드는 로리에게 상처를 주었지만, 그 사실을 똑바로 인지함으로써 파도에 대한 집착에서 풀려날 수 있었다. 그와 동시에 뜨겁게 달아올랐던 그의 광기도 한순간에 싸늘하게 식어버리는 것을 로리는 확인했다. 그와 같은 데이비드의 변화가 눈물겹도록 고마워 로리는 갑자기 몸을 떨며 그를 끌어안았다.

"왜 그래?"

로리의 포옹에 데이비드는 깜짝 놀라며 몸을 움츠렸다.

"아, 아냐. 데이비드 네가 예뻐서."

"쑥스럽게 왜 그러냐?"

자신의 행동에 당황하는 로리를 바라보며, 데이비드는 영문을 알 수 없다는 표정을 지었다.

학교로 돌아가다

데이비드에 대한 감정으로 마음이 따뜻해졌던 것도 잠시, 로리는 이제 곧 학교에서 벌어질 일을 떠올리곤 다시 복잡한 생각들 속으로 빠져들었다. 시간이 조금 더 흐르면 학교 강당에 아이들이 몰려들기 시작할 것이다. 곧이어 케이블 텔레비전을 통해 〈전국파도운동연합〉 창단식이 중계되고, 그 조직을 이끄는 최고지도자가 등장하겠지. 광신도 집단이 된 아이들을 앞에 놓고, 그 지도자란 놈은 무슨 이야길 떠들어댈까? 지금 가방 안에 든 책들을 다 꺼내어 불태우라는 선동이라도 할까? 아니면 여태까지 파도에 가입하지 않은 친구들을 관리하기 위해, 앞으로는 모든 회원이 의무적으로 팔에 완장을 차고 다녀야 한다는 명령이라도 내릴까?

그가 구체적으로 어떤 말을 할지, 로리는 상상하기 어려웠다. 다만 멀쩡한 정신으로는 할 수 없는 괴상망측한 이야기들이 나올 거라는 점은 분명했다. 그때 문득 로리는 머릿속으로 어떤 생각 하나가 재빨리 스쳐지나가는 것을 느꼈다. 어, 이게 뭐지? 이미 꼬리를 감춰버린 그 생각을 붙들기 위해 로리는 최대한 집중했다. 그러자 뿌옇던 머릿속이 맑아지면서 뭔가 깨끗하게 정리되는 것 같았다.

"데이비드!"

로리는 서둘러 이야기를 시작했다.

"저기 있잖니, 우리가 역사 시간에 파도를 처음 시작하게 된 날 기억하니?"

허둥대는 로리를 보자니 데이비드도 덩달아 마음이 급해졌다.

"첫 시작? 파도 구호 만들어서 외친 날?"

"아니, 그보다 먼저!"

로리는 말이 잘 안 나오는지 자꾸 더듬거렸다.

"있잖아, 맞다! 그 필름 본 날! 나치 수용소! 거기에 나오는 깡마른 사람들 보고 내가 막 구역질하고 그랬잖아. 기억나지?"

"네가 점심 먹기 싫다 그래서 내가 대신 먹어치웠지. 나는 언제나 너의 쓰레기 처리반이잖아."

"고맙네! 아무튼 그날, 우리들이 벤 로스 선생님에게 그런 질문을 했거든. 독일인들이 나치가 하는 짓에 대해 아무 소리도 못 내고, 심지어 그런 일이 벌어지고 있다는 것마저 모른 척 외면한 이유가 무엇이냐고 말이야. 선생님께서는 그 답을 아는 사람이 없다 그랬어. 벤 선생님 자신도 잘 모르겠다고, 설명할 수 없는 역사의 수수께끼라고 하셨지."

"그래서? 새삼스레 그 얘기는 왜 꺼내는 건데?"

데이비드는 맥락을 못 잡겠다는 듯 시큰둥하게 물었다. 로리는 그런 데이비드를 빤히 바라다보았다.

"정말 모르겠어? 너 치매 걸린 거 아니니, 데이비드? 네가 그날 식당에서 나한테 뭐라 그랬는지 생각해봐. 밥이나 먹으라고 구박하면서 무슨 말인가 했잖아."

데이비드는 그날의 일을 떠올리려 애썼지만 아무 생각도 나지 않았다. 그리고 로리가 무슨 말을 하고 싶은 것인지에 대해서도 단서를 잡을 수 없었다. 그는 고개를 절레절레 흔들며 다시 물었다.

"뭔 소리야?"

"이 바보야, 네가 나한테 그랬단 말야. 그건 그냥 과거사일 따름이라고! 과거에 벌어진 일이 또다시 벌어지진 않을 테니 걱정 말고 밥이라 먹으라고 네가 나한테 그랬는데, 정말 하나도 기억 안 나니?"

데이비드는 물끄러미 그녀를 바라보다 어색한 웃음을 지으며 입을 열었다.

"저 있잖아…"

그는 조금 망설이다 말을 이었다.

"나는 솔직히… 뭐랄까, 실감이 안 나는 거 있지. 벤 선생님이 오늘 다섯시에 무슨 집회를 한다고 했잖아. 거기에 파도 전국 조직의 대표가 나와서 파도의 다음 행보를 제시하고 이끌어갈 거라고 말이야. 나는 근데 이상하게 그 말이 전혀 실감이 안 나. 설마 그런 쇼를 할 수가 있을까, 믿어지지 않는다구."

"나도 지금 똑같은 생각을 하고 있었어!"

로리는 갑자기 서두르며 말을 이었다.

"데이비드, 우리 빨리 학교로 돌아가자!"

로리는 데이비드의 팔을 잡아끌며 발걸음을 돌렸다.

"대체 왜 그러는 거야, 로리?"

"가봐야겠어. 우리의 지도자가 도대체 어떻게 생긴 사람인지 직접 확인할 거야."

로리는 결심을 굳힌 듯 발길을 재촉했다.

"하긴, 나도 솔직히 그 지도자라는 사람을 이 두 눈으로 똑똑히 보기 전까지는 믿을 수 없어. 선생님이 말씀하신 그런 일이 진짜 벌어질 수 있을지 믿지 못하겠다구."

앞서가는 로리를 향해 데이비드가 걱정스레 말을 꺼냈다.

"야, 근데 로리! 집회엔 파도 회원만 오라 그랬잖아."

"그래서?"

자신만만한 로리의 답변에 데이비드는 어깨를 한 번 들썩하고 말을 이었다.

"난 모르겠다. 정말 잘 모르겠어. 내가 진짜로 거기 가고 싶은 건지 아닌지도 잘 모르겠고, 혹시 내가 또 한 번 거친 파도에 휩쓸려 정신을 놓아버리는 건 아닐까, 그것도 모르겠고. 어떡하지?"

"그런 일 없을 테니 걱정 붙들어 매. 행여 그런다 해도 내가 구해줄 테니까 아무 걱정 말고 나만 따라와!"

학교를 향해 눈썹을 휘날리며 달려가는 로리의 웃음소리가 공원 숲길에 길게 울려 퍼졌다.

17장
실험의 끝, 남겨진 몫

마지막을 향해 가다

벤 로스는 강당이 있는 건물로 천천히 걸음을 옮기며, 이건 정말 믿기 어려운 일이라고 생각했다. 창문 너머로 파도 회원들이 무리지어 몰려가는 모습이 눈에 들어왔다. 그야말로 물밀듯이 강당으로 향하는 그들의 손에는 파도의 깃발과 포스터가 들려 있었다. 강당으로 이어지는 복도 입구는 줄을 서서 기다리는 아이들로 장사진을 이루었다. 벤 로스의 수업을 듣는 학생들 중 두 녀석, 브래드와 브라이언이 작은 책상을 하나 갖다 놓고 집회에 참석하는 친구들의 회원증을 일일이 검사하는 모양이었다.

벤은 눈앞에 일어나는 광경에 입을 다물지 못했다. 파도라는 운동을 시작하기 전이었다면, 이 정도 인원을 한자리에 집합시키는 데 최소한 일주일의 준비 기간은 필요했을 것이다. 그런데 오늘 아침, 불과 몇 시간 전에 그가 내린 '명령' 하나에 이런 규모의 집회가 열릴 수 있다니, 이건 정말 놀라운 변화였다.

훈련과 공동체와 실천, 이것이 뭐기에 이토록 엄청난 힘을 발휘하는 것일까? 이제 마지막 계획이 성공하면 여기 모인 학생들은 어떻게 될 것인가? 머릿속을 오가는 질문에 벤 로스는 한숨이 절로 나왔다. 광란의 파도에서 학생들을 모두 끄집어내고 나면, 그들은 어쩌면 곧 예전 같이 노곤하고 답답한 달팽이로 돌아갈지도 모른다. 그리고 벤을 비롯한 선생님들 역시, 아이들이 간신히 끼적여서 제출하는 과제물을 놓고 예전과 똑같은 잔소리를 늘어놓아야 할지도 모른다. 고스란히 과거 그 시절로 돌아가게 될 수도 있다는 생각에, 벤 로스는 마음이 착잡했다. 과거와 파도 말고 제3의 길은 없는 것인지, 개인의 자유를 담보하지 않고 이런 질서가 생겨날 수는 없는 것인지, 그는 진심으로 그에 대한 해답을 찾고 싶었다.

이런저런 상념을 떨치지 못한 벤 로스는 아이들의 번잡스런 행동을 물끄러미 지켜보았다. 그때 강당 문이 열리고 정장에 넥타이까지 맨 로버트가 밖으로 나오더니, 입구에서 책상을 지키고 있던 두 사람과 파도타기 인사를 주고받았다.

"이미 강당이 다 찼거든?"

로버트는 두 친구에게 상황을 알려주며 확인을 했다.

"경비대는 제대로 배치한 거냐?"

회원만 들여보내라고 선생님이 못박은 탓인지, 집회장 주변에 대한 단속이 철저했다. 그래서인지 전체적인 분위기가 살벌하게 느껴졌고, 벤 로스는 그 점에 또 한 번 혀를 내둘렀다.

"이상 무!"

어느덧 마음 맞는 끈끈한 사이의 동지가 돼버린 브래드와 로버트, 그 둘은 정말이지 기분이 좋아 보였다.

"강당 문이 다 잠겨 있는지 최종 점검을 하자. 하나라도 열려 있으면 절대 안 돼!"

이런 광경을 지켜보기가 민망해서 벤 로스는 죄 없는 두 손만 자꾸 비벼댔다. 이제 그도 강당으로 들어가야 할 시간이었다. 언제 와 있었는지 아내 크리스티 로스가 강당 앞 무대로 이어지는 복도에서 남편을 맞았다.

"왔어요?"

크리스티는 벤의 뺨에 재빨리 입을 맞추며 귀에 대고 속삭였다.

"행운의 키스."

"고마워."

그는 짧게 대답했다.

크리스티는 기우뚱해진 남편의 넥타이를 바르게 고쳐주며 다시 속삭였다.

"당신 양복 입은 거, 멋있다고들 얘기 안 해요?"

그녀는 남편의 긴장을 풀어주려고 애썼다.

"교장 선생님한테 벌써 칭찬 들었지요."

벤은 한숨을 내쉬며 말을 이었다.

"오늘 집회 마치고 학교에서 쫓겨나면, 이 양복 신물나게 입어야 할지도 몰라요. 새 일자리를 찾아 나서야 하니까요."

"걱정 말아요. 당신은 멋지게 해낼 테니까!"

크리스티가 남편을 격려했다.

아내에게 간신히 웃어 보이며 벤 로스가 대답했다.

"당신의 믿음을 가슴에 품고 갈게요."

크리스티는 밝게 웃으며 무대로 향하는 남편의 어깨를 두드려주었다.

"울 남편 파이팅!"

벤 로스는 무대에 올라 파도 회원들로 꽉 들어찬 강당을 둘러보았다. 기대감과 설렘 가득한 표정으로 앉아 있는 아이들 하나하나를 돌아보고 있을 때, 로버트가 그에게 다가왔다.

"로스 샘!"

절도 있는 몸짓으로 먼저 호명을 한 그는, 벤 로스에게 현재 상황을 보고했다.

"강당 문을 모두 안전하게 차단했고, 필요한 곳마다 경비대를 세워두었습니다."

"잘했구나, 로버트. 수고했다!"

민망함을 애써 감추며 벤이 대답했다.

드디어 폭로의 시간이 다가왔다. 성큼성큼 무대 중앙으로 걸어가는 동안, 벤 로스는 무대 뒤 커튼이 어떻게 되어 있는지 살펴보았다. 그다음에는 2층에서 무대 중앙을 비추게 되어 있는 영사실 기계가 제대로 준비되어 있는지도 확인했다. 그리고 마지막으로 아침에 시청각실 담당자에게 부탁한 두 대의 모니터가 무대 양쪽에 설치되어 있는지를 점검했다.

벤 로스가 무대 중앙에 자리를 잡자 아이들은 환호하며 일어나 파도타기 인사를 하고 큰 소리로 구호를 외쳐댔다.

훈련을 통한 힘의 집결!
훈련을 통한 힘의 집결!

공동체를 통한 힘의 집결!
공동체를 통한 힘의 집결!

실천을 통한 힘의 집결!
실천을 통한 힘의 집결!

군중의 환호가 계속되는 동안 벤 로스는 꼼짝 않고 그 자리에 서 있었다. 환호가 끝날 무렵, 그는 군중을 향해 두 팔을 반듯하게 들어 올려 침묵을 유지할 것을 요구했다. 그러자 일순간 강당 안이 고요해졌다. 어쩌면 이렇게 말들을 잘 듣는지 기가 막혀 벤은 눈물이 나올 지경이었다.

그는 강당을 가득 메운 아이들을 둘러보며 최후의 순간이 다가오고 있음을 온몸으로 느꼈다. 이 순간이야말로 아이들이 집중해서 나의 말을 경청하고 나의 몸짓 하나하나에 놀랍게 반응하는 마지막 기회일 것이라 여기며, 드디어 벤 로스는 입을 열었다.

"잠시 후 전국파도운동연합의 창립자며 이를 이끄는 지도자께서 연설을 하실 거다."

그는 고개를 돌리고 로버트를 찾았다.

"로버트, 어딨니?"

"로스 샘, 여기 있습니다!"

로버트의 씩씩한 대답에 그는 명령을 내렸다.

"화면 준비되었니?"

로버트는 양쪽 모니터를 모두 켰지만, 안테나 상태가 좋지 않은 듯 화면이 고르지 않았다. 아이들은 일제히 화면에 시선을 고정한 채 지도자의 출현을 고대했다. 그러나 모니터에 뜨는 것은 흡사 옛날 필름처럼 지지직거리는 잡음과 함께 사방으로 흔들리는 영상뿐이었다. 강당에 모인 수백 명의 파도 열혈당원들은 자리에서 일어나 길게 목을 빼고 꿀꺽 침을 삼키며, 어서 중계방송이 시작되기만을 기다렸다.

그때 강당 밖에서는 먼길을 헐레벌떡 달려온 로리와 데이비드가 숨을 몰아쉬며 집회장 안으로 들어갈 방법을 찾고 있었다. 그들은 복도 여기저기를 뛰어다니며 문이란 문은 죄다 밀어도 보고 손잡이를 잡아 비틀어도 보았지만 하나같이 잠겨 있었다. 이에 로리가 낙담한 표정을 짓자, 데이비드는 강당 내부로 통하는 비상문이 있다며 그것을 찾기 위해 부지런히 뛰어다녔다.

최고지도자의 실체

아이들이 주시하고 있는 모니터에는 아직 아무런 영상도 나타나지 않았다. 스피커에서는 계속 지글거리는 소리만 났다. 강당 곳곳에서 아이들이 술렁대는 기미가 보였다. 하필이면 왜 이렇게 중요한 순간에 문제가 생긴 거지? 위성 중계 방송이라는데 지도자가 나오는 장면을 놓치면 어떡하지? 그분은 과연 우리에게 어떤 얘기를 들려주실까? 행사가 지체되고 긴장감이 고조되면서, 강당에 모인 아이들의 마음에는 비슷한 질문들이 떠올랐다.

무대 한쪽으로 비껴선 벤 로스는 서서히 동요하고 있는 아이들의 모습을 물끄러미 바라보았다. 답답하고 불안한 눈빛으로 무대 위 선생님만 슬금슬금 훔쳐보는 아이들, 그들은 애타게 누군가를 찾고 있었다. 저들이 찾는 누군가란 과연 어떤 사람인가? 언제 어디서나 자신들에게 즉각적으로 명령을 내려줄 지도자인가? 그렇다면 그런 지도자를 갈구하는 것이 인간 모두에게 내재된 본성일까? 스스로 생각하고 판단할 권리를 포기한 채, 나를 대신해 결정을 내려줄 그런 지도자를 바랄 만큼 인간이 그렇게 어리석은 존재란 말인가?

벤 로스는 떠오르는 수많은 질문들을 떨쳐내듯 머리를 흔들었지만, 자기를 바라보는 아이들의 눈빛에는 그와 같은 인물이 나타나길 바라는 간절한 염원이 담겨 있었다. 벤은 그들이 이미 감동할 준비가 되어 있음을 알았다. 이런 군중 앞에 선다면 누구나 지도자 행세를 할 수 있겠다고, 혹은 누구라도 분위기에 휩쓸려 지도자로서의 의무감과 사명감을 갖지 않을 수 없을 것이라고 그는 생각했다.

애초에 벤 로스가 시작한 건 역사 수업을 듣는 하나의 반 학생들을 대상으로 한 사소한 실험이었을 뿐이다. 하지만 그 실험을 통해 벤은 사람들이 얼마나 쉽게 스스로 생각하기를 포기하고 자신의 믿음을 남의 손에 내맡기는지를 확인했다. 그것은 분명 몹시 시리고 아픈 경험이었지만, 그러하기에 벤 로스는 교사로서 자기가 해야 할 일이 무엇인지 깨달을 수 있었다. 인간의 본성에 그처럼 허약한 면이 있다면, 그 점을 아이들에게 깨우쳐 스스로 생각하고 끝까지 질문하는 능력, 이른바 자기 성찰의 능력을 키워주는 것이 교사의 역할이자 임무라고 확신하게 된 것이다. 만약 교사들이 그 일을 방기하면 언제라도 같은 비극이 반복될 게 분명하기 때문이었다.

그때 군중 속에서 갑작스런 외침이 터져 나오면서 벤 로스의 생각은 중단되었다. 어떤 학생 하나가 벌떡 일어나 소리를 질러댔다.

"이거 사기야! 대체 지도자가 어딨다는 거야?"

애타게 기다리다 조급증이 난 아이들의 시선이 일제히 그 학생에게로 쏠렸다. 이때 쏜살같이 달려온 파도 경비대 둘이 '인내심 없는' 반역자를 강당 밖으로 끌고 나갔다. 잠깐 소란이 빚어진 사이, 바깥에서 헤매던 로리와 데이비드는 경비대원이 반역자를 끌고 나가며 열어놓은 문으로 서둘러 강당 안으로 들어갔다.

순식간에 소동이 정리되자 벤 로스는 학생들에게 생각할 여유를 주지 않고 곧장 무대로 나아가 다시 외쳤다.

"이제 너희 지도자가 모습을 드러낼 거야."

이는 알렉스 쿠퍼와 카알 블록에게 보내는 신호이기도 했다. 커튼 뒤에 숨어 있던 카알은 벤 로스 선생님의 신호가 떨어지자 힘껏 커튼을 열어젖혔고, 2층 영사실에서 기계 작동을 맡은 알렉스는 크게 한 번 숨을 고른 후 영사기 스위치를 눌렀다.

"자, 똑똑히 보렴!"

벤 로스는 강당을 가득 메운 아이들을 향해 더 크게 소리질렀다.

"너희가 환호하는 지도자가 여기 계신다."

강당 여기저기서 탄성과 비명이 함께 터졌다. 양쪽으로 밀려나는 커튼 사이로 하얀 스크린이 내려오고 영사기에서 쏟아지는 빛이 그 위를 비추는 가운데, 벤 로스가 말한 지도자가 드디어 그 모습을 드러냈다. 그건 바로 나치의 수장이던 아돌프 히틀러였다.

"세상에!"

쿵쿵거리는 가슴을 달래며 그 장면을 지켜보던 로리가 잔뜩 흥분한 목소리로 데이비드의 귀에 대고 속삭였다.

"저거, 그 필름이잖아! 그날 우리가 봤던 거!"

"잘 들어라, 얘들아!"

벤 로스가 아이들을 향해 소리치며 설명을 이어갔다.

"전국파도운동연합? 그런 건 없어. 우리의 지도자? 그런 것도 없어! 하지만 너희가 진정 원한다면 이자가 그 노릇을 맡아줄 거야. 우리가 그동안 벌인 일을 이제는 이해하겠니? 파도가 너희들을 어디까지 끌고 왔는지 이제 알겠니? 그렇다면 다 함께 생각해보자! 우리가 얼마나 더 멀리 갈 수 있는지, 그래서 우리의 미래가 어디까지 뻗어갈 수 있는지에 대해서 생각해보자는 말이다."

스크린에서 아돌프 히틀러가 사라지고, 이번에는 제2차 세계대전 당시 그에게 환호하며 충성을 맹세했던 젊은이들이 등장했다. 엄청난 규모의 군중이었다. 그들에게 가까이 다가간 카메라에는 십 대 청소년들의 앳된 얼굴이 담겼다. 지금 고든 고등학교 강당에 몰려든 학생들보다도 더 어려 보일 정도였다.

"그동안 우리는 아주 특별한 감동을 맛보았지."

벤 로스는 잠시 숨을 고른 후 말을 이었다.

"여기 모인 친구들은 파도라는 이름 아래 하나가 된 것 같은 일체감을 느꼈을 거다. 각자가 전체의 부분으로서 평등하다는 생각을 하면서 뭔가 뿌듯함도 느꼈을 테고. 무엇보다 너희는 여기 오지 않은 친구들과 다르다는 특별함에 사로잡혀 있었을 거야. 입으로는 '평등'을 말하지만 알고 보면 그건 파도 회원이 아닌 친구들에 비해 우리가 더 낫다는 '우월감'에 다름 아니었던 거지. 게다가 너희는 그 말뿐인 평등을 이룬다는 명목 하에 각자의 '자유'를 포기하고 말았어. 그다음은 어땠니? 집단의 목표를 위해 자기의 소신은 포기한 채, 조금이라도 다르게 생각하는 사람은 경멸과 공격을 당해도 괜찮다는 식으로 변해가지 않았니? 그렇다고 너희가 영원히 그럴 생각은 아니었을 거야. 다만 파도에 휩쓸리다 보니 자신을 돌아보고 성찰할 여유가 없었던 거겠지. 혹시 그런 노력을 해본 친구가 있다면 손 좀 들어봐줄래? 봐라, 아무도 없잖니?"

아이들은 침묵 속에서 꿈쩍도 하지 않았다.

"그래. 너희는 훌륭한 나치가 되기 위해 너무나 열심히, 죽을힘을 다해서 노력했어."

벤 로스는 아이들을 돌아보며 천천히 말을 이었다.

"너희는 바로 저 히틀러 소년단과 다를 바가 없었던 거야. 평등한 세상을 위해서라면 나치의 제복도 입었을 테지. 팔을 높이 올리며 '하이 히틀러!'도 크게 외쳤을 거야. 같은 편이 아닌 친구들은 전부 감옥이나 수용소에 처넣었을 테고 말이다. 너희는 나치가 지배했던 비극적인 역사에 대해, 그런 일이 다시 발생하지는 않을 거라고, 과거의 사건이 똑같이 반복되는 일은 없을 거라고 생각했지만, 결론적으로 그건 틀린 판단이었어.

우리가 해온 행동들을 한 번이라도 진지하게 돌아보면 방금 내가 말한 것을 부인할 수 없을 거다. 파도에 가입하라고 친구들을 압박한 게 과연 누구였지? 축구 경기장에서 너희는 회원 아닌 친구들과는 함께 앉지도 않았잖니? 그러면서도 너희는 너희 자신이 파시스트가 될 거라곤 상상조차 하지 않았어. 우리 안에 파시즘이 똬리를 틀고 있다는 사실 또한 전혀 알지 못했지.

역사 수업 중 나치에 대해 배울 때 너희가 질문한 내용을 기억하니? 너희는 내게 이렇게 물었어. 독일인들은 왜 죄 없는 사람을 수백만이나 잡아다 죽였냐고. 그러고도 어떻게 전쟁 후에까지 자신들의 잘못을 잡아뗄 수 있는 거냐고. 그 사람들은 왜 자기네가 저지른 죄악의 역사를 인정하지 않느냐고 말이다!"

모두가 숨을 죽이고 그의 이야기를 듣는 가운데, 가끔 여기저기서 나지막한 한숨 소리가 새어 나왔다. 벤 로스는 몇 발자국 더 무대 앞쪽으로 걸어나오더니, 더욱 가라앉은 목소리로 남은 이야기를 계속했다.

"아마도 너희는 파도를 통해 경험한 것 전부를 없던 일로 하고 싶겠지. 하지만 그건 가능하지 않고, 그래서도 안 돼. 오히려 우리가 해야 할 일은 다 함께 뜻을 모아 이 실험을 최고의 작품으로 완성시키는 거야. 자, 이제 실험은 완료되었고, 우리는 이로써 모든 행동에는 책임이 따른다는 것을 확실히 알게 되었어. 그렇다면 이 실험을 통해 우리가 얻은 건 뭘까? 같은 실수를 반복하면 안 좋은 역사도 똑같이 반복될 수밖에 없다는 것 아니겠니? 살아온 날보다 살아갈 날들이 훨씬 더 많은 너희는 같은 실수를 반복하지 말길 바란다. 앞으로는 누군가를 무작정 따르거나, 집단의 목표를 위해 나의 권리를 포기하는 일은 절대로 없어야 해. 그러기 위해서라도 우선 자기 자신의 말과 행동을 잘 살피면서 항상 스스로에게 묻는 습관을 들여야 하고 말이야. 알아듣겠니?”

벤 로스는 긴 연설을 멈추고 잠시 호흡을 가다듬었다. 그러고 나서 아이들의 반응을 살피는데 뭔가 좀 이상했다. 모든 잘못이 너희에게 있으니 반성하라는 말처럼 들렸던지, 아이들은 잔뜩 풀이 죽고 위축된 모습이었다. 이에 자신의 표현력이 부족했음을 알아차린 그는 다시 말문을 열었다.

“자, 내 말을 잘 들어봐.”

벤 로스는 양손을 모으고 여태까지보다 훨씬 더 반듯한 자세로 이야기를 시작했다.

“너희에게 진심으로 사과하고 싶어. 이번 사건으로 너희들이 큰 아픔을 겪을지도 모른다는 점 때문에 선생님도 많이 걱정했어. 사실 이번 실험이 이렇게 된 데는 너희보다 내 책임이 훨씬 크다고 생각해. 파도를 통해 너희가 얻는 교훈이 크면 클수록, 교사인 내 입장에서는 더 큰 성공을 이루는 게 되니까. 하지만 내게도 이 실험이 가슴 벅찬 성공만은 아니었단다. 선생님도 실은 힘들어서 죽을 뻔했거든. 이제 그 모든 과정이 막을 내렸으니, 마지막으로 당부 하나 하고 싶구나. 이 실험이 너희가 앞으로 살아가는 데 정말 귀한 거름이 되도록, 거기서 얻은 교훈을 항상 명심하고 끝까지 잊지 않았으면 해. 선생님은 우리 친구들이 꼭 그렇게 하리라 믿는다."

다시 찾은 우정과 평화, 그리고…

드디어 마법에서 풀려난 듯 학생들이 조금씩 웅성거리며 하나둘 자리에서 일어서기 시작했다. 강당을 빠져나가는 아이들 중 상당수가 손에 들고 있던 파도 포스터며 깃발을 내팽개쳤다. 아무와도 눈을 마주치고 싶지 않다는 듯 손으로 얼굴을 감싸거나, 혹은 눈물을 흘리는 아이들도 눈에 띄었다. 그들의 온기가 아직 남아 있는 강당 안 여기저기에는 노란 빛깔의 파도 회원증이 즐비했다. 파도를 통해 얻은 교훈이 너무 지독했던 걸까. 강당을 벗어난 아이들은 다들 할 말을 잃은 모습이었다. 그토록 엄격하고 요란하던 군대식 질서가 사라진 학교엔 오직 무거운 침묵만이 쌓여갔다.

친구들이 어깨를 축 늘어뜨린 채 자리에서 일어나 밖으로 빠져나갈 무렵, 로리와 데이비드는 이들을 거슬러 천천히 무대 쪽으로 발길을 옮겼다. 그러다 저쪽에서 고개를 숙이고 걸어나오던 에이미와 마주쳤다. 로리를 발견한 에이미는 울음을 터뜨렸고, 두 사람은 꼭 부둥켜안으며 오래도록 단짝 친구로 지내온 서로의 마음을 다시 확인했다.

에이미 뒤에서 걸어오던 에릭과 브라이언도 로리와 함께 있는 데이비드를 보고 걸음을 멈췄다. 두 사람은 탈진한 듯 몹시 지쳐 보였다. 축구부의 삼총사라 불리던 세 친구는 한동안 아무 말도 하지 못한 채 멋쩍은 침묵만 주고받았다.

"이게 무슨 주접이었냐!"

에릭이 먼저 입을 열었지만, 무슨 말인지 알아듣기 힘들었다. 데이비드 또한 어색한 분위기를 바꿔보려고 이말 저말 늘어놓았으나, 결국 두서없이 뒤죽박죽으로 끝을 맺고 말았다.

"이제 잊어버리자…. 아니, 그러니까 내 말은… 절대 잊지 말도록… 아니, 하지만 지금은 다 잊어버리자. 아우, 나도 모르겠다!"

이도저도 아닌 데이비드의 알쏭달쏭한 주장에도 에릭과 브라이언은 기꺼이 고개를 끄덕여주었다. 데이비드가 무슨 말을 하고 싶은지 충분히 알고 있는 두 사람에게, 그의 서툰 표현은 아무런 문제가 될 수 없었다.

이번엔 브라이언이 난감한 얼굴을 하며 말을 이었다.

"이렇게 말도 안 된다는 걸… 진짜 깜박 속았다. 토요일 경기에서 클락스타운 놈들이 밀고 들어와 공격할 때도, 파도의 힘이면 그쯤 거뜬히 물리칠 수 있다고 생각했거든. 아우 쪽팔리오!"

축구부 삼총사는 오랜만에 킬킬대며 다시 망가지는 놀이를 했고,

에릭과 브라이언은 그제야 좀 마음이 풀어진 듯 발걸음도 경쾌하게 강당을 떠났다.

　데이비드는 로리와 손을 잡고 벤 로스 선생님이 계신 무대 뒤로 갔다. 벤 로스는 그곳에서, 말 그대로 파김치가 되어 있었다.

"선생님, 죄송해요. 충분히 믿어드리지 못해서…."

데이비드는 벤 로스 선생님에게 진심으로 사과했다.

"무슨 그런 소리를! 아주 잘했어, 데이비드."

벤은 기운을 차리고 이야기를 계속했다.

"너희들의 판단과 행동은 훌륭했어. 사과할 쪽은 선생님이지. 더 자세하게 계획을 설명해줬어야 했는데 말야."

방실방실 웃고 있던 로리도 한마디 거들었다.

"선생님, 그럼 앞으로의 계획은 무엇인가요?"

로리의 질문에 그는 눈을 동그랗게 뜨고 어깨를 으쓱하더니, 고개를 흔들며 어중간하게 대답했다.

"나도 잘은 모르겠다, 로리. 우선 학기부터 마쳐야겠지? 기말시험까지 진도가 꽤 남았거든. 오늘 일에 대해 토론까지 하려면 더 서둘러야 할 거다. 어떻게 생각하니, 데이비드?"

"짚고 넘어가야죠. 이제부터가 진짜 재밌을 거예요!"

데이비드는 이 사건과 관련해서 하고 싶은 이야기가 많아 보였다.

"그런데요, 선생님…"

다시 로리가 말을 이었다.

"저는 우리의 실험이 이렇게 무사히 마무리되어 정말 기뻐요. 그동안 불안에 떨었던 것도 사실이지만, 이번 일을 통해 우리 모두 많은 것을 배웠다고 확신해요. 헤헤."

벤 로스는 흐뭇한 얼굴로 고개를 끄덕이며 말했다.

"그렇게 말해주니 고맙구나, 로리. 하지만 다시는 하고 싶지 않은 수업이야. 어휴, 나 정말 다음 학기부터는 이런 수업은 다시 하지 않을란다."

로리와 데이비드는 마주보며 밝게 웃었다. 두 친구는 벤 로스 선생님에게 작별 인사를 하고 가벼운 걸음으로 강당을 떠났다.

벤 로스는 로리와 데이비드, 그리고 나머지 친구들이 강당 바깥으로 나갈 때까지 그 뒷모습을 가만히 지켜보았다. 모두 나가고 마침내 강당에 혼자 남게 되자, 그는 비로소 안도의 한숨을 내쉬며 가슴을 쓸어내렸다. 그럭저럭 마무리가 된 것 같아서 다행이었다. 고든에서 쫓겨날 일은 없을 것 같아 더욱 다행이었다. 학부모들 중에 아직도 걱정하는 이가 많고, 동료 교사 중에도 이번 소동으로 자신을 더욱더 못마땅하게 여기는 이들이 늘어났을 테지만, 그건 시간이 지나면 해결될 문제라고 벤은 생각했다.

홀가분한 마음으로 밖으로 나가려던 벤은, 갑자기 들려온 어떤 소리에 발을 멈추고 무대 위를 바라보았다. 로버트였다. 무대 한쪽의 모니터에 기대 서 있는 로버트의 얼굴은 온통 눈물로 가득했다. 아, 로버트! 벤은 갑자기 명치끝이 아려왔다. 이번 사건을 통틀어서 진심으로 사과하고 위로해야 할 사람이 있다면, 그건 다름 아닌 로버트라는 것을 벤도 잘 알고 있었다. 벤은 로버트 곁으로 다가가, 아직도 흐느끼고 있는 그의 어깨를 두드리고 두 팔로 꼭 안아주며 이야기를 건넸다.

"로버트, 저기 있잖니…"

그 또한 울컥해서 말을 잇기가 어려웠다. 갑자기 목이 멘 그는, 애써 그런 기색을 감추며 즐거운 톤으로 말을 이었다.

"너, 정장이 무지하게 잘 어울린다. 앞으로도 이렇게 멋진 모습 자주 보여줄 거지?"

손등으로 눈물을 닦아내며 로버트는 미소를 지어 보였다.

"선생님, 고맙습니다."

벤 로스는 로버트의 마음을 알 것 같았다. 이제야 그에게 용서를 받았다는 생각에, 벤은 진심으로 로버트가 고마웠다.

"로버트, 넌 배 안 고프냐?"

벤 로스는 문득 심한 허기를 느꼈다. 그러고 보니 하루 종일 아무것도 먹지 못했다는 생각에, 그는 로버트의 팔을 잡아끌어 무대에서 내려왔다.

"더 즐거운 얘기는 우리 맛있는 것 먹으면서 계속 나누자!"

기억하지 않는 비극은 되풀이된다

신용균(거창고등학교 역사 교사)

기억의 의미

2005년 2월 2일, 독일과 이스라엘 수교 40주년을 기념하여 이스라엘을 방문한 독일 대통령이 이스라엘 의회에서 연설을 시작했다. 그는 이스라엘 사람들로부터 방문을 거부당하고 있는 터였다.

"부끄러운 마음으로 머리 숙여 사죄합니다. 독일은 절대로 과거의 범죄를 잊지 않을 것이며, 잊으려고 애쓰지도 않을 것입니다. 유대인 대학살 희생자들의 얼굴과 생존자들에 대한 기억은 결코 잊혀서는 안 됩니다."

대통령의 눈에서 눈물이 흐르기 시작했다. 이를 보고 있던 대통령 부인의 눈에도 눈물이 맺혔다. 이스라엘 의원들의 박수가 터져 나왔다. 그해 5월 10일, 통일독일의 수도 베를린 한복판에 유대인 학살을 기억하는 홀로코스트 기념관이 문을 열었다.

독일이 통일될 당시의 대통령이던 리하르트 폰 바이체커는 이런 말을 남겼다. "과거에 눈감는 자는 현재에 대해서도 눈멀게 된다. 비인간성을 기억하려 하지 않는 자는 새로운 감염의 위험에 놓이기도 쉽다."

참으로 예리한 지적이 아닐 수 없다.

역사는 과거의 일이다. 더 이상 존재하지 않는다는 말이다. 이제 히틀러는 물론이고 억울한 죽음을 당한 사람들도 이 세상 사람이 아니다. 그럼에도 불구하고 우리가 과거를 기억하고 역사를 배우는 까닭은, 그 비극을 기억하지 않으면 과거의 비극이 언제라도 되풀이될 수 있기 때문이다.

유럽인들은 과거의 비극을 되풀이하지 않으려는 노력을 계속하고 있다. 특히 홀로코스트의 주범인 독일인들은 2차 대전 직후 〈전쟁반성기념관〉을 곳곳에 짓는 것을 비롯해, 이후 끊임없는 역사교육을 통해 자신들의 기억 속에 과거사를 새겨두었다. 그리하여 정치 지도자부터 평범한 시민에 이르기까지, 그가 도덕적이거나 이기적이거나 상관없이 홀로코스트의 기억은 그야말로 모두의 상식이 되었고 양식이 되었다.

'기억'이란 무엇인가. 한자로 기記는 뒤섞인 일을 정리하여己 말함言을 뜻하고, 억憶이란 마음心 속에 단단히 새겨서 외운다意는 뜻이다. 즉, 기억이란 과거의 사실을 잘 정리해 마음에 단단히 새김을 의미한다. 이스라엘의 예루살렘에 있는 〈유대인학살기념관〉이 야드 바쉠Yad Vashem인데, 이는 히브리어로 '이름을 기억한다'는 뜻이다. 이곳의 마지막 출구에 적힌 말은 기억의 중요성을 상기시킨다.

"역사를 잊어버리면 다시 우리는 방황하게 될 것이다. 그러나 기억하고 잊지 않으면 정녕 구원을 받을 것이다."

기억하지 않는 비극은 재현되는 법이다. 바로 그런 까닭에 동아시아 사람들은 일본인들의 역사 교과서 왜곡이나 야스쿠니 신사 참배에 대해 경계한다. 반면 일본인들은 과거 제국주의 침략의 죄악을 망각하거나 미화하려고 든다. 그러는 한 일본인들이 언제 또다시 침략주의의 비극을 만들어낼지 모르는 일이다. 과거 일본군에 의해 얼마나 많은 학살이 자행되었던가. 그들은 1937년 난징에서만 30만 명을 학살했다. 그것도 일본도로 자른 목을 들고 웃을 만큼 잔인한 면모를 보였다. 게다가 자살특공대와 원자폭탄까지! 그러고 보면 역사에서 배우기를 포기하고 있는 일본인은 불쌍한 백성이다.

대량학살의 광기

제2차 세계대전 중 침략자들은 엄청난 수의 민간인을 학살하였다. 히틀러의 나치가 수백만의 유대인을 학살한 일은 널리 알려져 있다. 그뿐만 아니라 나치는 사회주의자, 동성애자, 집시 등에 대한 학살도 자행하였다. 특정한 생물을 지구상에서 멸종시킬 목적으로 집단 살해 하는 것을 제노사이드(genocide)라고 한다. 인류 역사에 종종 벌어진, 특정한 종족이나 문화공동체를 말살시키려는 '권력에 의한 민간인 대량학살' 또한 같은 말로 불리게 되었다. 수백만의 민간인을 학살한 나치의 사례가 정확히 그에 속한다. 그렇다면 어떻게 이런 일이 일어나게 된 것일까?

히틀러의 나치당(국가사회주의독일노동자당)이 권력을 잡게 된 계기는 1929년의 세계 경제 대공황이었다. 독일에서도 경제 공황으로 기업이 도산하고 실직 노동자가 급증하는 등 큰 혼란이 발생했다. 히틀러는 "이 모든 책임은 유대인과 공산주의에 있다"는 구호를 외치며 경제 부흥과 대외 강경책을 내걸었다. 나치는 공산주의의 성장을 두려워하던 중산층 시민의 지지를 얻었고, 국가사회주의를 내걸어 노동자를 포섭하였다. 그 결과 나치당은 1928년 제국의회 선거에서는 2.6퍼센트의 지지를 얻는 데 불과했으나 1930년에는 18.3퍼센트를 얻었고, 마침내 1932년에는 37.3퍼센트를 획득해 집권당이 되었다. 히틀러는 나치를 제외한 모든 정당을 해산하고, 곧이어 노동조합까지 해체시켰다. 그리고 히틀러에게 정권을 이양한 힌덴부르크 대통령이 1934년 8월에 세상을 뜨자, 히틀러는 지도자, 대통령, 제국 수상, 당 총재라는 네 개의 공직을 모두 꿰차고 전무후무한 절대 권력을 휘두르기 시작했다.

히틀러 정권은 독일 국민에게 기대감을 주었다. 또한 12년간 집권하며 무엇보다 실업 문제를 해결하고 물가를 잡는 등 경제 위기를 극복하는 데 성공하였다. 그런 히틀러에게 독일 국민은 환호하였다. 그러나 히틀러의 성공은 내부적으로는 유대인 학살, 외부적으로는 대외 침략 전쟁과 결부되어 있었다. 그는 수백만의 유대인을 학살하고 6백 만의 독일 국민과 2천 만의 러시아인을 죽음으로 몰아넣었다.

당시 독일의 양심 있는 지식인과 종교인들은 유대인 대량학살에 저항하다 희생을 당해야 했다. 그러나 대다수 독일인들은 이에 침묵하였다. 침묵은 동의나 묵인과 같은 말이다. 히틀러의 대학살에는 다수 독일 국민의 동의가 있었다는 뜻이다. 그렇다면 계몽된 이성을 지닌 당시 독일 중산층 시민들이 어떻게 광기 어린 히틀러의 대량학살에 동의하게 되었을까?

그것은 독일 시민들이 스스로의 이성과 주체성을 포기한 결과였다. 그들은 히틀러가 내건 이념에 감정적으로 동화되면서 차츰 히틀러와 자신을 일치시켰고, 마침내는 스스로 히틀러가 되어갔다. 그 결과 나치의 침략 전쟁이나 대량학살에도 아무런 양심의 거리낌을 느낄 수 없게 되었다. 그런 가운데 그들의 이성은 기능을 멈추었고, 인권과 생명의 가치마저 잃어버렸다. 비이성적이고 반인륜적인 행위에 오히려 자부심을 느낄 정도였다. 광기의 악령에 사로잡힌 파시즘의 대중 심리 상태란 바로 이와 같았다.

이제 그들에게 게르만 인종주의와 침략주의는 절대 기준이 되었다. 이에 방해되는 사람은 모두 제거해야 할 대상일 뿐이었다. 명령과 복종, 그리고 통제와 규율은 지상의 선이 된 반면, 인격과 개성, 자유와 주체는 설 자리를 상실하고 말았다. 그 속에서 침략 전쟁과 대량학살이 자행된 것이다.

독일인들의 경험은 우리에게도 의미가 있다. 한국의 근·현대 100년은 일제의 식민 통치와 독재 정치로 점철되었고, 그 사이에 셀 수 없을 정도의 민간인 학살과 인권유린이 자행되었다. 독재 체제 아래 성장한 이들은 자신도 모르게 독재 성향에 젖어들게 된다. 우리 또한 권력의 반인간적 행위에 눈감고 침묵했던 탓에 그런 비극이 일어난 것은 아닌지 짚어보아야 한다.

놀랍게도 일제 말기 한국인이 가장 존경하는 인물은 '대일본제국의 천황'이었다. 또 한국인들이 가장 즐겨 읽는 책 중의 하나는 히틀러의 『나의 투쟁』이었다. 그리고 아직도 한국인들이 존경하는 인물 중에는 군부 독재자가 포함되어 있다. 독재 권력은 한국인의 이러한 정신적 토양 위에 등장했는지 모른다. 자유와 민주를 얻기 위한 투쟁만큼이나 그것을 지키기 위한 되새김이 필요한 이유는 이 때문이다.

참 생명은 자유함에 있다

인간은 그 자체로 소중하다. 이 말은 절대적이다. 절대라 함은 어떤 조건에서도 그러하다는 뜻이다. 왜 그러한가? 인간에게는 생명이 있기에 그러하다. 생명은 살아 움직임이다. 움직임을 그쳐 뻣뻣하게 굳은 시체를 사람이라고 하겠는가? 살아 움직임, 그것이 곧 삶이며, 생명이며, 인간인 것이다. 그래서 생명은 절대이다. 가장 귀한 것이다. 생명은 그 어떤 것과도 견줄 수 없는 고귀한 가치를 지닌다. 사람은 그 스스로 목적일 뿐, 어떤 경우 어떤 조건이나 상황에서도 수단이나 대상이 될 수 없다.

생명은 자유를 그 본질로 한다. 자유는 스스로 말미암는 것이다. 권력이나 폭력, 제도나 재산 등 그 어떤 것에 의해서도 구속되지 아니함을 말한다. 자유를 상실한 생명은 참 생명이 아니며, 자유가 없는 인간은 겉모습만 인간일 뿐 속사람은 이미 인간이 아니다. 인간이 인간됨은 자유가 있기 때문이며, 자유가 있을 때에만 참 인간이 되고 참 생명이 된다. 그래서 인간은 끊임없이 자유를 추구하고, 심지어 목숨을 걸고 자유를 지킨다. 인간의 역사는 결국 자유를 향한 길고도 고난에 찬 행렬이었다.

산을 오르며 크고 작은 나무들과 이렇게 저렇게 생긴 풀, 하양과 빨강과 노랑의 꽃이 숲을 이루어 그 속에서 어울려 사는 모습을 본다. 또 교실에서는 남학생들과 여학생들이 서로 다른 얼굴과 다양한 옷차림으로 개성을 뽐내면서 와자지껄하게 떠드는 모습을 본다. 그 속에 생명이 숨을 쉬고 자유가 살아 있다. 제 나름의 모양과 향기를 지닌 개성 있는 주체들이 그렇게 더불어 숨 쉬며 살아 움직이는 세상, 그것이 우리의 희망이다.

옮긴이의 말

일본과 독일은 모두 부끄러운 현대사의 원흉들로 낙인이 찍혔으나, 독일이 과거사 청산에 솔선하는 선진국으로 존경받는 반면, 일본은 내내 반성을 모르는 후진국으로 멸시받고 있다. 그 차이를 낳은 비결 중 하나로, 독일의 국방대학교(한국의 사관학교에 해당)에서 생태주의 경제학을 가르치는 에파 랑 교수Prof. Dr. Eva Lang는『파도』의 역할을 언급한 바 있다. 그녀에 따르면 독일의 고등학생들은 이 책을 읽고 토론하며 파시즘의 본질을 성찰함으로써 '기억하지 않는 역사는 언제라도 되풀이된다'는 진리를 가슴에 새긴다고 한다. 그런데 에파 랑 교수는 이 책을 대학에서 다시 한 번 읽게 시킨다. 이 난감한 주제의 토론을 다시 반복함으로써 특히 군사 관련 리더가 될 학생들에게 '스스로 생각할 줄 아는' 시민의식을 새롭게 일깨우기 위해서란다.

『파도』는 원래 미국에서 발간된 책이지만, 1980년대 중반 독일에서 출간된 이후 줄곧 청소년의 필독서로 활용되어 왔다. 그 결과 나치독일을 경험해보지 않은 50대 이하의 시민들도 전체주의에 대해 경각심을 갖게 되었다고, 에파 랑 교수는 설명한다. 독일 국민들 사이에서는,

만에 하나라도 파시즘을 옹호할 여지가 있는 몇몇 단어는 아예 혀끝에 올려서도 안 된다는 암묵적인 원칙이 세워졌다는 것이다.

서문에도 언급된 것처럼 『파도』는 1967년 4월 미국의 어느 고등학교 역사 수업에서 실제로 벌어진 일을 각색한 소설이다. 소설의 무대가 된 곳은 독일의 나치당과는 아무 상관이 없는, 지금은 실리콘밸리의 부상으로 미국 내에서도 가장 부유하고 교육열 높은 지역으로 손꼽히게 된 팔로알토의 어느 고등학교이다.

벤 로스는 본래 이 실험을 통해, 독재자의 권력 오용과 남용이 얼마나 쉽게 사람들을 집단 광기에 빠져들게 하고 군중심리에 휘둘리게 하는지 학생들로 하여금 직접 체험하게 하고 싶었다. 그리하여 궁극적으로는 그에 저항하는 힘과 사고 능력을 키워주는 것이 목적이었다. 이를 위해 벤은 집단의 단결력과 일치감을 통해 뭐든지 이룰 수 있다는 장밋빛 환상을 학생들에게 심어준다. 나아가 그를 실행하는 데 필요한 규칙과 지침을 제시함은 물론, 학생들의 행동을 추동하기 위한 집단의 상징물과 구호 등을 만들기에 이른다. 이와 같이 벤 로스는 개인의 자유를 제압할 길을 매우 용의주도하게 닦아나갔다.

하지만 '파도' 운동이 다수 아이들의 환호와 열광 속에 무서운 속도로 학교 전체에 퍼져 나감에 따라, 여기 속하지 않은 소수가 배척당하고 심지어 폭력의 피해자가 되는 일들이 난무하게 된다. 벤 로스는 아이들이 이 실험을 통해 교훈을 얻기를 바라는 마음으로 최종 명령을 내려 강당에 모이게 한다. 마침내 스크린이 내려지고 전국파도운동연합의 지도자라는 이가 등장하니, 그는 나치의 독재자 히틀러다.

집단 광기에 휩쓸려 너도나도 이성을 잃고 돌이킬 수 없는 죄악을 저질렀던 나치독일의 과거사를 배우려다 엉뚱한 길로 빠져든 학생들은, "파시즘은 역사상 일어난 사건일 뿐 아니라 지금 우리 모두의 안에도 똬리를 틀고 있다"는 선생님의 연설을 들으면서 이 실험이 애초에 시행된 목적을 상기하고는 비로소 환각 상태에서 깨어나게 된다. 이제 환갑에 접어든 당시 학생들은, 자신들의 경험과 거기서 얻은 교훈을 다음 세대에게 알리는 다양한 활동을 벌이고 있다. http://www.thewavehome.com

나치독일의 다른 이름인 '제3제국'을 빗대어 '제3파도'라 불린 그 실험이 실제 진행된 학교는 팔로알토의 큐벌리(Cubberley) 고등학교였다. 사건 후 학교를 사직한 론 존스 선생님은 '파도' 현상을 조목조목 분석해 1976년 봄 「제3파도」라는 제목의 논문으로 정리했다. 이 논문을 통해 '제3파도 실험'은 밀그램 실험', 스탠퍼드 감옥 실험"과 함께 권력의 오용이 어떻게 인간 내면의 잔혹성을 표출하고 조종하는지를 보여주는, 군중심리학의 매우 중요한 실험으로 기록되었다.

---

* 예일 대학교 심리학과 스탠리 밀그램(Stanley Milgram) 교수가 1961년에 진행한 실험으로, 권위에 대한 복종의 심리적 반응을 다루고 있다. 이 실험 결과 상당히 이성적인 사람들도 명령에 의해 윤리적, 도덕적인 규범을 포기하고 아주 끔찍하고 잔혹한 행위를 저지를 수 있다는 사실이 확인되었다.

** 스탠퍼드 대학교의 필립 짐바르도(Philip Zimbardo) 심리학 교수가 고안해 1971년 시행한 실험으로, 24명의 학생을 선발해 죄수와 교도관 역을 맡기고 학교 건물 지하에 설치된 가짜 감옥에서 살게 하며 어떤 일이 벌어지는지를 살폈다. 그 결과 무작위로 교도관 역에 선출된 이들이, 역시 무작위로 죄수가 된 이들에게 권력을 행사하다가 곧 가혹 행위까지 일삼는다는 게 드러났다. 이로써 합법적 이데올로기와 사회적, 제도적 지지가 보장되면 인간은 권력을 남용하거나 그에 쉽게 굴복하고 복종한다는 행동양식이 확인된 셈이다. 이 실험은 원래 보름 예정으로 시작되었으나 상황이 심각해져 불과 엿새만에 종료되었다.

이 책에 대한 독자들의 서평 또한 참조할 만하다.

"9학년 부활절 방학 때 이 책을 숙제로 읽고 독후감을 써야 했는데, 처음 몇 페이지는 별로였지만 읽을수록 책에서 눈을 뗄 수가 없어 결국 몇 시간만에 다 읽어치웠다. 우리 반 친구들도 이구동성, 나와 같은 경험을 했다고 이야기했다. 인종주의와 집단주의, 그리고 왕따의 문제와 풋사랑의 이야기까지 담긴 이 책을 통해, 나도 비로소 '성찰하는 즐거움'을 알게 되었다. 이 책은 그저 유익한 책이 아니라 청소년은 반드시 읽어야 할 필독서라고 생각한다." **싸샤 마이어**(저자인 토드 스트라써 선생님께 존경과 감사를:-) 드리는, 마틴루터킹 고등학교 10학년)

"이토록 심각한 주제를 일상에 적용해, 다른 사람과 나의 문제로 되짚어보게 만드는 작가의 솜씨에 갈채를 보낸다. …『파도』의 저자 토드 스트라써는 독일에서 어느덧 특별한 이름이 되었다. 그건 다행한 일이다. 이 책을 통해 전후 30년 동안 보수 꼴통들이 주장해온 "나치는 역사적 현상이라 그런 일이 다시 벌어질 리는 없다"는 우매한 편견이 더 이상 발붙일 곳을 잃었기 때문이다. **마리온 로고프스키**(하이델베르크 대학 신입생)

"우리는 이 지랄 맞은 세상을 어떻게 살아가야 할까?『파도』는 지금 이 시대 대한민국에서 '스스로 생각하고, 선택하고, 행동할 줄 아는 국민'이 되기 위해 반드시 읽어야만 하는 지침서라 생각한다." **김수정**(공연연출가)

"『파도』 이야기는 나에게도 일어날 수 있는 일로써, 심각한 문제를 학교 이야기로 풀어가니까 이해하기 쉽고 재미있었다. 남의 의견에 휩쓸리는 일이 얼마나 위험한지 한 번 더 생각하게 되었고, 자유가 얼마나 중요한지도 깨닫게 되었다. 그리고 이런 어려움이 있을 때 나도 주인공 로리 손더스처럼 잘 대응해야겠다고 다짐했다." 홍애린(영종중학교 2학년)

"실제 벌어졌던 이 책의 사건은, 나치 시대 파시즘이 우리들 고등학교 교실처럼 평범한 공간에서도 작동한다는 점을 깨닫고 스스로를 돌아보도록 독자들에게 각성을 요구한다. 그건 다양성과 자유의 중요성을 소홀히 하면 곧 튀어나오는 괴물 같은 것이어서, 사람들은 쉽게 이성을 잃고 집단광기에 빠져들게 된다. 해방 이후 좌우 갈등과 6·25전쟁 후의 극단적 남북 갈등이 그랬고, 최근의 역사교과서 국정화 논쟁 역시 합리적 토론은 없고 분열과 대립만 남은 양상이 그랬다. 나치 독일뿐 아니라 지금도 역시 '악의 평범성'이 활개를 치니, 공동선이 아닌 공동악이 집단광기에 숨어 세계 곳곳과 한국의 주요 지점들에서 활약하며 사람들을 고문하고 사회를 파괴한다. 우리는 특히 백 년 전 일본 군국주의가 도입되고 해방 후에도 군사독재 체제가 이어지며 전체주의에 길들여진 탓에, 양민학살과 인권유린 등의 역사 문제에 둔감하다. 미워하며 배운다는 속담을 되새기며, 독재체제에서 자라고 권위주의에 물들었던 우리 자신이 행여 자유와 민주주의 파괴에 일조하는 건 아닌지 언제나 스스로를 돌아봐야 할 것이다." 윤정환(용인외대부고 1학년)

신념이란 우리 삶에 때로 방향을 제시하고 중요한 의미도 찾게 한다. 그러나 파시즘 바이러스는 사람들을 절대적인 이념의 신봉자로 변질시 킨다. 더욱이 그것은 종교 조직이나 정치 제도뿐 아니라 음식과 패션과 음악 등 문화 현상에까지 잠복해, 호시탐탐 세력을 확장할 기회를 엿보 고 있다. 이 책의 개정판 출간을 앞두고 상영된 연극 〈파란나라〉가 전 국의 크고 작은 공연장뿐 아니라 학교 무대에도 오를 수 있기를 진심으 로 바란다. 소설『파도』속 회오리를 한국의 어느 교실에 몰아치게 한 이 연극은, 김수정 감독의 탁월한 연출과 배우들의 열연에 더해 2016 년 대한민국이 처한 절망적인 현실까지 어우러지면서, 관객들로 하여 금 깊은 성찰을 하지 않을 수 없게 만드는 지독하고도 강렬한 작품이다.

만약 이 책『파도』와 연극 〈파란나라〉가 학교 수업의 커리큘럼으로 채택돼 독일에서와 같은 활발한 토론이 일어난다면 어떨까? 우리 청 소년들이 권력의 작동 원리나 군중심리의 메카니즘 같은 험악하지만 단순한 지식을 이해하려 더 이상 학교 밖에서 외롭게 고군분투할 필 요는 없을 것 같다. 아니, 무엇보다 그들의 미래가 좀 덜 왜곡되고 좀 더 행복해질 수 있지 않을까? 부디 그렇게 될 수 있기를 간절히 희망 한다. 나아가 우리 이웃, 일본 친구들과도 그와 같은 경험을 함께 나눌 수 있다면 더 바랄 게 없겠다.

김재희